2

狐と戦車と黄金と

傭兵少女は泥沼から抜け出したい!

[著] 柳内たくみ [イラスト] 叶世べんち

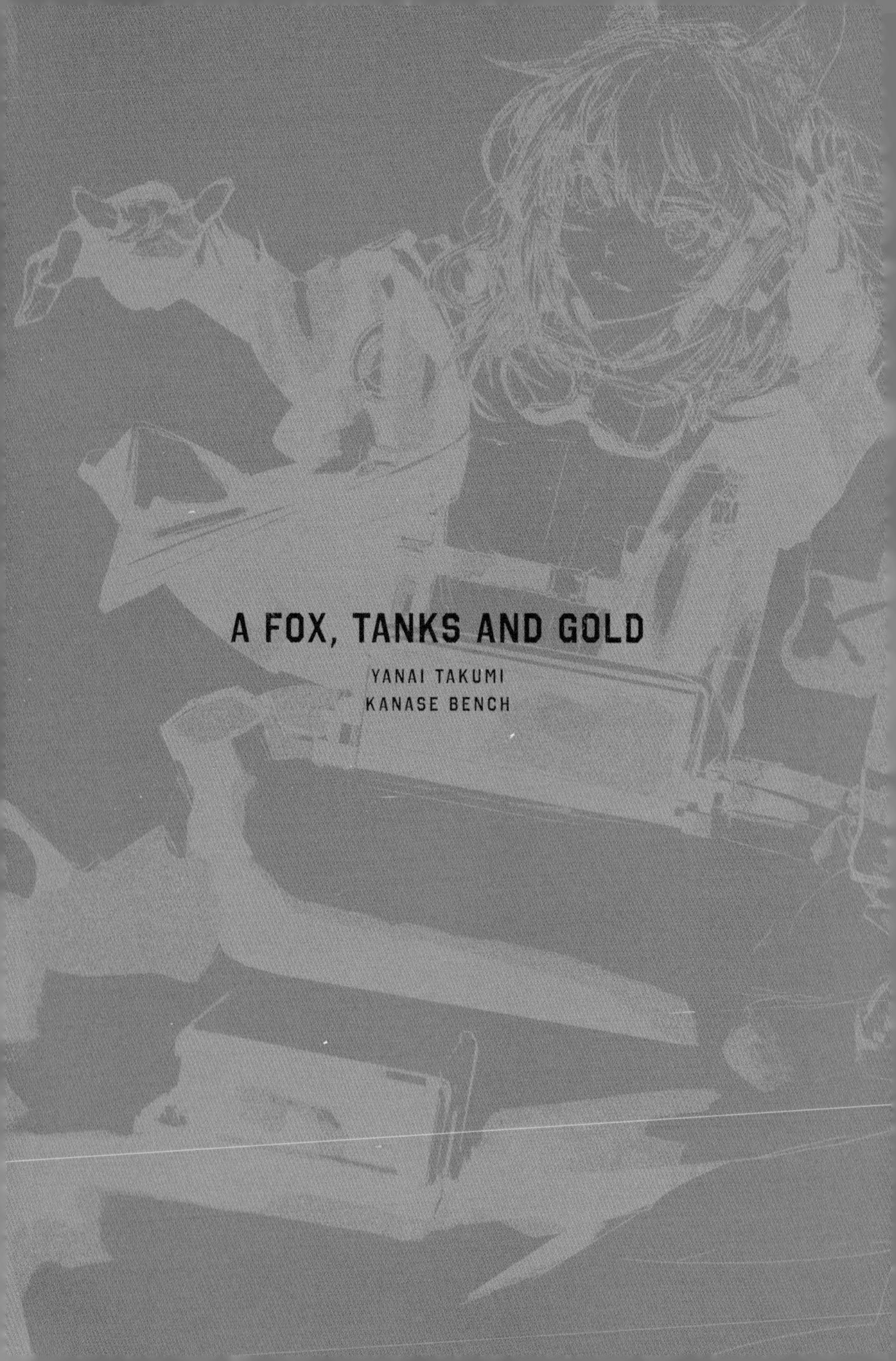

A FOX, TANKS AND GOLD

YANAI TAKUMI
KANASE BENCH

狐と戦車と黄金と 2

「傭兵少女は社畜から抜け出したい!」

[著]
柳内たくみ
[イラスト]
叶世べんち

口絵・本文イラスト●叶世べんち

油まじりの砂が大地を覆う荒茫《こうぼう》大陸。

そのほとんどがぺんぺん草一本生えない不毛の地となっているが、そんな土地にもへばりつくようにして暮らす者達《たち》がいた。

彼らが生きていけるのは地の中から様々な物が産出されるからだ。

一メートルも掘ると赤サビと泥にまみれたトラックの屋根が見えてくる。

五メートルも掘ると腐食してボロボロとなった乗用車が姿を現し、二十〜三十メートルも掘ると、戦車や大砲といった武器や、機械製品等々が現れてくる。

それらの機械の中には、泥と錆《さび》を丁寧に落として綺麗《きれい》にすれば動く物があった。

たとえ動かなかったとしても、レストア用の部品にすることができた。

いろいろ弄《いじ》くって試して結局のところ再利用不可であったとしても、溶鉱炉に放り込んで鋳潰せば部品複製の材料になってくれる。つまり売れるのだ。

そのためそうした埋蔵物を掘り出す鉱山が大陸の各地に拓《ひら》かれていた。

そんな鉱山が街に、やがて城市へと発展していく課程はどこも似たようなものだ。

あのあたりから優良な出土品が出るぞという噂《うわさ》が流れると、鉱山労働者がどこからともなく集まってテント村を形成する。

掘り出される品物が値打ち物だとわかると、それらを求める行商人が巡回するようになるのだ。

しかし同時に、盗賊もやってくる。

額に汗して日々の糧を得ることを厭《いと》わしく思う者達が、楽して稼ごうと戦車に乗って真面目に働いた者の上前を撥《は》ねにやってくるのだ。

そのために労働者達が逃散《ちょうさん》し、鉱山が死に絶えてしまうことも少なくない。

しかし幸運にも資質のあるリーダーに恵まれた労働者達が、一致団結して組織的に抵抗したならば生き残れる可能性もあった。

そうして試練の時を乗り越えて生き残ることに成功すると、リーダーが鉱山技師を連れてくることになる。

鉱山技師の役目はこの鉱山の埋蔵量を見積もることだ。

この鉱山がさらなる投資に値するかを見極めるため徹底的に調べるのだ。

そして将来性、有望性が見いだされると、リーダーが富裕層や有力商人にこの鉱山のパトロンにならないかと誘いをかけるのだ。

鉱山への投資はリスクが大きい。

成功すれば確かに見返りは大きい。しかし期待したような発掘品を得られず投じた費用のことごとくが無駄になる可能性もある。

成功確率はおよそ二十パーセントと言われている。

投資した金額が無駄になるだけならまだ良い方だ。

大抵はそれ以上の負債が残ってしまう。

その全てをパトロンが背負うことになる。

パトロンは事業で生じた負債を無限に背負う責任を有するからだ。従って出資者になるには相応の資力と、判断力、そして胆力が必要となる。

そうした資質に恵まれた富豪がパトロンとなると、その鉱山では各種の専門家や人材が集められ、施設や整備工廠《こうしょう》の建設が始まる。

地表のごく浅い部分をひっかくだけだった発掘作業も、地中奥深くより深いところまで手が届くようになるのだ。

これによってより価値の高い、機械やその部品が掘り出されるようになる。自動車やその部品、重機械、あるいは戦車なんかが掘り出されたらこの賭けは勝ちと言えるだろう。

皆を仕切っていたリーダーは鉱山主としての地位を得る。

パトロンも出資した以上のリターン、つまり余剰利益の配当を得られるようになる。

そこで働く労働者達の収入だって増える。

今日より明日《あした》、明日よりも明後日《あさって》は良き日になるという希望が見いだされて、彼らの生活の場もテントから日干しレンガ造りの壁と屋根のある宿舎へと変わっていく。

かつてのテント村も建物がずらりと並ぶ街となり、その周りはとりあえずにしても盗賊を防ぐ機能を持った防御用の壁で囲まれるようになる。

そうなるとその鉱山は、町あるいは市と呼ばれるようになるのだ。

さて、今回のお話はそんな風に発展した鉱山街のひとつ、アンテラ町のベガス商会の店前に、地響きを立てながらやってきた戦車一両と、超特大ランド・シップが停《と》まったところから始まる。

「おじさん、お金儲《かねもう》けの話をしよう！」

戦車の車長用ハッチから白い尾っぽをふわりふわりと振りながら降り立った白狐《びゃっこ》は、自らをフォクシー・ボォルピス・ミクラと名乗ったのだった。


ベガス商会会頭のベガス氏は、コヨーテ種である。

イヌ科の彼は不安と緊張で、ぺたりと倒れようとする尖《とが》り耳を懸命に起こすと、愛想良く見えるよう必死の努力をしていた。

約束もなく突然やってきた客の背後には鉄の塊とも言える戦車と、動く城とも称されるドでかいランド・シップが鎮座ましましていたからだ。

何の意思表示なのか、戦車の大砲がこっちへ——店へと向けられている。

そう。こいつらは疑いの余地なく戦車傭兵《ようへい》なのだ。

戦車傭兵とは戦車に乗り、金のために戦う傭兵達のことだ。

しかし彼らも戦いばかりをしているわけではない。各地を転戦するので、あちこちで仕入れた品物を売りさばく隊商まがいのこともする。そのために商人に取り引きの話を持ちかけてくることも時々あるのだ。

とは言えだ。明日の命もわからない毎日を送っているせいか、彼らは気が荒くて暴発しやすくて、意思を通すために暴力を行使することを躊躇《ためら》わない傾向があった。

始めは礼儀正しいお客として振る舞っていても、用件が押し買い、押し売りであることは珍しくなくて、柔《にこ》やかに始まった商談も、ご機嫌を損なったら盗賊の来襲へと変わり果てることも日常茶飯。

まっとうな商人にとって戦車傭兵とは恐ろしくてしょうのない相手なのだ。

もちろんベガスとてこの荒茫大陸で生きてきたしたたかな商人の一人である。

一方的にやられてばかりではない。

こうした荒事に慣れた街を代表する有力者のボンバイ一家と寄親《よりおや》——寄子《よりこ》契約を結んで、何か起きたら戦車に乗った手下を送ってもらえる手筈《てはず》は整えていた。

そのために定期的に支払う契約料は決して安くはないけれど、我が身と財産を守るためとあらばそれもまた必要経費なのである。

実際、でっかい戦車が店の前に止まった瞬間、店の裏口から商人見習いの小僧をメッセンジャーとして走らせている。

鈍くさくて店番すらまともにできない小僧だが、ボンバイの事務所がどこにあるかくらいは知っている。

奴《やつ》が駆け込めばすぐに戦車に乗った荒くれ者が派遣されてくる。そういう手筈になっているのだ。

今、ベガスがなすべきことは、助《すけ》っ人《と》が到着するまでの時間稼ぎをすることだ。

そして来訪者のもたらす未来が、平和による繁栄か、戦争による破滅のどちらであるかを見極めることであった。

「金儲けの話ってのは売りか？　買いか？　商品は何だ？」

意外なことにベガスの前に降り立ったのは、荒くれの乱暴者とか、暴力的な殺戮《さつりく》者という戦車傭兵の印象からはかけ離れた存在であった。

先頭に立つ白狐は、見たところ歳《とし》の頃十五か十六と言ったところ。

初対面の挨拶もそこそこに自分は戦車傭兵ナナヨン・カンパニーの代表であると名乗った。

この白狐が彼なのか彼女なのか、見た目だけでは区別できない。

声や顔立ちにメスの雰囲気はあるが、身体の線は赤い革製ジャンパーに隠されていたし剥《む》き出《だ》しにされている脚は傷だらけで、たとえるならば小僧の足。その為《ため》どちらとも判別しかねるのだ。

しかしその右隣に並び立ったライオンへアー鮮やかなメス・ライオンについては判断に迷うことがなかった。

ライオンの尻尾を艶《なま》めかしく振りながらランド・シップのコックピットから降りてきた彼女は、長身で魅惑的なナイスバディの持ち主なのだ。

歳の頃は十七から十九といったところか。

もしこの娘が華やかなドレスでもまとって酒場にいたら、ベガスも足繁《あししげ》く通って、高級酒の一杯や二杯、彼女の笑顔一つを対価に気前よく奢《おご》っていたに違いない。

続いて白狐の左隣に立ったのはメスの黒豹《くろひょう》。

こちらは灰色の髪によって顔の上半分が隠されているため、表情はおろか顔の様子すらわからない。しかし、艶めかしいローズピンクの唇だけでも彼女の美しさは雄弁に語られていた。

肌はコーヒーを思わせる黒に近い暗褐色。

その姿態はしなやかで無駄な肉がない。歳の頃は十五から十六歳といったところであろう。

さてその後方、戦車の装填《そうてん》手用ハッチから上体を見せているのは、長い長い緑の髪を三つ編みにしたそばかすのある地味目な顔立ちのドワーフだ。

見た目は十二かそこらの童女っぽく見える。

しかし腕周りの肉はしっかりしているし戦車の大口径砲もかくやというほどの巨乳を胸部に装備し、成人であることを強く強く主張していた。

誤解の余地なく成人のミニマム・ドワーフであった。

万人向けではないけれど、彼女もまた酒場にいたら人気を博すに違いないとベガスは思った。

最後の一人は三階建て建物の、三階ほどの高さにあるランド・シップのコックピットにいた。そこから顔をわずかにのぞかせているのだ。

こちらは見た目は紛《まぎ》れもなくオスの子犬だ。

歳の頃は十から十一くらいか。

ハンチング帽をかぶって周囲には油断なく警戒の目を向けていた。

合計五名。

これがナナヨン・カンパニーを自称する戦車傭兵のメンバーなのだろう。

「今回持ってきた商品はね、薬草だよ。ペラド、セブリ、シリッド、ガヨモ……」

白狐がベガスの問いに答えた。

「なに？　ガヨモがあるのか!?」

ベガスは、白狐が指折り数えて並べた商品名の一つに強く反応した。してしまった。

薬草のガヨモはここしばらく市場で品薄が続いており値段が急騰している。付き合いの深い特別な顧客から「早く早く」と仕入れをしつこく求められているくらいなのだ。

要するに、あまりの暑さに渇き死にしそうになっているところに、冷たい水をたっぷりと見せられたようなもの。嬉《うれ》しくなって、ついつい飛びついてしまったのである。

「へっへー。欲しいのがあった？」

こちらが欲しがっている品物を売り手に悟らせてしまうのは商談的には大失敗である。

長年の経験を誇る商人らしからぬ振る舞いで、自分の失敗に即座に気づいたベガスは、バツの悪さを隠すようにして不機嫌な表情を作った。

「と、とりあえず品物を見せてみろ」

「いいよ。こっち来て」

白狐はベガスを門前に停止しているランド・シップへと誘った。

動く城と称されることもある巨大な車両ランド・シップ。

その荷台には、大陸各地を長期にわたって旅できるよう様々な設備がしつらえられていた。

鉄で出来たタラップを上がっていくと、生活のための居室はもとより調理場、寛《くつろ》ぐための居間、戦車四両を収納できる整備工廠なんかが見える。

ベガスはそんな設備の一つ、商品倉庫へと案内された。

白狐は倉庫の中から麻袋を抱きかかえるようにして取り出してくると、床に置いて中を開いて見せた。

「おおっ！　なかなかの上物だな。どれだけ持ってきた？」

「十袋」

ベガスは思わず手を伸ばした。

ガヨモの葉を撫《な》でるように触って、匂いを嗅いで混ざり物がないことを確認した。

「よくぞそれだけ手に入ったな。最近なかなか出回らないんだぞ」

「おじさん、もしかしてモリシャス渓谷の鉄橋が落ちたの知らないの？　そのせいで、あちらからキャラバンが渡って来れなくなってるんだよ」

「なんだって!?　前々から危ないとは聞いていたが、あの橋もついに落ちたのか」

鉄でつくられた丈夫な橋もメンテナンスをしないでいれば何時《いつ》かは錆《さ》びて朽ちる。

この大陸に国家があった時につくられたインフラも、維持管理する者がいなくなって久しい。そのため、時が経過するごとに次々と使用できなくなっていくのだ。

世界はゆっくりと崩壊し滅びつつあるのだと実感させられた。

「よし！　そういうことなら一袋二五ビス出すぞ。十袋全部を引き取る」

「買うのはガヨモだけ？　ほかの商品は興味なし？　ほらほら、ペラドも、セブリもシリッドもそれぞれ十袋ずつあるよ」

「ペラドなんてあってもなあ、いったい何に使うんだよ」

「目に効く薬草なんだから目の病気の治療に決まってるじゃん。ガヨモなんてただの咳止《せきど》めでしょ。そればっかりが欲しいだなんて、もしかして喉の病気が流行《はや》ってるとか？　はっ、もしかしてこの町に質《たち》の悪い病気が蔓延《まんえん》してるとか!?」

とんでもない勘違いである。しかしこの勘違いを言い触らされて行商人がこの町に来なくなっても困るのである。

ベガスは利害損得をいろいろと勘案して、他の薬草も全て引き取ることにした。

「そういうことなら、シリッドとセブリもみんなまとめて引き取ってやる」

「ペラドも？」

「ペラドもだ。ただしそっちの三種は一袋五ビスだぞ！」

「えー、それはさすがに買い叩《たた》きすぎだよ。一袋一〇ビスくらいになんない？」

「一〇ビスこそ暴利だ！　間をとって七ビスでどうだ？」

「そんな値段にしかならないのならガヨモも売らないよお。いいよ、別の商会にいって全部を抱き合わせで高く買ってくれるところを探すから！」

「わかった。わかったからちょっと待て！」

「なになに？　待ったらいいことあるの？」

「ペラド、セブリ、シリッドについては一袋八ビスだぞう。だから抱え込んでるガヨモをここで全部吐き出せ」

ベガスが舌打ちしながらペラド、セブリ、シリッドの市場価格を提示した。

これだと損はしないが利益にもならない微妙な金額になる。しかしガヨモで利益を出せるから受け入れられる範囲でもあった。

「やった。まいどありー」

白狐もそのあたりのことをよくわかっているのか上機嫌そうだった。

しかたない。喉から手が出るほどにガヨモを欲しがっていると知られてしまったのが運の尽き、失敗だったのである。

今回は勉強代だと思って諦めようとベガスはため息をついた。

しかしその時である。

「ちょっと待ちなさいな、フォクシー」

それまで傍観していたメスライオンが介入してきた。

「なにレオナ？」

「ここは一袋七ビスに負けておきなさい。ベガス様は、ガヨモを一袋二五ビスで引き取ってくれるとおっしゃっています。こちらもそれで利益は十分あるのでしょう？」

「ええ!?　なんでよ。折角《せっかく》儲けられるのに！」

「物事には程々というものがありましてよ。ここで泣いておけばベガス様と今後も良いお付き合いができるかも知れなくてよ」

話が都合の良い方へと流れていくと感じたベガスはレオナの言葉にすがった。

「おおっ、そうしてくれたらありがたい。恩に着るぞ！」

「その代わり、支払いは現金でお願いいたしますわ。それに、ベガス様には教えて欲しいことがありますのよ」

「教えるって、いったい何を？」

「この近辺の——たとえばこのアンテラ町や、隣接するリトマン市の景気感や情勢ですわ。この値引き分をそうした情報の対価ということにいたしませんか？」

「ああ、そういうことか」

ベガスは少しためらった。

商人にとって情報は商品であり、そのやりとりは利益を生むからである。なのにそれをこんな安値で取引して良いのかと思うのだ。

しかし形のない情報は値がつけにくい。しかもこの取引を成功させたいという強い思いのせいで損が霞《かす》んで見える。

取引を円滑にするためのおまけに使う分には、良いだろうと思うのだ。

「よし、その取引に乗っかろう。俺に何でも聞いてくれ。答えられることならなんでも話してやる」

「では、この町の治安状況からお願いしますわ。この付近には力のある盗賊が出没すると聞き及んでおりますけど？」

「ああ、大盗賊ウィック一家のことだな？　奴らには我々もほとほと困ってるんだ。この町を仕切ってるボンバイ一家すら手に負えなくて、総寄親のリシャス氏に陳情してるんだが……」

ライオン娘は治安状況ばかりでなく様々な質問をベガスに投げかけた。

まるで何を知りたいのかをベガスに悟らせまいとしているかのようである。

しかしだからこそベガスも気がつくことがあった。

このメスライオンは何か金儲けの種を握っているのだ。そしてそのための情報を集めようとしている。

その儲けの種が何であるかを知ることができたら商売に繋《つな》がる可能性が高い。

ベガスは請われるままにペラペラと喋《しゃべ》りつつも、メスライオンが、どの話題を喜ぶのかを全身全霊の神経を尖らせた。

「そのお喋りは長くなりそう？　だったらあたし、荷物を卸下《しゃか》しておくね」

「お願いいたしますわ」

その間に、白狐とミニマムドワーフは、クレーンを使って薬草の入った麻袋の載ったパレットを、クレーンを用いてランド・シップから卸下させていった。

「オヤスラー、コスラー！」

下に降りた白狐が、手を振ってクレーンを操る緑のミニマムドワーフに合図する。

全部で四十袋。店先に積み上げるとなかなかの高さになった。

メスライオンの質問が終わったのはそれらの作業が終わったタイミングだった。

「どうもありがとうございました。これで質問は終わりですわ」

「わかった。それじゃこちらも代金を支払おう。支払いは現金をお望みだったな?」

ベガスは代金を用意するため店へと戻った。

すると店内にメス黒豹が独りたたずんでいた。

白狐やメスライオンの仲間の一人だ。

このメス黒豹は、作業が終わって手持ち無沙汰になったのか、店の中に並ぶ商品の一つをじいっと見つめていたのである。

ベガスは商品の棚をささっと見渡した。

商品が弄くられたり減ったりしている気配はない。万引きの類いはされていないようだ。

「そいつが欲しいのか? 多少なら負けてやってもいいぞ。そうだな——一個一ワッシャでどうだ?」

メス黒豹が見入っているのはネズミの形をした置物だった。

イヌ科の自分には何が良いのか全くわからないが、こういうネズミの置物なんかがネコ科の連中には売れる。

まあ、自分たちイヌ科だって骨を見ると噛《か》んだり舐《ねぶ》りたくなるから他種族のことを笑ったりはできないのだが。

「買う」

機嫌の良いベガスは黒豹からワッシャ貨一枚を受け取るとネズミの置物を渡してやった。

そして黒豹を店から送り出してから店の奥に入る。

事務机には伝票や帳簿が雑然と積み上がっていた。

それを見てなんとなく違和感を得たが、こんなもの弄ったところで誰も得をしないと、疑念を打ち消す。今は、客を待たせているのだ。

周囲に誰もいないことをしっかり確認してから隠し金庫を開く。

この金庫には、自分以外の誰かが開いたら分かるような細工もしてある。大丈夫。誰にも弄られていない。

ベガスは銀四六〇ビスを取り出すと、それを外で待っている白狐へと引き渡した。

すると白狐は帆布を広げるとビス銀貨をぶちまけた。

白狐は事もあろうに撰銭《えりぜに》しようとしているのだ。

ベガスは自分が疑われていると感じていささか不機嫌になった。

「俺が偽金をつかませようとしていると疑ってるのか？」

帆布に山積みになったのは鈍色《にびいろ》に輝くビス銀貨。しかし中には黒く錆びてしまっている物もあった。だがそれこそ本物の銀貨の証拠でもある。

「慎重な人間なら確認するのは当然だよね――ほら、あった」

白狐は銀貨の山の中から偽のビス銀貨を拾い上げるとベガスに向かって放り投げた。

あれも、これもと合計三個が偽物だった。

「わ、わざとじゃないぞ！」

「わかってるって。最近は両替商から受け取った現金にすら偽物や悪貨が混ざっていることも珍しくないもんね――でもさ、偽物は偽物だから。こっちは本物しか受け取らないのできちんと取り替えてよねー」

「よ、四百六十個の中のたったの三個じゃないか。このくらいなら見逃すのが度量ある商人ってもんだぞ！」

「あー、でもあたしら戦車傭兵なんだよね。だからお金は本物しか受け取らないんだ」

ニコリと微笑《ほほえ》む白狐の後ろには戦車があってその主砲はベガス商会へと向いていた。

戦車砲の威圧感は、なかなかに圧倒的であった。

§　§

「各車、前進よーい。前へ！」

フォクシーの号令で、エンジン音も高らかにナナヨン・カンパニーの車列がアンテラ町の目抜き通りを進み始めた。

するとほぼ同時に、無線のスピーカーが鳴った。

『フォクシー、後方から戦車が一個小隊やってくるぜ』

それはランド・シップを操縦するザキの声だった。

ちなみにベガス氏はザキを見た目でオスと判断したが、実際のところはメスでありその情報は既にナナヨン・カンパニーの全員が共有するところである。

しかしザキは今でもオスに見間違われる出で立《いた》ちや言葉遣いをやめていない。

フォクシーのように間違われる都度、訂正することもしていなかった。

理由は今更態度を変えることに違和感もあったし、不便も生き難《にく》さも感じていなかったからである。

加えてフェミニンな衣服を持ち合わせていないという現実的な理由もあった。

そんなザキの通報を受けて、フォクシーは無意識に車長用ハッチから頭を出して後方へと顔を向ける。

しかし動く城とも形容される超特大トラック『ランド・シップ』の巨体が目隠しになって後方の様子は全く完璧に見えなかったのだ。

『あ、ベガス商会の前で停まった』

なので後方の様子を知るにはザキの実況報告に頼らねばならない。

「ありがとうザキ。地味に助かるよ」

フォクシーは、建物の二階か三階に相当する高さにあるランド・シップのコクピットを見上げた。

『どういたしまして』

『あの戦車はベガス様の雇っている用心棒かも知れませんわね』

ザキの隣に乗っているレオナの声がヘッドホンから聞こえた。

「今更のご到着なのです？　時間がかかり過ぎて役に立ってないのです。高い金ばっかり取ってイザという場面で役に立たない用心棒はお払い箱にしてしまえば良いのです！」

装弾手席のミリル・ミリアリー・ドヴェルグは用心棒の不甲斐《ふがい》なさに厳しい。

それというのも技工士の名家ドヴェルグ家が、盗賊に襲われ拉致されて過酷な奴隷労働を強いられ、自分だけが生き残ったという体験が根底にあるからだ。

きっと、ドヴェルグ家が契約していた用心棒の救援が間に合わなかったのだろう。その恨みと怨念は多少の時を経た程度では消えないのだ。

「ま、役に立ってないのは確かだよねえ。あんな有様だから、大盗賊の跳梁《ちょうりょう》を許すことになるんだよお」

フォクシーは別に用心棒をしている連中に恨みはない。しかしレスポンスにこれだけの時間がかかっていたら用心棒の意味がないと批判した。

大盗賊や押し込み強盗というのは銃や砲の力で手っ取り早く要求を押し通すからだ。挨拶から始まる商談なんかよりも手早く仕事が終わる。

今回のお客がフォクシー達だったことは、ベガスにとっても用心棒達にとっても幸運なことだったのだ。

「これまで被害に遭わずに済んだのには、相応の理由があるのかも知れないのです」

「そうだよね。たとえば、裏で盗賊と繋がってるとか?」

フォクシーはプレストークボタンを押すと操縦席のカッフェに問いかけた。

「カッフェ――お目当ての物は見つかったあ？　これで六軒目だしさあ、さすがに見つかって欲しいところなんだけど」

『モチロン見つケタ』

「やったじゃん」

『コノ程度でヨロコばナイ。手当タリ次第に探ってイケバ見ツカルのハ当然』

カッフェはピッと一枚の注文伝票を取り出した。

『ガヨモの注文伝票がアッタ。造り酒屋からのモノが多かったけど、その中に一軒だけ酒とカンケイのないミセがある。大至急ト書いてアルし、タブンここ』

「それだ！」

フォクシーはいぇい！　と傍らのミミと手のひらハイタッチ。

しかしエンジンと履帯の金属音が轟《とどろ》く戦車内である。分厚い皮手袋をしたミミの手のひらとフォクシーの手のひらがぶつかる音はほとんど聞こえなかった。

『フォクシー。ガヨモの行き先が分かると、いったいどんな意味があるんだい？』

ザキが尋ねてくる。

それに答えたのはフォクシーではなく、ザキの隣にいるレオナだった。

『ガヨモは、煎《せん》じて飲むと咳止めのお薬になりますのよ』

『咳止め……ですか？』

浮浪児をしていたザキは拾い上げてもらった恩義をレオナに感じている。そのためレオナに対してだけは丁重な物言いを続けていた。

『他には、お酒に漬け込むとちょっと苦みのあるおいしいお酒になりましてよ』

『お酒かあ。俺、飲んだことないんですよね』

それはついこの間まで浮浪児をしていたザキにとって必要のないものであった。それどころか酔っ払いが見せる醜態には強い嫌悪感を抱いていたから、その元となる酒に対する彼女の感情はあまり良い物ではないのだ。

『ところが、きちんとした設備でしかるべき技術を有した職人が手を加えますとガヨモは魔薬になりますのよ』

『魔薬？　それって甘い誘い言葉に乗ってうっかり使用してしまうと手放せなくなって、どんな高いお金を払ってでも手に入れたくなってしまうとかいう薬ですよね』

『ええと、本来は鎮痛薬なのですけどね』

　そこでフォクシーが会話に割り込んだ。

「悪い方の使い方が有名だよねえ」

『まあ、大抵の乱用者は資金が続かず、混ざり物のある安価な質の悪い薬に手を出して身体を壊して死に至ってしまうのですけどね』

「薬欲しさニ泥棒や強盗をシヨウとシテ射殺さレタリ、無茶《むちゃ》な傭兵仕事にトビツイテ死んでシマッタリする愚か者の噂話もよく耳にスル。魔薬で乱心シテ銃を乱射、味方を撃ち殺す事件もアル」

『フォクシー。要するに俺たちはそんな酷《ひど》いものの原料を運んできたって事なのか？』

『待ちなさいザキ、わたくしが鎮咳剤《ちんがいざい》や、鎮痛薬になると言ったことを忘れないでくださいましね。薬そのものに良いも悪いもありません。戦闘で負傷した傭兵にとって、鎮痛薬は必需品なのですよ』

「そ、要するに銃や戦車と同じ。使い方次第なんだよ」

『……』

レオナやフォクシーの言葉をどう受け止めたのかザキは沈黙する。そうして生じた会話の鬆《す》を埋めるようにレオナが続けた。

『今日ベガス様が入荷したガヨモは、欲しいという要求度の高いところ、つまり高いお金を出すところへと早く流れていきます。お酒の材料としてガヨモを求めているところは、それほど高い値はつけられませんが、魔薬を製造している工房ならば、付ける値段もきっと青天井になるでしょうね』

『だからベガス氏は一袋二五ビスもの金額を提示したと。そして品物の流れていく先を追えば魔薬の工場のありかが分かるわけか。もしかして魔薬工場でも襲撃するんですか』

『とりあえずは魔薬の製造工場を監視して、そこで作られた薬がどこに流れていくかを辿《たど》ります。きっと高いお金を出すところ、あるいは工場と密接な関係を持つ顧客のところへと優先的に運ばれるはずです』

「その先に、大盗賊の大首領がいるってわけだよ」

『大首領?』

「そ。ザキも名前くらいは知ってるんじゃない? 街角に似顔絵を描いた紙がペタペタ張られているから。シルバー・ウィックとかいうヒト種の中年男」

『このあたりで暴れ回っているという、盗賊集団の大首領のこと?』

「そう。奴はこのあたりで暴れすぎて方々の有力者から深い恨みを買って、生死を問わずの賞金がかけられてるんだ。賞金額はなんと七五〇〇ビス！」

ビス銀貨は十個あれば慎《つつ》ましく暮らす庶民ひと家族が一ヶ月《かげつ》は暮らせる。七五〇〇ビスもあったら、その家族は約六〇年の暮らしが保障されるのだ。

『シルバー氏も、ご自分のそんな立場をわきまえてらっしゃるようで、隠れ家を何カ所も用意して、手下達に守らせていますのよ。そしてそこを転々とすることで、狙われることを防いでいるのです。用心深くて大変結構なのですが、名前と顔が売れ過ぎましたわね。どの町にも行くことが出来なくなり、楽しめる娯楽は娼婦《しょうふ》と魔薬の二つだけ。今では薬を手放すことが出来なくなっていると聞いています」

『つまり、お嬢様達はその賞金首にたどり着くために、こんな回りくどいことをしてるのですね。そのためにわざわざモリシャス渓谷の鉄橋を壊したと？』

「しっ、しーだよザキ！　無線を誰かが聞いてるかも知れないから、ここで言っちゃ駄目だって。しー！」

フォクシーの慌てぶりを見て、隣のミミが呆《あき》れ顔をした。

『こんな、低出力の無線通信を傍受しようと思ったら、五十メートル以内に近づいて併走し続けないと聞き取れないのです』

そして今のところ周囲五十メートル以内にはフォクシー達しかいなかったのだ。

§　§

油混じりの砂塵《さじん》が舞う荒野。

双眼鏡の視野の中に小さな集落があった。

集落の中央には油井がある。

簡単な櫓《やぐら》を組んだだけの簡素な油井だ。そしてその周囲に中規模の建物が一、小さな居住用の建物が五棟。

原油の出荷でどうにか細々と生計を立てているような典型的な寒村である。

集落の周囲には盗賊の襲撃に備えてか、あるいは危険な野獣の侵入を防ぐためかバリケードが鉄材やら有刺鉄線を用いて巡らせてある。

この規模ならば人口はおそらくは十五から二十五くらいだろう。

しかしここには分不相応な戦力があった。

「見ツケタ」

「【ザコット】が三、【モブシャ】が二、【ガラクタック】が四。あとピックアップトラック一台。油槽車が二台。戦車は盗賊連中の典型的な装備だね」

【ザコット】とはⅣ号戦車の車体をベースに、その時に手に入った他の戦車のエンジンや砲塔、砲を寄せ集めてレストアした中型戦車のことだ。

【モブシャ】はT34を、【ガラクタック】はM4シャーマンをベースにしたもので、同じ名を冠した戦車ですら砲塔が違うとか、大きなエンジンを無理矢理《むりやり》載せているとかで外観が不統一、バラバラでいかにも盗賊と言った様子なのだ。

そんな盗賊仕様の戦車が約一個中隊いる。

当然、相応する数の搭乗員——多分四十から五十名程度——がこの寒村に滞在しているはずだ。

しかしそんな数の人間を油井一つで養えるはずがない。

つまりこの戦車と乗員達は外来者だ。おそらくこの寒村は、盗賊によって占拠されているのである。

「これだけの敵戦車を相手にするには、戦車傭兵のカンパニーをいくつか雇わないといけないかも知れませんわね」

偵察から戻ってきたフォクシーとカッフェの報告を聞いたレオナが眉根を寄せた。

レオナは戦いについては素人である。しかし基本的な教養として戦いの帰趨《きすう》を決定するのは数だということぐらいは知っていた。

「大丈夫大丈夫。戦車傭兵なんて集める必要ないって」

「一個中隊に守られたシルバー・ウィックを捕らえるのに、戦車一両だけで何とかなるとおっしゃるのですか?」

「うん。これだったらナナヨンだけで十分だって!」

「どうやって?」

「うへへ、こうやってだよ!」

§　§

　ことわざに曰《いわ》く。

「言うは易《やす》く行うは難《かた》し」と。

　これは物事は頭で考えるほどにはうまく運ばないという意味だ。

「どう？　思った以上に簡単だったよ」

　しかし頭からすっぽりと革袋をかぶせ、手足をぐるぐるに縛り上げられたシルバー・ウィックを引きずって帰ってきたフォクシー、カッフェ、ミミの得意そうな顔を見ると、レオナは返す言葉が全く思い浮かばなかった。

　安直な問いかけが口を突いて出てくるだけだ。

「いったい、どうやって？」

　フォクシーの立てた作戦計画は次のようなものであった。

　まず顔や手足を真っ黒に塗り、黒い服装に着替えたフォクシー、カッフェ、ミミの三人は深夜の内に、盗賊達が占拠している油井の寒村へ徒歩で赴いた。

　そして暗闇に紛れバリケードの外、数十カ所に三号桐《きり》ダイナマイトを一本ずつ埋設していったのである。

　バリケードや周壁の類いは襲撃に対する防備となる。

　しかし同時に警戒の視野を狭める心理的な障害にもなる。

油井の上から周囲を警戒する見張り員の注意力が、バリケードによって堰《せ》き止められてしまうからだ。

暗い夜間においては言わずもがなだ。

このような大平原のど真ん中に孤立した寒村に隠れるならば、かえってバリケードなんかで囲わない方が良い。そうしていれば見張りの視線と注意力は地平線に至るまでの全てに向けられていたのだ。

ダイナマイトの埋設が終わったフォクシー達は導火線を繋いで伸ばして、払暁、周囲が明るくなった頃合いにそれらが時間差で連続的に爆発するよう点火した。

「敵襲だ！」

「シルバーに知らせろ！」

この爆発も一発や二発で終わったなら状況を冷静に判断できただろう。しかし止めども無く連続して爆発があちこちで起こったら冷静さを保つことも難しくなる。

なにしろ大首領には敵が多いのだから。

外からは同業他社の戦車盗賊に命を狙われて、内側にもトップに成り代わろうとする有力な配下を抱えている。

これまで食い物にしてきた被害者だって恨みを晴らし仇《かたき》をとるための懸賞金をかけている。いつ誰に襲われたとしても全くおかしくない。

そのため手下達は、この爆発の連続を敵の砲撃だと疑いもせず考えたのだ。

「おい、どこのどいつが攻めてきた⁉」

程なくしてシルバーが姿を現した。

大首領は久しぶりに手に入った魔薬を大いに楽しみ、猫系の娼婦と共に三日三晩ベッドにしけ込んでいた。

しかし危険に対する敏感さだけは鈍っていなかったらしく爆発音が轟くや、身支度もそこそこに外へと現れたのである。

「わからない！　姿が見えない！」

「いや、見ろ。あっちに砂煙が上がってるぞ！」

その時、油井の見張り員が北方を指さす。

「どこだ？」

シルバーが双眼鏡を眼《め》に当てる。

するとその地平線のあたりに小さく砂塵が上がって見えた。

小さく見える理由はもちろん遠いからだ。近づいて見れば相当の大きさになるはず。

つまり大規模な戦車隊がここにやって来ようとしているのである。

しかしこの砂塵もその正体はフォクシー達が事前に仕掛けた発煙筒の煙であった。

「戦車か？　数は？」

「わからない！　見えるのは煙ばっかりだ！」

そうしている間にも爆発は連続している。続いて続いて、ひたすら続いていた。

敵の砲撃は激しく濃密――に感じられた。

まだ集落内に着弾してないが、北方から来る敵の種類や規模がわかるまで近づけば、こんなちっぽけな油井の寒村、吹っ飛ばされてしまうだろう。

「仕方ない！　お前らここで敵を防げ！　ここを死守するんだ。良いな！」

シルバーは部下達に命じた。

「あ、あんたはどうするんだ？」

「俺は逃げる！」

「大首領が逃げたら、俺たちはどうしたらいいんです？」

「んなの決まってるんだろ!?　お前達は俺の盾になるんだよ！」

「ひでぇ」

シルバー・ウィックは、女も部下も全て置き去りにして自分だけピックアップトラックに乗って逃げ出したのである。

その方向は？　もちろん敵がやってくる北の方角の反対側――つまり南であった。

しかし、その南の方角には、【ナナヨン戦車】に搭乗したフォクシー達が手ぐすね引いて待ち構えていた。

「みーつけたあ。装填手、弾種榴弾《りゅうだん》。目標ピックアップトラックの鼻先、五メートルに着弾させるよ～」

「装填ヨシなのです」

フォクシーは自ら号令しつつトリガーを引いた。

「ってー！」

眼前に広がる突如の爆発にシルバー・ウィックはハンドル操作を誤ってしまう。

ピックアップトラックは急ハンドル急蛇行に続くハリウッド映画的横転事故で土煙を上げながら停止した。

斯《か》くして——この近辺で猛威を振るって大勢の人々を恐れさせた盗賊の大首領シルバー・ウィックは捕らわれの身となったのである。

§　§

唐突だが、ナナヨン・カンパニーに新規加入したレオナが所有するビークル、ランド・シップについてここで説明しておきたい。

ポティロン鉱山の地中奥深く三百メートルから発掘されたコマツ９３０Ｅをベースにした超巨大トラックのスリーサイズは、全長が約十六メートル、全幅約十メートル、全高約七メートルだ。まさに動く城と呼んでも過言ではない規模を誇っている。

タイヤの直径はなんと四メートル。

オリジナルのベッセル（荷台）の可積載量はなんと二百九十七トンもあったという。

数値だけだと想像し難いかも知れない。

そこで約四十トンの【ナナヨン式戦車】を七両も乗せて走れると言い換えたらどれほどのものかが想像できるだろう。

こんな巨大な乗り物を現金一括払いで購入したレオナは、これに大陸各地を快適に旅するための改造を施した。

広々としたラグジュアリーな居間、快適なベッドルーム、高価な衣服がずらりと並ぶウォークインクローゼット。

他には台所、食堂、来客を迎えるための応接室——労働で掻《か》いた汗を流すためのスチームバス、トイレ、洗濯室まであったりする。

もちろんみんなが野外で露天生活している中、自分だけが優美な生活を楽しむほどレオナはドケチではない。ザキやフォクシー達ナナヨンのクルーが生活できる四人用居室なんかも二十人分は用意してあった。

その上に、各地で購《あがな》った交易品を納める倉庫や、戦車や武器を整備するための簡単な整備廠、クレーンを有した戦車を四両ほど格納できるガレージ、他に武器庫、燃料庫、弾薬庫まであるのだ。

更に、更にだ。こんなこともあろうかと頑丈な鉄格子扉がついた小部屋まで用意した。

人間が一人がどうにか横たわれる程度のこういう部屋を、普通は牢屋《ろうや》と呼ぶ。今回、この牢屋が役に立つこととなったのである。

「ほら、入れっつーの！」

フォクシーとカッフェ、ミミの三人がかりで牢屋に放り込まれたシルバー・ウィックは、頭から被《かぶ》せられていた革袋から解放されると、薬物中毒者特有の土気色をした顔で周囲を見渡した。

「おい、おいおいおい！　どうして牢屋がこんなに豪華なんだよ!?」

牢屋というのはジメジメとしていて通気が悪く殺風景で、寒々しい場所というのが一般常識である。なのにここは通気が良く、窓から差し込む光も明るい。

壁も明るい色で塗装され、窓にはなんと瀟洒《しょうしゃ》な柄のカーテンまでかかっていた。

どこからかほんのりと花の匂いなんかも流れてくるくらいだ。

そんな部屋の真ん中には寝台兼ソファーが用意されていた。

これもまた、見るからに豪華で寝心地座り心地が良さそうだ。

これは、牢屋という概念に真正面から喧嘩《けんか》を売っているとしか思えなかった。

「わたくしの趣味ですが、いけませんか？　閉じ込められる方のことを考え、居心地がたいそう良くなるよう心がけたのですけれど」

レオナは鉄格子扉の錠前をガチャガチャと下ろしつつニコやかに答えた。

「別にいけなくはねえけどよお！　居心地の良い牢屋ってどういうコンセプトだ？　まさか部屋が豪華だったら、入った奴がここから出ようとしないとでも思ってるのかよ！　まあ、おまえみたいな美人が夜毎相手をしてくれるって言うなら、鍵が開いてたって逃げないけどな。ウヒッヒヒッ！」

シルバーは、レオナの麗しき肢体に猥褻《わいせつ》な視線を向けながら小部屋の中央に置かれたソファーに腰を下ろした。

「うわっ⁉」

しかしソファーは見た目以上に高級で柔らかかった。シルバーが予想した位置よりも随分と深いところまで腰が埋まったのだ。

おかげで落下に似た感覚を味わったシルバーは、驚きで体を支えようと腕と足を広げようとして失敗した。

手枷足枷《てかせあしかせ》によって鎖の長さ以上には手足は動かせなかったからだ。

「くそっ！」

彼は自分が囚《とら》われの身であることを嫌でも思い知らされることになったのだ。

ずっこけ座りをしたシルバーの姿を見て、レオナはコロコロっと笑った。

フォクシーもカッフェもミミまでもが無遠慮に笑った。

「くそっ、馬鹿にしやがって！　てめえら全員、ベッドで三日三晩ヒーヒー言わした上にぶち殺してやるから覚悟しとけっ！」

シルバーは立ち上がると憤り任せに鉄格子を蹴る。

すると足枷につながる鎖が盛大な音を立てた。

「おっさん。あんたさあ、これからの自分にそんなことをする機会が巡ってくるって心の底から本気で信じてるの？」

「ああ。隙を見て絶対に逃げ出してやるぜ！　痛い目に遭わされるのが嫌だったらとっとと俺様を解放しろ！」

シルバーは自分を拘束する手枷を何とかしようと力を込めた。しかし鉄の鎖は彼の力程度ではビクともしない。

「こんちくしょう！　そこのおっぱいのデカいメスドワーフ、この手錠をはずせ！」

するとミミはウェストベルトにずらりと並ぶ工具類のひとつ、ペンチを引き抜いた。

「嫌なのです。自分を痛い目に遭わすと宣言してる輩《やから》を解放するのは、特殊な性癖を持ったマゾだけなのです」

そんなことを言いながらミミは手を伸ばして捕虜の鼻をペンチできゅっと摘《つま》んだ。徐々に力を込めていくとシルバーは悲鳴を上げた。

「痛《い》てててて、やめ、やめれ！」

「はいそこまで！　ミミもうちょっと我慢して。出番はもう少し後だからさあ」

ミミはフォクシーにペシャっと頭を叩かれ「いたいのです」と頭を抱えた。

「一応申し上げておきますが、このランド・シップはリトマン市へと向かっておりますのよ」

「リ、リトマン市だと？」

目的地の名を聞いてシルバーの顔におびえの色が走った。

「リシャス氏に貴方《あなた》を引き渡す予定です」

「貴様ら、俺にかけられた賞金が狙いか？　賞金稼ぎか？」

「今頃ワカッタのカ？　頭ガ良くナイのはクスリのせいか？　ソレとも元からカ？」

フォクシーはパイプ椅子をたぐり寄せて鉄格子の前にどっかりと腰を下ろす。

「正確には戦車傭兵だよ。最近、お金儲けに目覚めちゃってさあ、稼げる仕事だったらなんでもしてるんだよねえ。その一環として賞金稼ぎもしてるってわけ」

「そうか!? だったら俺様をここからすぐに出して解放しろ。そうしたら一万ビスくれてやる。賞金額は確か五〇〇〇ビスだったよな? その倍額だそう。おまえ達だってもらう金は多い方が嬉しいだろ?」

「賞金額は七五〇〇ビスだよ。あんた、自分にかけられてる賞金額も覚えてないの?」

「うっせえな! 以前は五〇〇〇ビスだったんだよ! そうか七五〇〇にまで跳ね上がったか。よし、そういうことなら俺を解放したら一万五〇〇〇ビスだしてやる」

「でもなあ、解放したらあたしらをヒーヒー言わせるんでしょ?」

「三日三晩、わたしを痛い目に遭わせると言ったのです!」

「し、しねえよ! ちょっと脅かしただけじゃねえか!? 本気にとるなよ」

「ほんとに?」

「本当だよ! 俺様をここで解放してくれたら一万五〇〇〇ビスだ。よしっ、決まった。決定だ! ほら、とっとと手枷と足枷を外せ! 鍵を渡してくれるんでも良いぞ」

「でもさ、一万五〇〇〇ビスもの大金、いったいどこにあるの?」

「もちろんアジトに決まってるだろ? これまでの盗賊稼業で稼いだ金をあちこちに分散して隠してあるんだ。金額に換算すると五〇〇万ビスだぜ! どうだすげぇだろ!」

「五〇〇万!? 本当だったらすごいね! で、アジトってどこよ?」

「俺の全財産だぞ。言えるわけがない！」

「そんじゃあさ、一万五〇〇〇ビスものお金をあたしらにどうやって払うの？」

「そこはそれ……う～ん、俺様を信じてもらうしかないな」

「つまりこういうことだよね？　あたしらがおじさんを解放すると、解放されたことを恩義に思ったシルバーおじさんは自分の足でアジトまで行って、一万五〇〇〇ビスもの大金を、わざわざあたしらのところまで運んできてくれる」

「ま、まあ——そういうことになるな」

シルバーは目をそらした。

「信じられるわけないっつーの！」

「だよなあ」

解放されればシルバーは約束した一万五〇〇〇ビスのことなんて忘れて逃げるし、万が一、再びこの白狐達に会うとしても単身なんてことは絶対なくて、復讐《ふくしゅう》のために配下の戦車盗賊の大部隊を率いているに決まっているのだ。

「でもさ、今すぐ一万五〇〇〇ビスの代わりになる物があると言ったら、シルバーのおじさんどうする？」

「何だと？」

「あたしらとの取引に応じて、『自主的』に『自発的』に、何もしないうちからあたしらの知りたいことを教えてくれたら考えてあげるよ」

「し、知りたいことって何だ？　お宝の隠し場所以外だったらなんだって教えてやるぞ」

「あたしらが欲しい情報は師匠の居所だよ」

「師匠って……誰のことだ？」

「シルバーのおじさんと同じヒト種の男。歳は五十くらい。黒目。白髪交じりの黒髪を短く切りそろえている。身長は百七十センチくらい。体重は六十七キロ。あ、もしかすると黒いオニキスの板をおじさんに見せたかもしれないね」

「し、知らない……」

シルバーはあからさまに顔を背けた。

「あはっ、やっぱり知ってたんだね！　良かったらさ、今どこにいるか教えてよ？　どこに向かったかでもいいよ」

「知らないって言ってるだろ！　もしかしてお前ら、わざわざ俺を生け捕りにしたのはそれを尋ねるためか？」

「そ。師匠の居所を探すためだよ」

「くそっ、あんの疫病神めっ！」

「ねえ、教えてよ。その疫病神は今、どこにいるの？」

「言わない！　奴のことは口が裂けても言わねえ！」

するとミミがカチカチとペンチを鳴らしながら尋ねた。

「師匠のことを言えないなら、オーパーツの出所について話すのでも良いのですよ」

「オーパーツの出所だと!? んなこと口が裂けたって言えねえよ！　俺の口は、ダイヤモンド並みに堅いぜ。たとえ拷問されようが殺されようが、喋らないと決めたら絶対に口を割らねえ。だからペンチを鳴らすのを止《や》めろ」

「ふーん、そうなんだ。なら、どこまでその強がりが通用するか試してみようか。カッフェー出番だよー」

するとと黒豹娘が、ワゴンを運んできた。

ワゴンの上にはチャクラム、ナイフ等々、いかにも切れそうな刃がついていたり、先端が鋭く尖ったりしている串針などがずらりと並んでいた。

そこにミミが腰のツールベルトに入れてあるスパナやネジ回しなんかも乗せていった。

「わ、わたくし、席を外しますわね。凄惨な現場はあまり見たくないのです」

レオナがそれを見て少しばかり動揺した様子で退席していった。

おかげでこれから何が起ころうとしているのか、薬で頭が鈍っているシルバーにも理解できた。

「おい、おいおい、おいおいおいおいおい！　貴様ら本気で俺を拷問するってのか？」

「それはこれからのおじさんの態度次第。あたしらとしても、余計な手間をかけたくないのが本音だから。けど素直に吐いてくれなければどこまでするかわからないよ。万が一おじさんが死んじゃったとしても、懸賞金支払いの条件は『生死を問わず』だから、あたしらは全く損をしないんだよねえ」

フォクシーの言葉の間、カッフェはこれ見よがしに道具を点検していた。

刃は鋭く研がれているか？　ナイフは汚れていないか？　針は曲がっていないか？

一通り確認し終えたカッフェは、長い串針を取り出した。

針と言ってもそれは縫い針のようなおとなしいものではない。小さな肉なんかを刺して火で炙《あぶ》るのに使うような長さと太さがあった。

「おい、それをどうするつもりだ？」

「古代の医学ニ、針を刺して病を治スという方法がアッタ。体の各所にはツボがアリ、そこに針を刺スと薬ノような効果が得られたトカ。たとえばウナジにアル盆の窪《くぼ》。ここには唖門《あもん》という名のツボがアル。効能は失語を治スとか。喋らナイ者を喋らスのに最適」

「ちょっと待て待て待て！　針なんか刺したって病は治らねえよ！　治るどころか怪我《けが》するよ！　血が出るよ！　下手すりゃ死ぬって！」

「トコロが効果がアルと古い本に書いてアル。だから是非一度試してミタい」

メス黒豹の眼は前髪に隠されて基本的には見えない。しかし髪の隙間の瞳がキランと光るのがシルバーにははっきりと見えたのだ。

それは、まるで実験用のネズミを見る研究者のようであった。

「お、おおお、オレで、俺の体で試そうって言う気なのか!?」

「針の刺シ方も古代ノ書物にはイロイロ方法が書いてアル。刺してから左右にくるくる捻《ひね》る。何度も何度も差し入れする。刺した針を指ではじく。どんなやり方が一番に効果がアルのカ教えて欲シイ」

「んなの俺にわかるわけないだろ!?」

「鼻の下の溝、唇との間にあるツボを使うトキは、患者が涙ぐむマデという指示が書いてあった」

「やめて！　お願いだからやめて！」

「一番痛イのは、ヤハリ睾丸《こうがん》や竿《さお》ダト思う。メスにナイ器官ナだけに想像スラ難しい。けど、ココにこの針を十本ほど貫通させセル話をすると、大抵のオスは尻尾を丸メル。先ッポから中にトカ、横合いから何本も貫通させるトカ。シルバー、お前はドウ？」

「す、すまん。後生だからやめて……」

「カッフェ、手早く終えるのです。その次はわたしなのです。ペンチで潰すと面白そうなのです。どんな音がするのか興味があるのです」

「つ、潰すって……何を？」

「やっぱりバキリとかいうですか？　それともクシャですか？」

「だから何を!?」

「ペンチ、ハンマー、万力、道具はいろいろあるですよ」

程なくシルバー・ウィックは問われたことに素直に答えるようになった。

§　§

荒茫大陸には法律がない。

正確に述べるならばかつて法律というものが存在したことはある。いや、法律の廃止は宣言されてないからまだ存在しているとも言える。しかし国家が崩壊して法を執行する機関がなくなったため、現在ではその存在の一切が無視されていたのだ。

国家崩壊直後の混乱期、人間達は欲望のままに行動した。

力ある者にとってはそれは天国だったかも知れない。

何しろ欲しいと思った物は、他人の手にある食い物だろうとお宝だろうと、美しい女、あるいは美少年だろうと、手を伸ばしさえすればいくらでも自分の物にできるようになったのだから。

もちろん本来の持ち主——当人、家族、親戚からの抵抗はある。

しかし相手を上回る暴力や銃や戦車を用意すればその抵抗も排除して好きにできた。

殺して踏みにじって力尽くで奪えたのだ。

そんな善悪の概念すらも失われた世界で、力なき者はどうやって生きたのだろうか。

方法は二つあった。

自ら力を獲得するか、それとも力ある者に縋《すが》るかだ。

縋ると言っても、別に足にしがみつくわけではない。力ある者に自分の持っている能力——たとえば一般労働者ならば自分の労働力——を差し出すことで守って貰《もら》うのだ。

商人ならば資金や商品の一部。農民なら作物を提供する代わりに、力ある者に守ってもらう関係——寄親・寄子の関係をつくったのだ。

そうすれば、ならず者が欲望に任せて襲いかかってきた際、力なき者も「俺は有力者の寄子だぞ。この俺に手を出したら寄親が復讐してくれる。お前を絶対に放っておかないぞ」と対応することができるのである。

こうした寄親・寄子の関係によって法律が失われた荒茫大陸世界にも、秩序に似た何かが形成されていった。

とは言えだ。寄親が寄子を守るのにも限界があった。

寄子を害した下手人に復讐するため武装した部下を送ろうにも、その手の届く範囲には限りがあるからだ。

そこで一部の寄親は自分の手が届かないところまで逃げた盗賊や悪党に対しては、懸賞金をかけることでこれに換えた。

『我が寄子の一族を襲った盗賊。生死を問わず捕らえてきた者には五〇〇ビスを支払う』

『我が寄子を裏切って逃げた卑怯者《ひきょうもの》。捕らえてきたら三〇〇ビス』

このような賞金をかけることで寄親としての役目を果たすのだ。

そうすると賞金欲しさに戦車傭兵が下手人を捕らえてきてくれる。

実際に賞金を支払うのは惜しいが、長い目で見ればそれによってきっちりと寄親としての責務を果たしていると言えるようになるし、寄子を害した輩が退治されれば外部勢力から舐《な》められる心配もなくなるのである。

――リトマン市――


フォクシーはザキのモトペを借りると、リトマン市の街路を走っていた。

石造りの建物が密集するリトマン市の中央市街では、敷地のギリギリいっぱいに丈の高い建物をズラリと並べて外壁を兼ねさせるのが一般的なようである。

敷地の中央部分に広めの中庭を設置しそれを取り囲む形で建物を作るのだ。そして採光、通風のための窓は中庭へと向ける。

街路側から見ると建物に背中を向けられているようなものだから、外来者は裏路地を歩かされている気分になってしまう。

だがそれも致し方がないことだ。

リトマン市の往来は、トラックやら戦車やらが絶えず行き交っている。ここは交易都市であり大キャラバンを迎え入れられるように作られているため、トラックやら戦車やらが二台、三台と並んで走ることのできる広大な街路すらある。

そんなところで外向きの窓なんか取り付けたら、そこから履帯が石畳を抉《えぐ》る音が入ってきて喧《やかま》しくって仕方がない。

そんな街の中心街にある巨大なお屋敷を訪れたフォクシーは、屋敷の表札を確認すると正面を避け、裏側にあるフォクシーの背丈ほどの通用門を叩いた。

「何の用だ？」

すると木戸が薄く開かれて中から武装した門番が誰何《すいか》してきた。

「あたしは戦車傭兵ナナヨン・カンパニーの代表、フォクシーだよ。リシャス・バルカー・フォントさんに用件があって来たんだけど。このお屋敷で良いんだよね？」

「間違ってない。さっさと用件を言え」

「シルバー・ウィックについて」

「なに？」

「奴を捕まえた。七五〇〇ビスの懸賞金をかけたのはリシャスさんでしょ？」

フォクシーがその名を告げると門番は驚き顔でフォクシーをマジマジと見た。

「お前が捕まえたのか？」

フォクシーはニッコリ微笑んで首肯することで返事に代えた。

「ちょっと待ってろ」

待つことしばし。

再び通用門が開かれて「お館様が話を聞いてくださる」とフォクシーが迎え入れられたのはそれから二十分ほど後のことであった。

リトマン市は荒茫大陸のほぼ中央に位置するオアシス都市だ。

この付近ではリトマン以外で真水を手に入れるのが難しいため、大陸の端から端まで横断するようなキャラバンは必ず立ち寄る。

そのため商品と情報と人材が集まりやすく、大・中・小、様々な規模の事業を営む商人がここで店舗を構えていた。

商人達は商売上の都合によって時に協力し、時に反目しあう。

商売上の対立は時に暴力を伴う実力の行使へと発展することもあるので、この地で活動する商人達もまた寄親・寄子関係で結ばれる勢力を形成していた。

このリトマン市ではそのようにして形成された大勢力が四つあった。

パダジャン・ムフーメカが頭目を務めるティネル馬借連合。

馬借とは運送業のことを意味している。

もちろん馬ではなくトラック等を用いるのだが、そこから始まって今では輸送機械を中心に様々な機械とその部品を扱う商人の集団となっていた。

ガウノイ・ムフタ・アバラスタが当主を務めるリトマン水資源管理協会。

こちらはリトマン湖の浄水施設を管理する者達の集団を核にした商人の集団だ。

水の値段を決める立場でもあるため、このリトマン市ではこれまた絶大な力を有している。

ホブロイ・グスターシャが代表を務めるリトマン取引所同盟会。

取引所の名が示すとおり、ここは商取引の物の値段を左右する取引所を管理する団体を核にして形成された商人集団だ。

様々なキャラバンが集まるだけに、商品の取引価格に影響を与えるこの勢力もまた相当の力を有している。

最後がリシャス・バルカー・フォントが代表する土倉協同会だ。

土倉とは倉庫業のこと。そこから質草を預かって高利で金を貸す仕事へと発展した。

そう、リシャスは両替、金融を本業とする者達の代表なのだ。

そんなリシャスは、突然尋ねてきた白狐の話を当然というべきか、普通にと言うべきか一旦は疑った。こんな子供に大盗賊を捕まえられるはずがない。その辺に転がっていた死体でも拾ってきたのでは、と思ったからだ。

しかしフォクシーは説明を続けた。

こんなことで嘘《うそ》をついたところで誰も得をしない。たとえ嘘をついていたとしてもすぐにバレる。なにしろシルバーの奴はまだ生きているのだから、と。

「や、奴を生け捕りにしたと言うのかね？」

「たまたまですよ。運が良くって」

「驚いた。若いのに大したもんだ」

ひとたび打ち合わせが済めばこの後の流れはスムーズに行われた。

ランド・シップをリシャスの屋敷の正面門（こちらは建物の二階ほどの高さがある門だ。ただしランド・シップはそれよりも大きいので中までは入れなかった）前に停め話題の人物を引き渡すだけなのだ。

「おいおい!?　素直に全部吐いたら俺様を解放してくれるんじゃなかったのかよ!?」

ミミとカッフェの二人に銃口を突きつけられたシルバーはタラップを下りながら、自分の境遇に納得がいかないと抗議と苦情を申し立てていた。

　しかしレオナは冷たく言い放った。

「フォクシーが解放の条件にしたのは、貴方が『自主的』に『自発的』に、何もしないうちから知りたいことを教えてくれたら――ですわ。拷問器具を見せられ、散々脅かされてから口を割ったのでは遅いのです」

「ひでぇ。んなのありかよ!?」

「約束事をする際は、条件を細かいところまでしっかり確認しなきゃいけないっていう教訓だよね。ま、この教訓を生かす機会が、今後のシルバーおじさんにあるかどうかは疑問だけどお」

　こうしてシルバー・ウィックは、フォント家へと引き渡されたのである。

「くっそ――、今に見てろ！　絶対復讐してやるからな――――！」

　シルバーは一般的常識に従った不衛生かつ不快な地下牢《ちかろう》へと閉じ込められた。

「ハイ、ガッチャン！　お疲れ様でした」

　鉄格子の扉が閉じる音に合わせたオノマトペと共に、フォクシーは両手をパンと合わせると今回の仕事が終了したことをミミ、カッフェ、そしてレオナに宣言した。

　すると商人風の装いをした若いオス・カラカルがやってきた。

　カラカル（ネコ科・耳介の先端に房毛がある）は、自分はリシャス氏に仕える金庫番で会計係のジャックリィと名乗った。

「お館様から懸賞金のお支払いをするよう承っております。それで七五〇〇ビスなのですが手形でいかがでしょう？」

「もしかして、ふざけてる？　それとも馬鹿にしてる？」

「では、板金ではどうでしょうか？　ビス銀貨も七五〇〇ビスともなると簡単ではありませんので。別にフォント家が手元不如意という訳ではありません。その程度の額はたちまちご用意できるのです。しかしフォント家の本業は土倉業。ビス銀貨はなるべく手元に残しておきたいのです」

板金とは金のインゴットのことだ。

この荒茫大陸に国家があった頃、銀本位制が採用されていた。そのために現在でも流通しているのはビス銀貨なのだ。

しかし金は銀より価値が高くて置き場所をとらないし、錆びることがない。

形が変わっても価値は変わらないし、何よりも美しく装飾品として用いられるといった性質がある。そのためもっぱら資産家が蓄財用として使っていた。

だがしかし、銀と金の交換比率が一定していないという不便な部分もある。時やところによって価値に違いが生じるのだ。

「ここでの相場はどうなの？」

「ここのところは板金一枚が五〇〇〇ビス、一日に一分五厘～五分の範囲で上下しています」

「板金一枚がたったの五〇〇〇ビスなの!?　余所《よそ》と比べると随分金が弱いんだね」

「金が弱いと言うより、ビス銀貨が強いのですよ。ここは交易都市ですからね。ここから各地へと向かうキャラバンがビス銀貨を使い惜しむためです」

「？　よく分からない」

フォクシーが首をかしげると、会計係のカラカルは早口でこの街の事情を語り始めた。

荒茫大陸のほぼ中央にあるこのリトマン市では地中を掘ったところで何も出てこないし、地面を耕しても何も育たない。文字通りの不毛の土地だ。

それでもこの街が都市と呼べるほどの規模にまで大きくなったのは淡水のリトマン湖のおかげであった。

この湖は大陸各地を転々とするキャラバンにとって貴重なオアシスで大キャラバンは水を補給するために必ず立ち寄る場所となっていた。

複数のキャラバンが同じ場所に居合わせれば、互いが運んできた交易品を交換するための場が必ず設けられる。

バザールの拡大版とも言えるその大規模商品展示即売会はメセナと呼ばれている。

このリトマン市ではそのメセナがほぼ毎日開かれていた。

そのことからもこの街に日々どれほどのキャラバンがやってきて各地へと出立していくかが推し量れる。

「珍しい品、良い品との出会いは一期一会です。新品同様の状態で掘り出された高価な工作機械。塗装すらそのままに残っていた貴重な乗用車。戦車、砲塔、そして砲、さらにはエンジン。そんな出物を有力な戦車傭兵や好事家に見せれば利益は青天井です。だからこそ出会った瞬間、見つけたその時に間髪容《い》れずに買い取ってしまわねばなりません。手付けを払って現金を後から手配する？

そんな悠長なことをしていたら商売敵に奪われてしまいます。即断・即決・即現物の引き渡しを受けることこそが勝利の秘訣《ひけつ》なのです」

そしてそれこそがこの地で商人として栄達する道であり、金儲けの道なのだ。

しかし遠い地方へ旅に出るキャラバン同士では手形決済はできない。だからこそ支払いがいつでもできるよう商人は多額の現金を握りしめていたがるのだ。

「へえ、戦車の出物があるんだ」

そんな説明の中でフォクシーの耳に残ったのはやはり戦車のことだった。

「ええ、今評判になっているのは【オルクス】です。かつて【M24チャーフィー】とばれた軽戦車です」

「あれって軽戦車なのにさあ、中戦車並みの七十五ミリ砲を搭載してたよねえ。やっぱりお高いの?」

「ええ、売り手のパダジャン氏はかなり強気の値付けをしていますよ。おかげでそんじょそこらの戦車傭兵なんかにはちょっと手が出せません。とは言え各地の豪族、有力者からの問い合わせはひっきりなしだそうですよ」

会計士のジャックリィは自分が売り手というわけでもないのに、不思議と誇らしげに胸を張ったのだった。

01

大・中規模の都市には『傭兵寄場《ようへいよせば》』と称される街区が存在する。

ここには戦車を停《と》められるガレージや整備廠《しょう》、駐車場のある安宿などが密集している。

弾薬や部品なんかが安く入手できるジャンクヤードもある。

もちろん安酒場、飯屋、安い風俗の店なんかが近い。

そんな街区に行くと仕事にあぶれた戦車傭兵達《たち》が、暇そうにぶらついている。

こうした場所では朝一番ともなると、『手配師』と呼ばれる者達がやってくる。そして暇そうにしている如何《いか》にも傭兵といった風体の輩《やから》に声をかけるのだ。

「あんた、暇かい？　良い仕事があるんだ。ちょいと稼がないか？」

そんな感じで今日は戦車が十両、明日《あした》は二十両とかき集められる。

そして戦いの背景や目的、敵の種類や数といった説明すら満足にないままあぶく銭を対価に戦えと戦場へと放り込まれるのだ。

こうした形で集められた戦車傭兵の役目は、とにかく目の前に現れる敵に向けて砲をぶっ放し続けること。何も考えずただひたすら撃ち続けて、生き残れたら万歳という戦いを続ける。

しかしそういう手配師を通さない傭兵の募集もある。

手配師が集める戦車は、性能が低くて弾よけにしかならないことが多いからだ。

戦力を精鋭で揃《そろ》えたいなら一本釣りかコネで声をかけていくしかない。彼らは自分は寄場に集まってるような有象無象とは違うというプライドを持っているからだ。


傭兵寄場から少し離れたところにある、とある安酒場。

まだ日も高いのに、そこに大小様々な戦車が集まってきていた。

数にして二十両。全て違う車種だ。

共通しているのは、いかにも戦車傭兵所有の戦車らしく見窄《みすぼ》らしくてボロっちいということか。

装甲板に継ぎを当てている戦車なんかも少なくない。

しかしどの戦車も厳しい戦いを繰り返す中で、しぶとく生き残ってきたことがわかるたたずまいをしていた。

そこから降りてきた傭兵の数は八十～九十名。なかなかの人数だ。

見渡せば老いも若きもオスもメスもいる。

そんな雑多な集団がまだ準備中の酒場にぞろぞろと集まってきたのである。

傭兵達は、周りを見渡して満足げに頷《うなず》いた。

どいつもこいつも厳しい戦いの中でしぶとく生き残ってきた、歴戦っていう面構えをしてやがる、と。

薄暗い店舗に入ると、テーブルに椅子を揚げてまだ営業していない酒場で、彼らを迎えたのは白《びゃっ》狐《こ》、黒豹《くろひょう》、マイクロドワーフ、そしてライオンの四人であった。

「あんたがフォクシー？」

「そうだよ！　んで、こっちにいるのがカッフェ、ミミ、そしてレオナ。よろしくね！」

傭兵達はフォクシー達を見て訝《いぶか》しげな顔をした。

これだけの数の戦車を集めようとしているのだから、それなりの額の大金が動く仕事が予定されているはずだ。

そしてそうした作戦は、普通は資金力のある大商人か富豪が依頼主になる。もちろん元請けとなるのも大手の傭兵カンパニーだ。

なのにここにいるのは小娘ばっかり。しかもセンターを張っているのは、オスなのかメスなのかわからんガキときている。何かの悪戯《いたずら》か手違いかと疑いたくなった。

「白狐のにぃちゃん。もしかすると、あんたが俺たちを下請けに使おうって腹づもりなのかい？」

壮年の戦車傭兵が皆を代表して問いかけた。

「まずね、あんたらは重大なことで間違ってるよ！　あたしはにぃちゃんではない。メスだから、呼ぶなら嬢ちゃんだ」

「わかったわかった、すまないな嬢ちゃん」

「わかってくれたならそれでいいよ。で、最初の質問への答えなんだけどさあ、今回の仕事はあたしらが依頼主だ。そしてあんたらに仕事を割り振る元請けでもある」

「へぇ、あんたらが依頼主ねえ。儂《わし》らにどんな仕事をさせるつもりか知らんが、雇兵料はちゃんと貰《もら》えるんだろうな？」

「大丈夫ですわ。前金のお金はすでにここに用意してありますので」

レオナが弾薬箱を蹴り転がす。すると中からザラザラとビス銀貨が床にこぼれた。

「おおっ、すげぇ！」

傭兵達は流れ出た現金の山を見てどよめいた。

質《たち》の悪い依頼主だと、前払いの半金しか用意してないのに仕事をさせることがある。作戦の成功で得た利益で後金を支払おうとするのだ。

しかし作戦で得られた物が現金ならまだしも機械や資源の類いならすぐにはお金にならない。しかも期待していた金額にならないこともある。そのため精算が何十日も後になったり、下手すると数ヶ月《かげつ》後になったりすることもあるのだ。

しかし今回は、見ての通り後払い分の雇兵料も既に用意してある。

これならば安心して仕事を請け負うことができる。その日暮らしの生活をしている戦車傭兵にとっては依頼主の年格好や性別は関係ない。払いが良いのが良い依頼主なのだ。

「燃料、弾代もこちらで負担いたしますわ。仕事がうまくいったらボーナスも出します」

しかもボーナスまで約束されたら士気も爆上りだ。

「おおっ！」

「ただし！　その代わり鹵獲《ろかく》品をどれだけ得ようとも、捕虜を得ようとも、全部あたしらのもんだ。そのことを納得してくれる者だけ残ってちょーだい」

フォクシーの言葉に、一同の間に鬆《す》が入ったかのような沈黙が流れた。

折角《せっかく》盛り上がってるのにしらけることこの上ない一言なのだ。

しかしこの言葉は依頼主としては正当な言い分でもある。

事業が成功した際に、その儲《もう》けの山分けを期待して良いのは、失敗した場合の損失をも分け合う無限責任を請け負った者だけだからである。

リスクを背負った者が全てを得る。それこそがこの世界の法則なのだ。

「わーってるよ。んなこと」

「んなの、常識だろ」

成功しようが失敗しようが言われたことをこなすだけで雇兵料を貰える立場では、成功時のボーナスを約束して貰えただけでもありがたいと思わねばならない。

「で、どんな仕事なんだよ？」

「それをこれから説明するよ。あたしらが今回ターゲットにするのは、大盗賊シルバー・ウィックの残党達だよ」

「い、いま、残党って言ったか？」

フォクシーは酒場の床に地図を広げた。

それは先日の油井のある寒村とその周囲の地形を詳細に記したものだ。

「ここに奴《やつ》らのアジトがあるの。今回の作戦目的はここの占拠。奴らの戦力は戦車が十。倍の二十両もあれば一ひねりだよね？」

「おい！　俺の聞き間違いでなけりゃ、今シルバー・ウィックの残党って言ったよな？　このあたりで一大勢力の大盗賊とその手下達が、何時《いつ》から残党なんぞに成り下がった？」

「つい最近だよ。シルバー・ウィックは捕らえられ、土倉協同会のリシャスんとこに引き渡されたからね。残ってるのは有象無象ばかりだから残党って呼んでるってわけ」

「な……んだと？」

「あのシルバーが捕まったなんて。いったい誰が？」

「もちろんあたしらだよ。だから、残党の隠れ家がどこにあるかも知ってる。この場所はね、奴が隠れてたところなんだ」

「マ、マジかよ？」

「さ、話を続けるよ。あたしらはさ、この寒村を占拠してウィックが溜《た》め込んだと自慢していた五〇〇万ビスのお宝をせしめようと思ってるんだ。もちろん、そんな大金がここに隠されてるはずはないんだけど、話半分——じゃなくってそれ以下の十分の一、百分の一だったとしても五万ビスくらいは期待しても良いよね」

フォクシーのこの説明に傭兵達全員が響《どよ》めいたのである。


大首領を失った盗賊集団の拠点を襲うのは簡単だった。

「怪我《けが》をしたらつまんないから無理しないでいいからね。撃ったら退《ひ》く、退いたら弾を込めてまた前に出る。その繰り返しで良いからね」

フォクシーが戦車傭兵に下達した任務は、簡単明瞭で誤解のしようがない。敵に倍する数にまかせて戦車盗賊を牽制《けんせい》すること。それだけであった。

戦車傭兵達も、普段ならば弾代・燃料代を節約しようとするところである。しかし今回は依頼主負担だというから遠慮がない。

「撃って撃って撃ちまくれ！」

濃密な砲撃を浴びた盗賊（残党）達は、楯《たて》にした味方戦車の残骸の後ろから動けなくなってしまったのである。

そこからがフォクシー達ナナヨンの出番であった。

ナナヨンⅠ型のＦＣＳの射撃精度を以《もっ》てすれば移動しない戦車など座り込んだ七面鳥——いや、それよりも楽なただの標的なのだ。

フォクシー達は一キロ以上離れた安全な後方から一両、また一両と盗賊戦車を着実に仕留めていった。

こうして盗賊の戦車は悉《ことごと》く撃破されたのである。

油井のある寒村はあっけなく制圧されて、生き残った盗賊は銃口を突きつけられて捕縛された。

「捕らえた盗賊の中には、賞金首がいるかもしれなからひとまとめにしておいてね——あとー」

フォクシーが突然声を潜めたので、壮年の戦車傭兵は訝しげに尋ねた。

「なんだ？」

「一人か二人、適当に選んでそれとなーく逃がしちゃってくれる？　わざと隙を見せて、当人達が自分で逃げたって勘違いしちゃう感じで」

「なんでそんな面倒なことを？」

「内〜緒」

「内緒かあ。それじゃあしょうがねえな」

捕虜の扱いを下請け傭兵に任せると、フォクシー達は寒村の家捜しをした。

「出た？」

するとアジトの中からは待望のお宝が見つかった。

「デタぞ」

ミミがトランクケースを開く。

すると中から板金やビス銀貨、宝飾品の類いが溢《あふ》れるように出てきたのである。


捕らえた盗賊達は、リトマン市へと運んでリシャスに引き渡した。

「よくぞ捕まえられたな。いやあ大したもんだ」

リシャスは、引き渡された盗賊達を見てびっくりしていた。

シルバー・ウィックを捕らえただけでもお手柄なのである。なのにその手下まで捕らえるとは思わなかったと言うのだ。

「それほどでもないですよ〜。運が良かっただけですって。それにシルバーの手下達はまだいっぱい残ってます。どうも、あちこちに分散して隠れてるみたいで」

「もしかして、君たちはそれも狙うつもりかね？」

「ええ、できる範囲でやってみますよ」

「口ぶりは謙虚だが、自信満々な顔つきだな。やれそうかね？」

「実現できることだけを口にするようにしてるので。実に謙虚でしょ？」

「謙虚と言うなら自分で言ったらダメなんじゃないのか？　まあいい。賞金首以外の奴に対しても奨励金として盗賊一人頭五ビス出すことにしよう」

「えっ、いいの？　ありがとう！」

リシャスはジャックリィを振り返ると顎をしゃくる。

「半金は手形でいいですか？」

「いつもニコニコ現金払い。だよね？」

カラカルの会計係は仕方なさそうにビス銀貨の詰まった弾薬箱を引き渡したのだった。

「まいどあり〜！」

逃亡した盗賊が二人、荒野を走っていく。

「速く走れ」

「ま、待ってくれ。もう走れ、ない」

二人とも体力も限界だ。それでも助かりたい一心で懸命にひたすらに走り続けていた。

仲間のところに駆け込めば助かる。二人の頭の中はそんな思いでいっぱいだった。

だから二人は、自分達を遙《はる》か後方から双眼鏡で監視している者がいることに全く気づかなかった。

ザキだ。

モトペに乗ったザキがつかず離れず追跡していた。

地平線の果て、ギリギリの距離から盗賊達がどこへ逃げていくかを見張っていた。

盗賊達は、仲間の隠れるアジトへと敵を案内していることに全く気づくことのないままに、仲間の隠れ家へとたどり着いた。


ザキが地図を指し示す。

「次の拠点はここだよ」

翌日、またしても戦車傭兵達が酒場にかき集められフォクシーの立案した作戦で包囲戦が展開された。

襲撃を受けた盗賊の戦車は次々と撃破されていった。

「また、捕虜をよろしくね」

「いつものように一人か二人、逃げ出すように仕向ければ良いんだな」

「わかってるじゃん」

フォクシー達は多くの戦車を鹵獲し、多くの盗賊を捕虜にした。

もちろん拠点に隠されていた現金や財宝も獲得した。

「また捕まえてきたのか？」

驚き顔のリシャスにフォクシーは捕らえた盗賊を引き渡す。

「はい。なので賞金と奨励金をちょうだい」

「手形でどうだね？」

今度はリシャスが自ら支払い方法の変更を求めてきた。度重なる現金での出費がいよいよ負担になってきたのだろう。

「手形だと掛け値に――つまり割り増しをしてもらわないと」

「では、宝石ではどうかね？」

「市価よりも安い価格換算なら大歓迎ですよ」

作戦が終了すると傭兵達に雇兵料を支払う。

フォクシー達は居酒屋の入り口脇に弾薬箱を置くと傭兵達に列を作らせた。

戦車傭兵は全員が洗面器を手にしていた。

フォクシーは、傭兵が前に来ると彼らが手にする洗面器に、ざらざらとビス銀貨を注ぎ入れた。

これはお金を渡す際の師匠のやり方だった。洗面器の中でビス銀貨が本物か、ちゃんと数があるかを目と指先で確かめて貰うのだ。

「確かに五二五ビスだ。後払い金とボーナス。全部本物のビス銀貨で受け取ったぜ」

すかさずレオナが書類を突きつけて受け取りのサインをさせる。これで精算終了だ。

懐の温かくなった傭兵達は、そのまま居酒屋へと入っていく。彼らはこれから酒を浴びるように飲み、美味《うま》い飯を食って生の喜びを謳歌《おうか》するのだろう。

だが、フォクシー達の仕事はこれからなのだ。

ランド・シップでは、ミミが油まみれになって鹵獲した盗賊の戦車を整備していた。

ザキとフォクシー、レオナ、カッフェが手伝いながら穴の開いた装甲を溶接で丁寧に修理し研磨して再塗装する。

装備を分解して部品を磨いて、必要ならクロムメッキを施して再度組み立てる。すると外も内もすっかり綺麗《きれい》になった。

そして戦車販売の業者を呼ぶ。

タイガー種の業者はレストアの終わった戦車を見ると感嘆の声を上げた。

「おいおい！　まるでどっかの工房が出荷した品みたくピッカピカじゃねえか!?　ミミ！　これがホントに盗賊からの鹵獲品なのか？」

「ドヴェルグの整備は完璧なのですよ。さあ、隅から隅まで異常がないかしっかりと調べるのです。高値での引き取りを期待するのです！」

「わかってるって！　さすがはミミだ。あんたらの仕事は信用できる。これだったら高く売れるぜ。当然、良い値をつけさせてもらうよ」

ミミが業者と握手して支払いを受けた。

「まいどありー！」

テーブルの上には銀貨の袋が積み上がっていく。板金、宝石類もある。現金でなく手形で支払われたものもあった。

しかしこれだけ集まってもシルバーが語った五〇〇万ビスには到底及ばない。

やはりならず者の自慢話なんて、十分の一程度に聞き流すのが丁度良いということなのだろう。

とは言えこれだけでもかなりの金額であった。

これらの財宝を背景にフォクシーが皆の前に立つ。

皆が取り囲むテーブルには、宴《うたげ》のための料理と飲み物が山のように用意されていた。

「えーこれより『第六回大盗賊シルバー・ウィック残党の拠点襲撃をしたので、その収支報告をするよ会』を開催します」

「いえ――――い！」

するとレオナ、ミミ、カッフェ、ザキが手を叩《たた》いた。

フォクシーが、収支報告書を皆の前で読み上げはじめた。

「えー、ナナヨン・カンパニーの第六回の作戦における収支を報告します。今回の稼ぎは一二万五七二五ビスとなりましたぁ！」

「おおっ！」

「収入の内訳は盗賊のアジトで鹵獲したお宝や、鹵獲した戦車をみんなでレストアして売っぱらった代金、それと捕まえた盗賊をリシャス氏に引き渡して頂戴した賞金と奨励金だね。対する出費は使用した砲弾と銃弾、燃料、戦車をレストアする際に使用した部品の代金等々、それと下請けの戦車傭兵に支払った雇兵料等で、差引残高は――要するに大儲けです！　第一回から第六回の作戦で得た利益を合算すると、五三万飛んで二四ビス――超超大儲け！」

「ビバ、超大儲け！」

レオナ、カッフェ、ミミ、ザキが声をそろえて歓声を上げた。

「仕事の成功、あたしらの幸せに満ちた将来を祝して〜〜かんぱーい！」

五人は、果汁の入った銀製コップを掲げてぶつけ合って唱和した。

「乾杯っ、ヤー！」


宴は終わって——。

ミミは長椅子、カッフェはテーブルの下、ザキは床に丸くなって眠っていた。

「みんな、よく眠ってる」

電気を落として暗くした部屋を見渡しながらフォクシーはミミの向かい側のソファーに腰を下ろした。

するとレオナが、フォクシーのすぐ傍らに——ちょっと隅に寄ってくださいな——とばかりに押しのけるとその膝を枕にして横たわった。

うすぎぬ一枚しか羽織っていない彼女の肌は、窓から入ってくる月の光で輝いていた。

「みんな遊び疲れたのですわ」

みんな宴を大いに楽しんでいた。

それぞれに歌ったり、踊ったり、騒いだり、冗談を言い合ったり、恥をさらし合ったりという形で勝利と大儲けの喜びを謳歌していた。

「まさかレオナがあんな提案をするだなんて思わなかった」

「だって、一度はやってみたかったんですもの」

恥と言えば、特に恥ずかしかったのがお金のベッドを体験したいというものだった。

まずは純金のプレートを丁寧に敷き詰める。

そして全裸になってその上に横たわると、仲間にビス銀貨や宝飾品で躯《からだ》を埋めてもらうのである。

銀貨の山からケモミミのついた頭と尻尾がちょこんと出ているという姿は、正直他人にはちょっと見せられない嬉《うれ》し恥ずかしいものだ。

しかしやった。交代でやった。

板金が千枚。ビス銀貨二万個と赤、青、緑、黄色の宝石達。

これらの中に埋まるとイボイボ指圧スリッパを踏んだ時の痛いような快いような気持ち良さに全身が包まれることが判明した。

そんな乱行の後片付けもしていないので、今は床のあちこちにビス銀貨や金の延べ板や、宝石が無数に散らばって転がっていた。

床だけではない。眠っているミミやカッフェの肌や髪の所々には小さな宝石がへばりついていたし、フォクシーだって足の裏を見ればワッシャ銀貨がくっついていた。

レオナはどうかと思って見れば、紅色の宝石がなんと彼女の臍《へそ》に潜り込んでいた。

しかもそのことに当人は全く気づいていない。

「こんなとこに」

なのでフォクシーが手を伸ばしてレオナの臍からルビーをほじりとってやった。

「あ……ン」

レオナが甘い声を上げた。

「その声、なんかエロイ」

「フォクシーがエロいことをするからですわ。わたくしに——指を入れるなんて」

「あたしこの紅色、好きだな」

「フォクシーの目の色ですわね」

フォクシーはルビーを月明かりにすかした。

月光を浴びて宝石はより一層輝きが増して見えた。

「いっそのこと、こいつを臍ピアスに加工したらどうかな？」

「フォクシーの瞳を、毎日身につけていろとわたくしにおっしゃるの？」

レオナはそう言いながら自分の臍に触れた。

「フォクシーがそう求めるなら良いのですよ」

しかしフォクシーはそんな彼女の胸にぶら下がる黒いプレートを見ている。レオナもそんなフォクシーの視線に程なく気づいた。

「これですか？」

「うん。結局奴らのアジトからは、手がかりになりそうな物が出てこなかったなーって」

「オーパーツのことですね？」

「うん。シルバーってアレな奴だったけど、嘘《うそ》だけは言ってなかったと思うんだ」

「わたくしもそう思いますわ。盗賊が盗んだ品をどこの誰から手に入れたか、いちいち覚えてないっていう言葉は多分本当のことだと思います」

「けど、そうなるとシルバーが率いていた盗賊団の被害に遭った商人を、手当たり次第に調べるしかなくなるんだよねえ。きっと途方もない数になる」

「でもそれほど手間はかからないと思いますわ。リトマン市で戦車の部品を扱ってる商会は数多《あまた》ありますが、ひとつの勢力にまとまってます。そういう場合、元締めから探ってみればよいのです」

「そうかな？」

「ええ。少しずつですが、ちゃんと獲物に近づいていってます。心配する必要なんてありません。きっと向こうの方から近づいてくるはずですわ」

「そうなの？」

「ええ、わたくしが請け負います」

レオナはフォクシーを安堵《あんど》させるためか自信たっぷりにそう言い切ったのであった。

§　§

夜が明けた。

みんな眠りから覚めると、食事をしたり、顔を洗ったり、歯を磨いたりしていた。

血圧が低いのか振る舞いや発言や身だしなみに問題のある者も多い。

うら若き乙女達のこの姿は、朝のこのひと時の姿だけは誰にも見せられないなあとザキは常々思っている

しかしそんな時に限って、ランド・シップの扉を叩く音がする。

「何か用？」

ザキが訪問者に応対した。

もちろん腰の後ろにそれとなく腕を回して拳銃に触れている。ザキの銃はエンフィード・ナンバー2・マーク1短銃身タイプだ。

「お届け物です」

やってきたのはメッセンジャーだった。

メッセンジャーは受取証のサインをもらうとそそくさと帰って行った。

「フォクシー、パダジャン？　って奴から手紙が来たぜ」

ザキが知らない名前に首をかしげつつフォクシーへと手紙を渡す。

するとレオナがニンマリとほくそ笑んだ。

「噂《うわさ》をすれば影ですわね」

「ん？　どういうこと？」

「バダジャン・ムフーメカ。リトマン市で物資の運搬をとりしきる馬借業者の総寄親《よりおや》。頭目ですわ。輸送機械の取り扱いから始まり、機械関係全般を取り扱う大商人です。当然、オーパーツを取り扱いそうな商会の情報もパダジャンの元に集まるはずですわ」

「なるほどねえ……」

フォクシーは手紙を開くと中身を読んだ。

「えーなになに──明日の十八時よりリトマン市グランテスタイタにて──あー、要するにこれって招待状だ。けど、場所が戦車の展示会場？　戦車の展示会でパーティーってどういう意味？」

「商品のお披露目《ひろめ》会では大勢のお客に関心を持っていただくため、関係者を招いた催しを開くことがあるのです。前夜祭・開幕祭・中夜祭・閉幕祭、それに関係者のお誕生会……名目はなんでも良いのです。今回もきっとその類いですわ」

「でも、なんだってそんな催しの招待状が？」

「きっとわたくし達の活躍がパダジャン氏の耳に入ったのでしょう？」

「どういうこと？」

「有力者というものは、成功している若手、上り調子にある者を傘下に従えてその上昇力を我が物とすることでより高く大きくなろうとします。パダジャンの場合はその傾向が他よりも顕著で、かつ強引と聞き及んでいます。リトマン市で派手に活躍していれば、そしてそれが氏の耳に入れば、ナナヨンとはどんなカンパニーなのか興味を持つ。どんな奴らなのか見てみよう会ってみようと何らかの形で接触してくるのは必然なのです。予想より随分と早くて驚いてはおりますけれど」

「こいつのところを調べれば、オーパーツの源流をたどれる可能性もあるってわけか？」

「その前に、わたくしたちが彼から信頼されるようになる必要がありますけどね」

「どうやって？」

「関わり合いを深めていくしかありませんわ」

そこでフォクシーが立ち上がって皆に問いかけた。

「皆の衆、この招待をどうするかね？」

レオナ、ミミ、カッフェは一も二もなく賛成の意思を表明した。

「ザキはどう？」

「おいらは、その、こういうお偉い人の集まりそうな場は――まだ苦手かも」

つい最近まで浮浪児だった彼女は普段はなかなかに神経の図太いところを見せる。

しかしナナヨン・カンパニーに加わってから、よそ行きの場に赴くことを避ける姿勢を見せていた。

立ち居振る舞いや、言葉遣いに自信がなく、下手をすると自分を引き立ててくれたレオナやフォクシー達に、恥を掻《か》かせてしまうと恐れているのだ。

そしてその心境はフォクシーにも良く理解できるものであった。

それは彼女もまた元浮浪児だったからだ。

当時のフォクシーは汚らしい服装をして、食事ならば皿の上の料理を手づかみで口の中いっぱいにほおばって、くちゃくちゃと音を立てながら咀嚼《そしゃく》していた。

あのままだったら、こうして皆と一緒に食事を楽しむことすら恥ずかしくてできなかったろう。

それができるようになったのは師匠に厳しく仕込まれたからだ。『どこに出しても恥ずかしくない程度に躾《しつ》けてもらった』からなのである。

それがなかったらフォクシーはきっとコンプレックスの塊になって、ナナヨン・カンパニーの皆を率いるなんてことはできなかった。

人間は、姿形のないものに価値を見いだすことは難しい。

しかしこれは本当に貴重な無形の財産と言える。それをフォクシーは師匠から無償で与えられた。そのことをフォクシーはザキを見る度に思い知るのである。

「ということで。ナナヨン・カンパニー総員六名、現在員五名、参加希望は四、留守番希望が一――でいいのかな?」

フォクシーは確認するようにザキを振り返った。

「すみませんお嬢様。役に立てなくて」

ザキは申し訳なさとそうにレオナに謝った。

「いいえ、駄目じゃありませんわ。貴女《あなた》がわたくし達に無理して合わせる必要はないのです。苦手意識が理由ならば、いつかは克服して欲しいとは思いますが、自信はご自分のペースで身につけていけば良いのです。そうですわね、この件については後日、研修の機会を設けましょう。貴女にも手伝って貰いますからね、フォクシー」

レオナの強引な言葉に、フォクシーは勘弁してよと頭を抱えた。

そういうことは師匠のように四十年以上生きた老練な大人がすることで、自分のようなガキがするようなことではないと思っていたからだ。しかしとは言え、決して嫌だとは思わなかったのである。

翌日、フォクシー達は余所《よそ》行きの装いで身を固めるとパーティー会場へと乗り込んだ。

こういう時、どんな服装でいくか悩むところである。

四人は鏡の前でああだこうだと言い合いながら、フォクシーとカッフェはボーイッシュなパンツルック。ミミとレオナはお嬢様スタイルにすることにした。

続いて乗り物をどうするかだ。

巨大なランド・シップはどこに停めるにも場所を取る。戦車の展示会場に【ナナヨン】で乗り付けるのは悪目立ちし過ぎてしまうのだ。

しかし幸いなことにシルバー・ウィックを捕らえた際に鹵獲したピックアップトラックがある。

当初はボロッボロで中身も凄《すご》く汚かったが、ミミが丹精込めて整備したので今ではピカピカに仕上がり、高級車のごとき外見に生まれ変わっていた。

それを専門の業者に高く売りつけるつもりもあってランド・シップのガレージに留め置いておいた。今回はそれを使うことにした。

運転はフォクシー。レオナやミミ、カッフェは荷台だ。

三人とも荷台で箱乗りのように横座りして、レオナやミミは衣装の裾と髪とを風にたなびかせていた。

三人の姿はなんとも艶《あで》やかで通りすがる人々の眼《め》を強く引いていた。

リトマン市グランテスタイタは警備によって立ち入りが厳重に制限されていた。武装した傭兵達が険しい視線を周囲に向けていたのである。

「何しに来た？　今夜は招待客以外立ち入り禁止だぞ」

門前までやってきたフォクシー達もまた警備の傭兵に止められた。

「あたしらは招待客だよ」

白い角封筒の効果は絶大だ。

会場の内外を隔てる門が、成功者のみに開かれる上流な人々の集う宴への門が、戦車傭兵でしかないフォクシー達に対して大きく開かれたのである。

02

――コンボリエ――


成功への階梯《かいてい》を一段、また一段と着実に登っていく者がいれば、成功と失敗の分水嶺《ぶんすいれい》、混沌《こんとん》の泥濘《でいねい》で藻掻《もが》き苦しむ者もいた。

「な、なんで払ってもらえないんだよ？」

戦車傭兵《ようへい》アマゾネス・カンパニーを代表するボーア（イノシシ種・メス）は、コンボイ護衛の雇兵料後払い分の支払いを未《いま》だに受けられずにいた。

「だから言ってるだろう。ラテックス出荷代金が入らなかったからだ。期待した収入がなかったんだ！」

「収入があろうとなかろうと、そんなのあたいらの知ったことじゃないよ！　あんたらは囮《おとり》のコンボイを護衛しろと命令した。そしてあたいらはそれを成し遂げた。だったらその対価を払うのが道理なんだよ！」

「そうだ、そうだ！」

ボーアの背後で声を合わせるのは、トラックのドライバー達《たち》だ。

彼らもまた囮トラックを運転した。命ぜられるまま命がけの仕事を成し遂げたのだ。なのに彼らもまた約束された報酬の支払いを拒まれていた。

新しく組合長となったカーデンがまくしたてた。

「あんたらも随分と惨忍なこと言うな！　それはあれか？　俺達のような零細ゴム農園のオーナーに身売りしろって言ってるのか？」

すると組合の助役や相談役がそれに追従した。

「あんたらには前払い分の雇兵料の半額があるはずだろう？」

「今回はそれで満足しろよ！」

「満足できるわけないだろ！」

だがボーアはそんな主張を受け入れるわけにはいかない。残り半額の支払いをアテにして前払い分は弾薬や燃料、食糧、戦車の整備費に充てていたからだ。

命がけの作戦に従事した仲間への支払いがまだ出来ていない。何としてもその分だけはむしり取らなければ仲間に顔向けできないのだ。

「今回は大勢が不幸になったんだ。その不幸は均等に分けるべきだろう！」

だが組合側は主張する。

「そうそう。世の中ってのはお互い様。関わった人間がみんなで損も得も分け合うべきなんだよ！」

彼らがこんな風にゴネるのにも理由がある。

組合という事業体の構成員は負債を無限に負担しなければならないからだ。

今回のラテックス出荷の失敗を例にするならば、コンボリエ・ゴム園組合を構成する農家は、まずそれぞれが出荷したラテックスの代金を諦めねばならない。つまり今期分の労働と、それに要した経費のことごとくが無駄となったのだ。

さらに組合が失った輸送用のトラックの補填《ほてん》費用。その負担が加わる。

次期以降の出荷を考えれば、輸送用のトラックの再購入は最優先だ。そのための費用を各農家は準備しなければならないのである。

もちろん燃料代、消耗品費もだ。それらをみんな等分に負担するのである。

なのにトラックの運転手や、護衛に雇った戦車傭兵のへの後金支払いまでがそこに加わったら農家側も不平や不満が高まっても仕方がないのだ。

特に戦車傭兵に対しては「護衛任務に失敗しておきながら、どの面下げて代金を支払えと言うのか、厚かましいぞ」という悪感情が働く。そしてそんな農家の悪感情が組合執行部に伝播《でんぱ》して後金の支払い拒絶という行動になったのである。

とは言え、それは組合側、ゴム農園側の一方的な都合とお気持ちでしかない。

ボーア達アマゾネスの戦車傭兵や、ドライバー達は組合長の指図に従った。

その結果が不利益無益となったのは組合長の判断ミスでしかない。その責任を自分達に押しつけられても困るのだ。

「そんな身勝手な理屈、納得できるか!?」

それでも組合の執行部は頑《かたく》なだった。

「ああ、そうかいそうかい、そっちがそう言う態度なら、こっちも考えがあるぞ。あんたらとの後々の付き合いは断らせて貰《もら》うからな！」

この言葉でひるんだのがドライバー達だ。

「今後」を人質にされると彼らは言い返せなくなった。

不平不満を漏らしながらもドライバー達は次々と交渉の場から立ち去っていった。

「たわいもない連中だぜ」

「現場の連中なんてこんなもんすよ」

ボーアがまだ目の前にいるというのに組合執行部はもう終わったつもりになったようで本音を腹蔵なく口にしていた。

「あたいらの話はどうなってる？」

「おまえらまだいたの？」

「まだいたのじゃねえ！　損失を分け合うというのならば、こっちは戦車や人員を損失してるんだ。その分の負担も均等に分けあえよ！」

「なんで我々が？」

「そうそう。どうせ貧乏人の子だくさんな農家連中が口減らしに立ち上げた戦車傭兵のカンパニーだろ？　役立たずの穀潰《ごくつぶ》しが二、三匹死んだくらいで恩着せがましく言ってるんじゃねえんだよ」

「ほらほらとっとと帰った帰った」

もし他の戦車傭兵が生き残っていたらこんな酷《ひど》い扱いは受けなかったろう。

そもそも暴力を担当する戦車傭兵が、ここまで理不尽に扱われことはない。

その暴力が自分や自分の家族に向けられたらと誰もが考えるからだ。しかしボーア達は嘗《な》められていた。徹頭徹尾嘗められきっていた。


ボーアはこの件について親兄弟を含めあちこちに相談した。

そもそも組合のコンボイ護衛の仕事を受けることが出来たのも、親戚のツテを頼ってのことだ。

だからその縁を手繰っていけばきっと何とかなると思ったのだ。

「組合とは、今後も長い付き合いになるんだ。今回は泣いてやんな」

しかしこうなるとコネが悪い方に働いた。

親戚達から、雇兵料の半額受け取りを諦めるよう説得されてしまったのだ。

「長い付き合いもなにも、今回の支払いがなきゃあたいら終わりなんだけど。どうしたらいいのさ？」

「そんなの知るか」

親切ごかして口を開いても結局は無責任な他人事《ひとごと》扱いだ。親戚のそんな身勝手な態度にボーアは頭を抱えてしまった。

「どうしたらいいんだ」

戦車の損失、弾薬、部品の損耗、燃料の消費。物理的損害は事情を忖度《そんたく》してくれない。しかも今回は仲間を失っている。バッヂとフヒリアだ。

二人の戦死は家族に伝えてある。

しかしバッヂの遺族からの反応は全くなかった。

彼女は天涯孤独の身の上だなどと言っていたが、農家の子だくさんの例に漏れず兄弟姉妹は多かったはずだ。にも拘《かか》わらず遺体の引き取りに誰も来ないのだ。

「うちらで埋葬するしかないか」

「でも、バッヂの遺品とかもあるよ」

一応、遺品（若干の財布の中身）があると伝えてみる。

するとこれまでの冷たい態度もコロッと変わっていそいそとやってきた。

開口一番で「金はどこ？」ときた。

「こっちです。遺品含めて全部の確認をお願いします」

「けっ、しけてんな」

財布の中身を見てブツブツ言って、非常に分かりやすい態度であった。

「あの子の仕送りを頼りにしてたのに。娘を、娘を返して！」

フヒリアの遺族からは死んだ娘の見舞金を出せと迫られた。

「こっちは被害者だぞ。被害者の要求を百％呑《の》むべきだろうが！」

「別にあたいらが加害者ってわけじゃないんだけど」

傭兵稼業に被害者も加害者もない。

自分だってそれを承知して傭兵になったたし、家族だってそれを知ってフヒリアを戦車傭兵のカンパニーに参加させたのではなかったのか？

「なんだと貴様！　自分達だけおめおめと生き残っておいて、何の責任もないと言い張るつもりか!?」

ボーアは困り果ててしまった。

そしてわずかに残っていた運転資金から見舞金を出した。

それが数個のビス銀貨でもこの状況では痛い出費だ。しかし遺族側はそんな額であってもむしり取れたことが嬉《うれ》しいのか立ち去り際にニヤリと笑っていた。

「穀潰しが最後には役に立ってくれたよ。へへへ」

こみ上げてくる怒りにボーアは思わず腰の拳銃に手が伸びそうになった。

それを止めたのがストリクスだ。フクロウ種の彼女はボーアの腕を必死になって抱え込みながら囁《ささや》いた。

「ここで短気に走ったら、これまでの我慢が全部水の泡になっちゃう」

法律のないこの世界では、誰かを殺《あや》めたところでそれを理由に罰されることはない。とは言え乱暴者というレッテルを貼られれば親類縁者から縁を切られてしまう。

それによって負う不利益は少なくない。自分達のような弱小の戦車傭兵のカンパニーはコネがないと仕事を得られないのだから。

「くそっ」

ストリクスになだめられて仲間の元に戻ったボーアを迎えたのは、彼女の悩みの種を減らしてくれるどころか、さらに増やしてくれる仲間達であった。

宿営地と呼ぶのもおこがましいただのキャンプ地にいた仲間達は、盛大に酒を飲んで飯を食らって陽気に騒いでいたのだ。

「お前達、いったい何をやってやがる!?」

ボーアのあまりの剣幕《けんまく》にカンパニーの仲間達はみんな一斉に黙り込んだ。

「何って、葬式だよ。葬式――見てわかんねえのか？」

沈黙の中でメス犬のケーヌスが言い返した。

「こうやって、仲間を見送るのさ」

見ればバッヂとヒフリアのヘルメットが置かれて花で飾られていた。

その前には酒の入ったカップと粗末ながら食べ物が供え物のように置かれていた。

「だからって金もないのに――くそっ！」

葬式なのだから仕方ない。仕方がないと自分に言い聞かせる。

しかし今は非常時だ。食糧一食分だって節約したい時だ。なのに、なのに——これだけの食糧と酒。いったいいくらかかっているのか。

事態の深刻さを理解していない仲間達にボーアの苛立《いらだ》ちは増す一方であった。

「おら飲めよボーア」

そんなボーアの神経を逆なでするように酒の入ったカップを押しつけてきたのはメス犬のケーヌスだ。

「バッヂと、フヒリアに乾杯」

「……乾杯」

ボーアはためらいつつもカップに口を付ける。

その強烈な酒精分に思わず噎《む》せ返った。

「こんなものを飲んでるのか?」

これは酒などではない。

ただただ純度が高いだけの工業用エタノールだった。ボーア達はこれをもっぱら機械部品の洗浄や不凍液として使っていた。

「酔っぱらうにはもってこいだろ?」

目を白黒させるボーアを見て何が嬉しいのか、ケーヌスはへっへーと笑うと去って行ったのである。

「くそっ、酔っ払い野郎！」

次に声をかけてきたのはメスネコのシルベストリだ。

「ボーアさあ、あんたいったい何が気に入らないのさ？」

「何もかもさ」

この後どうしたらいいかが、全くわからない。

酒精が頭に回ったのか、こんな台詞《せりふ》が喉元までこみ上げていた。

しかしこんな言葉は口から漏らしてはいけない。仲間を不安にさせてしまってはいけないのだ。

弱音を吐くことを懸命にこらえるボーアの姿が、よりいっそう不機嫌さの表明に思えたらしい。

シルベストリもまたボーアの側《そば》から離れていった。

結局、仲間とボーアの間には距離が出来てしまった。

「ボーア。明日《あした》になったら仕事を探しに行こう」

そんなボーアにストリクスが勇気を振り起こして声をかけてくる。

【ゴランド】一両で、請けられる仕事なんてあるのかよ、しかも、弾代も燃料代もないんだぞ！」

「だ、大丈夫だよ。大丈夫って思おうよ。だってホラ、ナナヨンの奴《やつ》らだってたった一両でも仕事を請けてたろ？　だったらうちらにだって仕事くらいあるさ。きっと」

「あるのか？　本当にあるのかよ」

「うん。あるよ、きっと。たぶん、もしかしたら……」

ストリクスの頼りないこの言葉だけがボーアにとっての希望であった。

翌朝――。

ボーアは二日酔いで頭が痛い、気持ち悪いと主張する仲間達を蹴飛ばすように叩《たた》き起こすと軽戦車【ゴランド】二両に分乗して宿営地を後にした。

向かった先はクラップフ市街の傭兵寄場だ。

そこには毎朝複数の手配師がやってくる。

仕事の元請けとなった傭兵カンパニーから「弾よけ、人数あわせに使える戦車を何両、○○ビスで集めろ」と依頼され、暇してぶらついているような戦車傭兵に声をかけるのが彼らの仕事だ。

何両もの戦車が手配師に連れられて出かけていく。

彼らの多くはこれから何のために誰と戦うのかも知らされずここから出発していく。そしてその多くが帰ってこない。

「払いの良い仕事はないか?」

そんな手配師の一人に【ゴランド】から降りたボーアが歩み寄った。

「ああ?　お前ら日雇い仕事だからって嘗めんじゃねえぞ!　こんな遅い時間に来て割のいい仕事が残ってるはずねえだろう?　この世にはな、仕事が欲しい奴がゴマンといる。そういう奴は暗い内から集まって俺たちのことを待ってるんだ!」

「頼むよ。何も残ってないのか?」

「アマゾネス・カンパニーか。聞いてるぜ。おまえら随分と間抜けやらかしてカモにされてるんだって？」

「カモ……だって？」

「コンボリエ・ゴム園の奴らが言ってたぜ。護衛に雇った戦車傭兵が全滅してくれてよかった。後払い分の支払いをせずに済んでよかったってな。わかるか？　奴らにとっちゃ、お前らはもう死んでるのと同じなんだ」

「くっ……」

　ボーアは腰の拳銃に手をかけた。

「おいおい、そんなもんオレに向けて何の意味がある？　そもそも銃口を突きつけるべき相手はゴム園組合の奴らだろう？　なのにお前はそれができなかった。だからお前らは嘗められちまうんだ。悪いこと言わねえ。戦車傭兵なんかやめちまえ」

「そんなことできねえよ。傭兵をやめたら、これからどうやって生きていったら良いかわからねえ奴だっているんだ」

「仲間か。随分と美しい響きの言葉だ。だが、その仲間はお前にいったい何をしてくれている？　見てみろやボーア、お前さんの言う仲間連中の腑抜《ふぬ》けた顔《ツラ》をよ。親鳥が餌を運んできてくれるのを嘴《くちばし》あけて待ってる雛鳥《ひなどり》みたいだろ？　奴らはお前に明日の心配も、仕事探しの苦労も、昨日の後悔も何もかも全部押しつけてただ安逸《あんいつ》を貪ってる。それでいて文句だけは一人前なご立派様ときてる。お前は、本来しなくてもいい奴らの苦労を一人で背負わされてるカモなんだよ！」

「でも、解散したらあたいらはどうやって生活するんだよ」

「人間どう生きるかなんて各々がテメエの頭で考えることだぜボーア。誰しも自分のことは自分で責任を取る。それを他人に押しつける奴を楽させてやっていったい何の得がある？【ゴランド】でも、売っぱらっちまえば当座の生活費にはなる。それをメンバーに分配してお前はお前の心配だけして生きろ。お前ほどの才覚がある奴なら、きっと今よりマシな生活できるぜ」

「ううっ……できねえ。できねえよ。このアマゾネス・カンパニーだけが、どこにも行き場のねえあたいにとっての家だ。余り物で爪弾《つまはじ》きにされるしかなかったあたい達が、口減らしのために放り込まれた場所でしかないのは分かってる。でも、ここがあたいらにとっての救いの場なんだ！」

「なら好きにしな。警告はしたかんな。この後どうなろうと、誰も教えてくれなかったなんていう恨み言だけは絶対に口にするんじゃねえぞ！」

「わかってる。わかってるさ」

「良し、わかった。どんなことをしても自分のカンパニーを救いたいっていうお前に免じて、良い仕事を紹介してやる」

「し、仕事があるのか!?」

「仕事なんてのは何だってするって覚悟で探せば、いくらでも見つかるもんだぜ」

「な、何でもって、それはどんな仕事なんだよ？」

「汚らしくて阿漕《あこぎ》で、救いのねえ仕事だよボーア。あまりにもド汚ねえから依頼主だって地元の奴を使うのを躊躇《ためら》う。遠くの奴を寄越《よこ》せってんで、こんなクラップフの手配師にまで声がかかるくらいにな。きっと盗賊に成り下がった方がまだマシだって、後悔すること請け合いだぜ。だが、金だけは貰える。それだけは保証するぜ」

「と、盗賊みたいな仕事は、仲間にやらせたくないんだけど……」

ボーアはちらっと仲間を振り返った。

「なんだ、お前まだそんな甘っちょろいことを言ってるのか？　世の中は平等じゃねえんだ。どうやったっておいしい思いをして生きる奴と、苦い思いをする奴にわかれちまうんだ。その差は何故《なぜ》生まれると思う？　たとえばナナヨンの奴らだ。お前らが請け負った囮コンボイの護衛を手伝ったナナヨンの奴らは、あの仕事でしこたま儲《もう》けたって聞いてるぜ」

「えっ、あいつらが？」

「不思議だよなあ。同じ仕事をしたはずのお前らが後払い分を受け取れずに塗炭の苦しみを味わってるのに、あいつらは大儲けでこの世の春を謳歌《おうか》だ。それはいったい何故だ？　どうしてだ？　不公平だよなあ。実に不平等だ。そんなことがまかり通って許されるなら、お前が損を他人に押しつけたって良いじゃねえか。そう思わねえか？」

「う……ナナヨンの奴らがあの仕事で大儲け。どうして？　どうやって？」

混乱と狼狽《ろうばい》をあらわにするボーアを見て手配師はほくそ笑んだ。

「そりゃ、奴らは世の中の仕組みってもんを知ってるからだ。その仕組みに沿って何をすれば儲かるかを奴らはちゃんとわきまえてるんだ」

「くそっ、あたい達がこんなになってるってえのに」

「逆恨みしてる場合じゃねえんだよ。お前もこちら側にくれば良い。まずはこの阿漕な仕事を、救いのねえド汚い仕事を、あそこにいる仲間にやらせろ。いいか？　これは嫌なことを他人に押しつけるのとは違うぞ。今、お前が背負ってる重荷を奴らと分かち合おうってだけの話なんだからな？」

「で、でも、仕事場はここから遠いんだろ？　それだと燃料代が、そう手持ちの金がないから今はとりあえずは簡単な仕事を……」

「大丈夫。支度金なら出してやる」

「し、支度金!?」

「そう。後はお前の決心次第だ。どうする？」

「…………わかった。その仕事を回してくれ」

「お前ならきっとそう言ってくれると思ったぜボーア」

手配師は、魂の販売契約を結ばせることに成功した悪魔の如《ごと》く、ニンマリと微笑《ほほえ》んだのである。

03

リトマン市グランテスタイタは交易で成り立つこの街の中核となる商業施設である。

大陸各地を転々と旅するキャラバンが普段用いる天幕よりも、さらに広大な床面積を誇っていて、複数のキャラバンが各地で仕入れてきた様々な物産を場所や天候を気にすることなく同時に展示することが可能となっていた。

その特徴は広さだけではない。施設には様々な工夫、設備が導入されていた。

例えば照明だ。

荒茫《こうぼう》大陸はあちこち掘れば原油があふれてくる。

それらを精製すると得られる可燃性ガスを利用した照明設備を会場内に設置して、陽《ひ》が落ちても会場内は明るく照らされているのだ。

だからだろう。商品の展示や商取引だけでなく夜会も合わせて開かれることが多い。

今回も展示されている戦車と戦車の間に料理や酒を載せたテーブルが並べられていた。

機械製品と機械製品の間には様々な楽器を抱えた楽士達《たち》が座る。軽快な音楽が会話の邪魔にならない程度の音量で流され、リトマン市在住の有力者、著名人、オスもメスも老いも若きも皆が煌《きら》びやかに着飾って談笑し、料理に舌鼓を打ち、酒を酌み交わす。

そして各所に設けられたギャンブルのテーブルでは、オスもメスも老いも若きもカードやサイコロを用いた賭博に興じていた。

「うわぁ、凄《すご》いのです」

そんなところへフォクシー、レオナ、カッフェ、ミミの四名が足を踏み入れた。

「実に煌ビヤカ。踊りタクなってクル！」

四人が到着した頃にはパーティー会場は盛況であった。

ミミはその明るさに感嘆して、カッフェは会場内に流れる音楽の軽快なリズムに合わせて身体を軽く揺すらせる。

「ミミ、カッフェ、見てみて、あそこにM4シャーマンがあるよ！」

フォクシーの目に入ったのは広大な敷地の各所に展示された戦車の数々だった。

車体、砲塔、砲、エンジンの四種がオリジナルのままに揃《そろ》った貴重なM4シャーマン、T34が綺麗《きれい》に再塗装されてあたかも新品のような装いで並んでいた。

もちろん異種ニコイチ、異種サンコイチのレストア戦車もずらりと並ぶ。

そんな中でも今現在、最も衆目を集めているのは【オルクス】であろう。

かつてM24チャーフィーとばれた軽戦車を元にしたレストア車だ。馬借連合の総寄親《よりおや》パダジャン・ムフーメカが出品したこれは、珍しいことに車体と砲塔と砲の三種がオリジナルのままに揃っていた。

オリジナルに近いということは、バランスが良くて性能もオリジナルに近いということだ。そのため多くの商人が関心を示して周囲には人だかりができていた。

フォクシーは仲間を引きずるようにしてその人垣へと突入する。そして【オルクス】の装甲にベタベタと触って頬《ほお》ずりした。

「これ欲しいっ！　出来れば一個小隊分！」

フォクシーは一目で【オルクス】が気に入ったようだ。

「身内の戦車があと一個小隊あるとできることが一気に増えるんだよねえ。今でも仕事によっては戦車傭兵《ようへい》を雇って仕事してるけどさあ、今みたくあたしが【ナナヨン】の車長と砲手を兼ねている状態だと全体への目配りが厳しくって」

傭兵は、どんなにベテランで腕が良くてもやはり傭兵なのだ。

雇い主がしっかり監視していないと手を抜き、力を抜く。腕の良いベテランほど危険な仕事をちゃっかりと避ける。それでいて他所《よそ》と同じ報酬を得たがるのである。

「つまり、フォクシーは分業をしたいのですね？」

「そういうこと」

「ランド・シップのガレージには戦車を四両収容することができますから、あと三両までなら買っても良いでしょう。けど乗員はどうするのですか？」

「それが問題なんだよねえ」

「【オルクス】は一両の乗員が五人なのです。信頼できる仲間を、いきなり十五人得るのは難しいのです」

「だよねえ……」

フォクシーは現実の問題を突きつけられて意気消沈した。

「そもそもナナヨンの定数すら満たせてないのです」

フォクシーが車長の仕事に専念するなら、まずはザキかレオナにナナヨンに乗って貰《もら》ってカッフェかミミのどちらかを砲手にするべきなのだ。

しかし百五ミリ砲の重たい弾を軽々と素早く装填《そうてん》できるのはミニマム・ドワーフのミミだけだ。

そして癖のあるナナヨンを無理なく操縦できるのはカッフェだけ。

できることならこのポジションは動かしたくないのである。

とは言え、素人同然のレオナやザキを砲手席に座らせたところで、三人と息の合った戦闘はできない。訓練を施したとしても、彼女達のどちらかが力をつけるまでには相応に時間がかかってしまう。

そもそもだ。フォクシー、ミミ、カッフェはあえて口にしないがナナヨンの砲手席に師匠以外の誰かを座らせることには心理的な抵抗感がある。

三人の考えでは砲手席はあくまでも師匠の定位置だからだ。

特別で臨時で、緊急な都合で誰かが座る分にはかまわない。しかしナナヨンの砲手席はあくまでも師匠のものなのだ。

「ねえねえ、この戦車、いくら？」

フォクシーは戦車の傍らに立って客に商品の説明をしている戦車傭兵の装いをしたコンパニオンを振り返った。

コンパニオンはすらりとしたスタイル、そして長穂耳《ながほみみ》を持つエルフ女性であった。

「本体のみの価格ですと一〇万ビスとなっております」

戦車一両が一〇万ビスとはなかなかに強気のお値段だ。一〇ビスは、慎《つつ》ましく暮らす一世帯の一ケ月《かげつ》の生活費に相当する。

「高いね」

「良い物は高いのです」

「オプションに、お姉さんはついてくる？」

「えっ、えっ!?　それってどういう意味です？」

「だからさあ、戦車と一緒に乗組員も売ってるのかなーって」

この会場にいる客の多くは戦車を扱う商人だ。そして彼らが仕事で付き合うのは現場で戦車に乗っている傭兵だ。

そのため商人であっても戦車には詳しくなる。当然、展示されている戦車について解説し、投げかけられる問いに答えるコンパニオンも、戦車について詳しくなければ務まらない。

このエルフ女性はどんな質問にも流暢《りゅうちょう》によどみなく答えていた。

この手のコンパニオンの役目はもっぱら人寄せ、会場の賑《にぎ》わせ役だ。そのため選抜基準の一番に来るのが容姿だ。

しかしこのエルフ女性は容姿もさることながら、担当する商品の技術的な情報を頭に叩《たた》き込んでいて知的水準も高い。戦車傭兵の素質があるように思えるのである。

「お客様、困ります」

しかしながらフォクシーの要望はすげなく断られてしまった。

当然である。コンパニオンは良い仕事だからだ。

容姿が売りの仕事だから旬を終えるのは早いだろうが、それまでに富豪や豪商に能力を認められれば商会の従業員――主に秘書等の仕事――に引き抜かれることも多い。

何より命がかかっていない。だから戦車傭兵の仕事に靡《なび》くとはとても思えないのだ。

ナナヨン・カンパニー規模拡大というフォクシーの野望実現は先のことになりそうだった。

「お客様、困ります！」

「だから分かったって。もう誘わないから安心してよ」

「安心できません。あーいけません、お客様！　困ります！　お待ちくださいっ！　ああああーっ！」

エルフ女性が悲鳴を上げるのでようやくフォクシーも事態の異常さに気づいた。

「どしたの？　何があったの？」

振り返ると、ミミが展示されている【オルクス】に触れるだけでなく、ハッチを開けて中をのぞきこんだり、戦車の下に潜ったり、装甲の厚さを調べる等々の傍若無人な振る舞いに及んでいたのだ。

ほうっておいたらエンジンすら分解しかねない勢いで、コンパニオンのエルフ女性も何とかやめさせようとしていた。

さすがのフォクシーも仲間の乱行を黙って見ているわけにはいかない。エルフ女性と一緒にミミを羽交い締めにするようにして止めたのである。

フォクシー達はコンパニオンのエルフ女性にたっぷりと怒られた。

二度と【オルクス】に近づかないことを約束させられてしまったのである。

「エルフさんカンカンになってたねえ」

「あれだけの乱行に及んだら、パーティー会場から追い出されなかっただけマシだと思わなくてはいけませんわ」

「で、ミミ。どうだった？　一〇万ビスもするようならオーパーツのひとつやふたつ使っててもおかしくないって思うんだけど」

「ざっと見ただけではわからなかったのです。もうちょっと弄《いじ》くらないと」

「そうは言ってもさあ、エルフさんに警戒されちゃったからねえ」

この荒茫大陸では、戦車や自動車、機械の類いは大地の下から泥だらけ錆《さび》だらけとなったそれらを発掘する形でしか入手できない。

それらを一から自作する技術や能力はここ荒茫大陸にはないのだ。

そのため欲しい戦車の車体、欲しい戦車の大砲があったとしても、それらを入手するには、欲しい部品がついた戦車や機械類が発掘されるのを待たねばならない。

しかも発掘されたとしてもそれが使える状態とは限らない。錆《さ》びて腐食して使えないことの方が多いのだ。

もちろん技師達もその境遇に甘んじてはいない。様々な工夫を凝らして自作できる部品の種類を次々と増やしている。

例えば戦車の履帯部品、ゴムタイヤ、砲弾や銃弾等々なんかもある程度のものならば工房で作ることも可能となってる。

寸分違《たが》わぬほどに類似した形状の物を、ハンマーと金床で、職人達がその技術を駆使して模倣再生している。電球や真空管などは、ガラス職人が拭き管を使って一個ずつ丁寧に膨らませているのだ。

しかしそれでも、発掘品がなければ動く戦車は作れない。

動く自動車、織機といった精巧な機械は作れないのだ。

しかしごく希《まれ》に、そうした職人の手による模倣・再生品でもなく、もちろん地中からの発掘品でもないのに「何故《なぜ》こんなものが？」と思うような高性能・高精度の部品がジャンク屋や機械部品を取り扱う店の商品棚に並んでいることがある。

例えばトランジスタのついた無線機。【ナナヨン】で使っているＡＰＦＳＤＳ（装弾筒付翼安定徹甲弾）なんかがそうだ。

店主に「これってどんな戦車の部品だったの？」とか「どこから買ったの？」と問うても答えは決して得られない。

いくら尋ねても調べても、出所不明という結論しか出てこないのである。

そんな出所不明で、供給源がどこかもわからない高性能な機械部品の類いは、オーパーツと呼ばれていた。

フォクシー達の師匠は奇妙な考えに取《と》り憑《つ》かれていた。

このオーパーツが、どこからやってくるのかを調べていけばこの世界の秘密がわかるはずだと。元の世界に戻る手がかりもそこから得られるに違いない、と。

彼はそういう陰謀論真っ青な考えに取り憑かれていた。

そしてフォクシーの手からオニキスプレートをむしり取ると【ナナヨン】をフォクシー達の手に託してどこへともなく行方をくらませたのである。

フォクシー達は考えた。

師匠の行方を捜すならばオーパーツを追えば良い、と。

「ここにはオーパーツはないのかな?」

フォクシーが首をかしげるとミミは囁《ささや》いた。

「そもそも、オーパーツのような特殊な部品は、ユーザーがとっておきの自分の戦車に取り付けるものなのです。他人の手に渡る販売品にとりつけるようなものではないのです」

「確かにそうだよね。そうすると、調べるべきはパダジャン氏が自分用で自慢の種にしているような戦車とか——かな?」

フォクシーは展示場の中心にある戦車へとチラリと目をやった。

そこには【トータス】重突撃戦車が鎮座ましましていた。

エンジンも砲もそっくりオリジナルのままでパダジャンご自慢の一品だ。

お値段はなんと五〇万ビス。

こんな値段をつけているのもおそらくは自慢のため、話の種にするためだろう。

売る気なんてハナから無いことがこの強気の値段から強く感じられた。

「あれを見せて貰うのは大変なのです」

「相当親しくナラナイと無理」

「だったら勝手に見せて貰ったらどうかな?」

「この衆人環視の中でです?」

ミミがちらりとコンパニオンのエルフ女性を見る。するとミミ達は警戒されているのか彼女の作ったような笑顔がすぐに返ってきた。

「ソコはまかせテ。皆ノ注意はミナが引き付ける――あ、かぶッタ。受けルー」

自分を意味するベルベ語の『ミナ』と『皆』が被《かぶ》ったのが可笑《おか》しく思えたのだろう。カッフェはクスクスッと笑った。

フォクシーやミミからすると、えっと、あの、どこが笑えるの？　という気分なのだがいつものことだから笑顔でスルーしてあげた。

「では、皆の気をカッフェが引いている間にわたしが調べるのです」

するとレオナが皆をせかした。

「さあさあ、そろそろ参りましょう。招待状が来たのもパダジャンが送りつけてきたのですから、親しくなる機会もきっと巡ってまいりますわ」

「そうだね。方針も決まったし、この先はそれぞれ散開して出たとこ勝負でいきますか」

「で、まずはわたくしから……参りますわね」

するとレオナが前に出た。

豪族令嬢の彼女はこの手の催しに慣れている。そのためこの人混みの中に物怖《ものお》じすることなく突入していった。

まずは給仕に差し出される杯を手に取って唇を潤し、料理をつまみ上げて口に運ぶ。

「こんにちは。虎のおじさま」

そして初対面の相手にためらわずに声をかけた。

レオナが最初のターゲットに選んだのは虎種の初老男性だ。

「おや、ライオンのお嬢さん。初めまして」

すると相手も気安く返事してくる。レオナのお喋《しゃべ》りは人々を楽しませる力があるのか、たちまち周りに人垣ができていった。

「レオナって何気に凄いよね」

そんなレオナの様を見てフォクシーは眼《め》を丸くした。

いくらレオナから戦車に乗って戦う姿が勇敢だと褒められていても、こういった場で要求される勇気は戦場の勇気とはまた別の物のように思えるのだ。

ここが戦場ならば話は簡単だ。

敵を見つけ、戦闘力と、撃破すべき優先順位を評価する。

次に、それを狙うのに適した位置へ機動して、適切な弾種を選択し、装甲の脆弱《ぜいじゃく》な部位に狙いを定め、トリガーを引く。

そうすれば敵戦車は動けなくなり、燃え上がる。

しかし、このようなパーティー会場で相手に対して有利な位置とはどこだろう?

適切な話題を選ぶにしても、何が適切なのだろうか?

狙い所はどこ?

相手が戦車ならば直感的にわかる。

だがこの場ではそういった勘が全くさっぱり働かないのだ。

逃げて良いのか、立ち向かって良いのか、どこかに隠れるべきか。判断がまるっきりできない。

おかげでこの戦場で進むも退《ひ》くもできずに棒立ちになってしまう。戦場でこんなことをしていたらたちまち集中砲火を浴びてしまう。

フォクシーは、援護射撃が欲しくて慌てて仲間を探した。

しかしカッフェは料理へと突撃していてその味のほどを片っ端から試そうとしていた。

彼女が味見すべき料理は山ほどあり、あれを全部賞味するつもりだとするとしばらく帰ってこられないだろう。

そしてミミはカジノだ。

数個のビス銀貨を出して細長い棒の形をしたチップを購入。それをサイコロゲームのテーブルに乗せていた。こちらもすぐには戻ってこれない。

ちなみにこのチップ、フォクシーの師匠が見た時『点棒』なる言葉を発していた。

それが何を意味しているかわからないが、きっと師匠の国ではそういう名で呼ばれているのだろう。

「まいっちゃったな。どうしよ」

フォクシーはこの戦場にひとり孤立した。してしまった。

「た、たすけとぉくれやす」

「うひゃう！」

そんな時である。突然、縋《すが》るように腕をとられたフォクシーは小さな悲鳴を上げた。

「えっ、なに何？　だ、誰？」

「おたの申します」

突然、フォクシーの腕をとってきたのは馬種のメスであった。

年の頃はレオナとフォクシーの間くらいだろうか。上品さを感じさせる花街《かがい》言葉の混じった西方なまりで喋る、楚々《そそ》とした印象が先に立つあえかな少女であった。

「な、何があったの？」

「す、すんまへん。少しの間でええさかい、側《そば》におってください。お友達とはぐれてもうて。そないしたら殿方が次から次に……」

「オス連中が？」

フォクシーは戸惑いながらも状況の把握に努めた。

すると周囲のオスの馬やら牛やら鹿やら、猫やら、犬やらが遠巻きにこちらを見ていることに気がついたのである。

「なるほどね」

この牝馬《ひんば》は容姿も身なりも実に魅力的であった。

高級な金銀と宝飾品で身を飾っているところから察するに、かなりの資産家のお嬢様に違いあるまい。

こんな上玉がこんな場所にいたら狙われて当然。

そもそもこの手のパーティーは商売目的だけでなく、若いオス、そして若いメスにとって番《ツガイ》を得るための婚活バトルロイヤルな狩り場でもあるからだ。

この場にいるということは狙う側であり、かつ狙われる運命を受け入れた者ということ。戦場に武装して立つ者が、殺される覚悟を持つ者として扱われるのと同じなのである。

従って好みのタイプを見つけたら臆することなく見敵必戦、蛮勇を振りかざして挑まなければならない。誰であろうとどんどん前に行くことが推奨されている。この場では物怖じする者を救う神はいない。

しかしそういう弱肉強食な生き方が苦手な草食動物も世の中にはいるのも確かだ。

この牝馬もきっとその類いに違いない。

「どうして来たの？」

「お友達に連れてこられて。気ぃついたらはぐれとったんどす」

「はあ……なるほどね」

引っ込み思案な友人の身を案じての余計なお節介＆『獅子《しし》は、我が子を千尋の谷底に突き落とす』式のスパルタ教育の洗礼を浴びた——といったところだろうか。

「こういった催しは初めて？」

「えっ!?　いいえ、初めてではありまへん。ただこれまで良い思い出がなくて、しばらく足が遠のいとったんどす」

意識してのことかそれとも無意識か、牝馬はフォクシーにしがみつく腕に力を込めた。

「優しそうなおひとで良かったどす」

この時、フォクシーの警戒心は最大に高まった。

もしこの牝馬の怯《おび》えた様が擬態だったとしたら、フォクシーは今まさに狩られようとしてる瞬間だからだ。

ひ弱そうなメスを守ってあげようとしたらオスの方が頭からバリバリっと食われて（文学的な比喩だ）いたなんて事は、この類いの戦場ではいくらでも起こり得るからだ。

「あたしはフォクシー。フォクシー・ボォルピス・ミクラだよ。戦車傭兵をしている。馬のお嬢さんのお名前は？」

「は、初めまして。うちの名はエレクトラ・フォス・ムフーメカどす」

「お嬢さん、こんなところにいたのですか？　探しましたよ」

その時、背後から声をかけられた。

フォクシーが振り返ると見知った顔だった。

「おやおや、誰かと思ったらナナヨン・カンパニーのフォクシーさんではないですか。そうか。早速、ご招待状が届いたんですね」

「そういうあんたは、確かリシャス氏の会計係だったよね？　確か名前は、ええっと、誰だっけ？」

「ジャックリィです」

カラカル猫の会計士は苦笑しながら名乗った。

「ジャックリィ！　どこにいっとったんや!?」

「やあ、知り合いに声をかけられてつい話し込んでしまってね」

「あんたが一緒におってくれるっちゅうさかい参加する気になったんどすぇ。なのに独りで放り出されたら、うち困ってまうわ」

どうやらエレクトラの言うお友達とはジャックリィのことだけだったようだ。

「この方がおらんかったら、うち大変な事になっとったんよ」

エレクトラは猫の会計士を、自分をこんな怖いところに置き去りにしたことについてひとしきり詰《なじ》った。しかし猫の会計士は全く悪びれない。それどころか憮然《ぶぜん》とした顔つきのままこんなことを言い放ったのである。

「大変なことになれば良かったんですよ」

「それってどういう意味や?」

「どういう意味もへったくれもないでしょう。人間、体験してみないと分からないことも多いって話です。周りでこちらの様子をうかがってる連中だって、貴女《あなた》に手を出して痛い目に遭わされれば、他人を——特にメスを見た目で侮ってはいけないという教訓を得られたはずです。彼らにとって今回は成長のチャンスだったんです」

「うっ……けど、それでうちの悪い評判が流れたらどないしてくれるん? うちを可哀想《かわいそう》とは思わへんのか?」

「ないない。お嬢さんがその程度で傷つくなんてあり得ないない」

「えらいえげつない言い草どすなぁ。うちをなんや思うとんどす?」

「立てばパレリモ、座ればニョモフ、歩く姿はペレッツヘェン――ってところですね」

「なんやそれ！」

「全部小さな花を咲かせる可愛《かわい》い植物ですよ～」

「みぃんな食虫植物ばかりやん！　しかもペレッツェンなんて、荒野を徘徊《はいかい》して小動物を捕食する獰《どう》猛《もう》な肉食植物やんか！」

　飾らない言葉がどんどん飛び交う。

「あ、あんたら、随分と親しいんだね？」

「ええまあ、お嬢さんとはなんだかんだ言いながら付き合い長いですからね。幼少の頃から同じ私塾で文字や計算を学んで――」

「同じ師匠から学んだ『師姉弟』なんどすぇ」

「ちょっと待った。お嬢さん。今さらっと順序を変えたでしょう？　正しい表現は『師兄妹』ですよ。僕の方が二日早く入門したってことを忘れないで下さいね」

「たった二日がなんや言うんどす？　成績良かったのも、師匠に気に入られとったのもウチなんやよ!?」

　するとジャックリィはフォクシーを顧みた。

「ま、こんな感じです。その縁もあって今でもこういった催しの招待状を送って貰えているんですけどねえ」

「えっと？　どうしてかな？」

フォクシーは意味不明・理解不能を示すように首をかしげた。

この令嬢と親しいと、何故この催しに呼ばれるのかがわからなかったのだ。

「エレクトラお嬢様は、この会の主催者の姪御《めいご》さんなのです」

「ああ、そういうことか！」

フォクシーはこの牝馬がムフーメカと名乗ったのを思い出した。その時はピンとこなかったが、このパーティー主催者はパダジャン・ムフーメカだ。

だとしたらゲストの若いオス共が涎《よだれ》を垂らして群がってくるのも当然と言える。

この牝馬とお近づきになって万が一にでも仕留めることができれば有力者の親戚。逆玉の輿《こし》、このリトマン市での栄達は末永く約束されるからだ。

「そんなご令嬢とこんなにも親しい間柄なんて、ジャックリィ、あんたこそが逆玉を狙える立場なんじゃないの？」

猫の会計士はものすごく嫌そうな顔をした。

「嫌ですよ。こんなじゃじゃ馬」

「うちかて嫌や。こんないけ好かんノラ猫」

割れ鍋に綴《と》じ蓋《ぶた》という言葉はこの二人にこそふさわしいとフォクシーは思った。

「時にジャックリィ。さっきの口ぶりだとあたし達のところに招待状が来た理由を知ってそうだけど。何か関わってる？」

「関わっているかと問われれば、はい、関わっています。間接的にですけど。けど僕の果たした役割にそれほどの意味はありませんよ。若いメスばかりの戦車傭兵が最近とても活躍しているなんて噂話《うわさばなし》は、僕が言わなかったとしても遅かれ早かれパダジャンさんの耳に入ったでしょうからね」

「それってさあ、リシャス氏のところで働いている会計士が仕事で知り得た情報を別のところに流してるってことになるんだけど、問題にならないの？」

フォクシーがそのあたりをつつくとエレクトラが素早く反応した。

「ジャックリィを責めんとって！　それウチのせいなんやから」

「エレクトラさんのせい？」

「ジャックリィから聞いたのはメスばかりの戦車傭兵のカンパニーがあって、それが活躍しているって話なんよ。これはジャックリィを庇《かば》っての嘘《うそ》やない。誓ってホンマの話や。ウチ、それで興味が湧いてな、詳しく調べてナナヨン・カンパニーのことを知って、それをおとんに話したんや。それが回り回って叔父さんの耳に伝わったんやね」

「ふーん。つまりあんた、あたしのこと知ってたってわけね。ってことはさっきの『助けて〜』とか言いながらしがみ付いてきたのもお芝居なのかな？」

フォクシーの追及視線からエレクトラは目をそらした。

「だって恥ずかしいし面倒とかおもわへん？　『初めまして』なんてご挨拶に自己紹介から入るのって」

「こっちの方が恥ずかしいでしょう？」

「その代わり親しくなるのが早くなりますえ」

「あんた見た目と違って、随分と神経が太いんだねえ」

「みなはん、よくそうおっしゃりますわあ」

「このじゃじゃ馬、そういうの気にしませんからね」

「許してなあフォクシーはん！　下心なんてあらへんのどす。ホンマ、ただ親しくなりたかっただけなんどす」

「お嬢さん。初対面の方に図々《ずうずう》しいにもほどがありますよ」

この時フォクシーは気づいた。

これはエレクトラの単独の――と言うより二人の手口なのだ。

エレクトラがいささか図々しいと思われるほどの行動は、それだけだったらフォクシーの中に不快感しか生まなかったろう。

しかしジャックリィがその行いを窘《たしな》めて叱り、悪口を放って、突っ込みを含んだ夫婦漫才を展開することで不快感が和らげられるのだ。

こうやって二人はターゲットとされた者の内懐へと入り込むのだろう。

「フォクシーさんも黙ってないでなんか言ってやって下さい。この嘘つきめ――と、ひっぱたくらいしたって良いんですよ」

いくら許可されたって叩くなんてできるはずがない。

仕方ないから口だけ調子を合わせることにした。

「この嘘つきめ――」

「えーん、もう堪忍してえ。許してぇなあ」

「しょうがないなあ」

フォクシーは言いたいことをジャックリィに代弁されて、まあいいやという気になっている。既に気を許してしまっているのだ。

「そ、そんなことよりフォクシーはん！　叔父さんに紹介したいさかい、ウチと一緒にきてくれへん？」

「え、パダジャン氏に？　それはありがたいけど」

どうやってこれからパダジャン氏に近づこうかと思い悩んでいただけに、フォクシーにはこの状況は渡りに船に思えた。

「あんさんかて、会ったこともないのに招待状を送りつけてきたパダジャンって、どないな奴《やつ》やろかと思うてここに来はったんやろ？」

「う、うん」

だが、逆に都合が良すぎるようにも思えるのである。

罠《わな》の張られた危険地帯に誘い込まれている気配があった。

しかしだからと言って逡巡《しゅんじゅん》していては好機を失ってしまう。虎穴に入らずんば虎児を得ず。それが師匠の言葉でもあった。

「ならウチが取り次いだる。ほら、行こ、行こ！」

フォクシーの答えを待つよりも早く、牝馬はフォクシーの腕を抱きしめたままパーティー会場の奥へと進んでいったのである。

04

リトマン市グランテスタイタ。

その中央ホールでは戦車の展示即売会が行われている。しかし今夜に限ってこの場所は華やかなパーティーの場となって大勢の来賓が集まって酒と料理と音楽とギャンブル、そして行き会う人々との会話を楽しんでいた。

そんな会場の中央、主催者席には初老のオス馬が踏ん反りかえっていた。

パダジャン・ムフーメカ。ティネル馬借連合の総帥にして総寄親《よりおや》である。

パダジャンは左右に若くて美しいメスの猫や馬を侍《はべ》らせると高級酒と料理、そして若い牝馬《ひんば》の色香を大いに楽しんでいた。

「御大」

そんなパダジャンに精悍《せいかん》な顔つきをした壮年の雄馬が歩み寄ると囁《ささや》いた。

「どうしたんやガッヘル?」

ガッヘルは、パダジャンの手足となって今日のパーティーの警備を仕切る腹心である。

この会場で起きていることで彼の耳に入らないことは何一つないのだ。

「招待客の一人が、招待のお礼を述べたいと参っておりますが、いかがなさいますか？」

「お礼なんていらへんいらへん。挨拶なんぞにいちいち応じとったら儂《わし》の身がいくつあっても足りひんからな。ただしお客様には、おいでいただき感謝してます、どうぞパーティーを楽しんでってくださいって礼儀正しく伝えるんやで」

「ですが、姪御《めいご》さんが……」

「なんや？　客ってエレクトラなんか？」

「いえ。エレクトラ様がお引き合わせしたいとお連れになっているのです」

「なるほどなあ。で、その招待客って言うのはどこのどいつや？」

「ナナヨン・カンパニーのフォクシーという白狐《びゃっこ》です」

「ああ!?　あの大盗賊シルバーを引っ捕らえたっちゅう噂《うわさ》の戦車傭兵《ようへい》やな？　そないな奴《やつ》とエレクトラがどうして結びつく？」

「情報元があの野良猫です。それがエレクトラ嬢を経てマリティ様に伝わり、お館様の耳に入った──ということのようです」

「それならしゃあないな。かわいい姪っ子の顔を立てて白狐の顔でも拝んでみよか」

パダジャンが許可を出す。

すると程なくしてエレクトラがやってきたのである。

しかし、パダジャンは不機嫌そうであった。エレクトラの傍《かたわら》にジャックリィがいるのを見つけたからである。

「おい、そこの野良猫。ワレはいったいどこの誰や？　誰の許しを得て儂の前におるんや？」

「おいちゃん、酔っとるんか？　これはジャックリィやで」

「そんな奴、わしゃ知らんで」

「そんないけずなこと言わんとってえな！」

「いや、良いんですよお嬢さん。不義理したのは間違いなく僕なんですから」

ジャックリィはパダジャンの前から辞そうとして後ずさりを始めた。

しかしエレクトラはジャックリィを逃がさないよう捕まえた。

「帰ったらあかん！　あんたはうちの側《そば》にいーひんとあかんのや」

そんなやりとりを見て、パダジャンは詰まらなそうに鼻を鳴らす。

「儂はな、貴様が卒業したらてっきり儂のところに来ると思っとったんやで。なのにリシャスなんぞに仕えよってからに。小さい頃から可愛《かわい》がってやっとったのに儂がどれほどガッカリしたかわかるか!?」

「おいちゃん。そんなだからジャックリィはリシャス氏のところにいったんやで。コネに甘えたくないジャックリィの誇り高い野良猫精神を理解してやってえな」

「はっ、何が野良猫精神じゃ！」

「せやけどジャックリィの仲介で、最近はリシャス氏との仲も上手《うま》くいっとるんとちゃいますか？

このグランテスタイタを借りられたのだって、ジャックリィのおかげやんか。物事の悪いところばっか見いひんと、良いところをちゃんと見とってやってください。なあ、ガッヘルさんかて、そう思うやろ？」

するとガッヘルが肩をすくめた。

「ま、土倉協同会とのトラブルが減ってるのは事実ですな」

しかしパダジャンは不機嫌そうにそっぽを向く。

いや、ここまでくると不機嫌と言うよりは拗《す》ねているという感じだ。ジャックリィが両派閥の間で果たしている役割をどうしても認めたくないのだろう。

「今はそんな事どーでもええわ。今はウチから紹介したい方がおますからなあ」

エレクトラもそんな叔父の意固地さを見て話題を変えることにした。この場でこの話を続けてもどこにもたどり着けないと理解したからだ。

「誰や？」

「この白狐さんや。このお方がフォクシーはんやで。今をときめくナナヨン・カンパニーの代表はんどすえ」

エルクトラは紹介しながらフォクシーの背後に回る。そして両肩をつかんで前へと押し出した。

「はあ、ナナヨン？　よう知らんな。いったい誰や？」

「またまたあ、自分で招待状を送っておいてよう言うわ」

「いや、ホンマ覚えてないんや。儂がいったい何人に招待状を送ってると思っとるん？　これだけ大勢のなかの一人一人のことなんていちいち覚えてられへんわ」

「こちらはな、あの大盗賊シルバー・ウィックを捕らえたお方どすえ。いま、ちょー有名な話題のお方や。おいちゃんかておとんから聞いてるはずや」

「ああ！　あのシルバー・ウィックを捕まえたっちゅう戦車傭兵か。なら覚えとる。今、思い出したでえ」

「嘘《うそ》や。ホントは最初から知っててとぼけとった癖に」

「ちゃうわい！　ど忘れしとったんや！　けどなあ、信じられへん話やで。いや、実際に捕まえたんやからそれは事実なんやろうけど、何をどうしたら戦車がたった一両で、あの大盗賊の大首領をとっつかえまえることができるんや？　奴はいくつもあるアジトに潜伏していて居場所を見つけるところからして困難やったはずや。なのにどうやって？　なあ、フォクシーの兄ちゃん。ホンマのところを教えてくれへんか？」

「ちゃいますえ。おいちゃん」

「何がや？」

「兄ちゃんやなく、おねぇちゃんどす」

「なに!?　この白狐はお姐《ねぇ》ちゃんやったんか？　これは失敬してもうた。あんじょう堪忍したってや。それで、どんな魔法で盗賊団の大首領を捕まえたんや？」

「ほんと不思議だよね。自分でもどうして上手くいったんだろとか思ってるんだ。きっといろいろな偶然が働いたんですよ」

「偶然やて？　たまたまの偶然なんかでシルバー・ウィックを捕らえて、残党を捕らえて回って、奴が溜《た》め込んだ財宝をせしめてるって言《ゆ》うんか？」

「戦場では運はとっても大切だからね。この世界、運に恵まれないと実力があってもなかなか芽が出ないってことも多いんだよ」

「ほんまにただの偶々《たまたま》ちゅうんか？　やとしたら儂もあやかりたいでホンマ」

「あやかりたいって——もしかしてパダジャンさん、戦車傭兵になりたいの？」

するとと横からエレクトラが口を差し挟んだ。

「それ、ちゃいますえ。おっちゃんはそんなんを言うてるんとちゃううんどす。要するにおっちゃんはな、フォクシーはんに手ぇ組まへんかってお誘いしてるんどす」

「そうそう。儂と手ぇ組んだら、今以上におっきな仕事ができんねん」

「それってつまり……パダジャンさんが、戦車に乗ってあたし達《たち》と仕事をしたいと？」

パダジャンは豆鉄砲でも食らったように目を瞬かせた。

「あ、いや……」

フォクシーの斜め上方向の反応に驚いて訂正指摘の言葉が即座に出なかったのだ。

「フォクシーさん。貴女《あなた》、間違ってますよ」

咄嗟《とっさ》に反応できたのはジャックリィだけであった。

「どのあたりが？」

「全面的にです。パダジャン氏はこうおっしゃっているのですよ。女の子ばかりの戦車に自分も一緒に乗りたいなあって。密閉された戦車に若い女の子と一緒に乗って、同じ空気を吸いたいなあっておっしゃってるんですよ」

途端にエレクトラがニンマリと笑った。

「なんやおいちゃん、スケベどすなあ」

「ちがーう！」

ジャックリィとエレクトラの厳し目なツッコミを受けたパダジャンは思わず叫び返してこの会話のオチを付けたのである。

§　§

そんなことの少し前。

パーティー会場の別の場所ではレオナが、ティネル馬借連合代表パダジャン・ムフーメカとのコネクションを得るためにいわゆる正攻法を展開していた。

正攻法とは具体的には知り合った相手を会話で楽しませ、笑顔で和ませ打ち解けて、さらなる有力者を紹介して貰《もら》うという手法だ。

自分はこんな事業を行っている。

今、こんな問題を抱えており、こういうビジネスに興味がある。なので具体的な方法を知っている誰かと知り合いたい。

そう相手に告げればよほどケチな人物でなければ、心当たりの中からニーズを満たすことの出来る人物に引き合わせてくれるのだ。

もちろん詐欺師、ペテン師、山師、下心丸出しな欲深者と見られたら、紹介なんてしてもらえないからお眼鏡《めがね》にかなうよう努力は必要だ。

しかしそれを乗り越えることさえ出来たならば、一段、また一段と人間関係の階梯《かいてい》をよじ登ってより高みに頂点へと近づくことも可能となるのだ。

レオナは相手が投げかけてくる何気ない問いかけ――しかし実際は、レオナという人物を見極めるための口頭試問――に流れるように答えていった。

「このリトマン市で新規ビジネスを強力に展開するには、この地にある四つの勢力、その頂点付近にいる方のどなたかの知己と支援を得なければなりません。それを無視して大暴れいたしますと秩序に混乱をもたらす者として多くの反発を受けるでしょう。それを防ぐ慎重さが成功には必要となります」

「ふむ、大切なことはきちんと心得ているってわけか。だったら問題に詳しい知り合いを紹介してあげても良いね。君は運が良い。その相手がちょうどここに来ている。えっと、今どこにいるかな……、おっ、あそこだあそこだ。おい、ホブロイ！　このライオン娘の話を聞いてみろ。なかなか面白いぞ」

正攻法の展開にレオナの生まれと美しい容姿は大いに役立った。

レオナほどに美しい女性から微笑《ほほえ》まれ頼られて嫌うオスは少ないからだ。

コミュ力がある者にとって正攻法は現実的かつ効果的なのだ。

しかしこの手法は、期待した相手に近づくことが出来るとは限らないという欠点もある。誰に紹介してもらえるかは完全に相手任せになるからだ。

「君が噂のレオナ君か。噂は耳にしていたよ。随分と痛快な手口で親の敵を討ち取ったそうだね？　南部の暴れん坊、フレグ家もしばらく大人しくなるだろう」

「あの、失礼ですがホブロイ様はもしてかして？」

「この男、ホブロイはね。リトマン取引所連合会の代表なんだ。君のお望み通り、四つの勢力の一つを代表する男だよ」

「あ、ありがとうございます。とても助かりましたわ」

「役に立てて嬉《うれ》しいね。よかったら今度、二人っきりで食事なんてどう？」

こうしてレオナはリトマン市の四大勢力の一つを代表するホブロイ・グスターシャと立ち話をするところまで持ち込んだのである。

知り合いたかったのは馬借のパダジャンなのだが――。何とかしがみ付いて、よじ登って、たどり着くことができたのは別の山の頂だったのだ。

そんな時だ。

レオナの視界の片隅をフォクシーが横切った。

カラカル猫と牝馬に連れられてこの宴《うたげ》の主催者のいる中央へと向かっていった。そしてこの催しの主催者パダジャンに挨拶をしていた。

「あの仔《こ》ったら」

『持ってる奴』というのはどこにでもいるものだ。

フォクシーを見てレオナはなんとも表現のしにくい嫉妬心が沸くのを感じた。

そんな思いが贅沢《ぜいたく》であることは、もちろんレオナとて弁《わきま》えている。

自分は既に多くの物を持っているのだから。主に生まれや金銭、容姿の面で。なのにそれ以上を求めて他人を羨むのは強欲に過ぎると言える。

しかし自分が土台となる物を必死になってかき集めて積み重ね、ようやく障害を乗り越えようとする時、持ち前の運の良さでひょいひょいっと飛び越えられると、どうしたって無力感と妬ましいという気持ちが沸き起こってしまうのである。

数瞬の葛藤の後に、レオナはフォクシーが味方であることを思い出した。

自分は彼女にないものを持つ。彼女は自分にないものを持つ。それで上手くやれる。フォクシーと組んでいれば自分はより高みによじ登っていける。

自分達がここに来た目的は、フォクシーが果たしてくれる。

ならば、自分はこの地でビジネスを展開するのに役立ちそうな人脈の構築に徹すればよい。

幸い、ホブロイ氏はレオナの視線が自分をすり抜けて背中側へと向かっていると気づいていない。

レオナのような若い娘に微笑まれて上機嫌に話を続けていた。

「君が空売りという手法で巨万の富を得たという噂を聞いた山師がだね、つい最近君の真似《まね》をして一攫千金《いっかくせんきん》を狙ったんだ」

「まあ、それは申し訳ありませんでした。ですがホブロイ様も、そのような無頼漢を放置したりはしなかったのでしょう？」

「もちろんだとも。我々も市場取引の公平性を揺るがす規約の盲点に気づかされた。山師の出現はそれを改める良い機会となったよ」

「その山師はどうなったのです？」

「大量の買い注文を浴びせて値下がりを防いで、精算間際の買い戻しの段階では逆に値をつり上げて山師の身ぐるみ剥いでやったよ。大もうけを企《たくら》んで奴のパトロンになった輩《やから》も負債を押しつけられて破産の憂き目に遭っていた。アレを見たら同じことをしようする者は金輪際現れないだろう。君も、もうあんな危険なやり方はしない方が良いよ」

「ええ。以前からあんなことはあの一度きりと心に決めていましたが、今のお話を聞いてその思いをより一層堅くいたしましたわ」

「聡《さと》いことで結構。しかしそんな君がこのリトマン市でどんな事業を営もうとしているのかが気になるね。君、今どんなビジネスをしているのかね？」

「今は戦車傭兵のカンパニーの運営に携わっていますわ。実は、カンパニーの規模拡大を計画していますの」

「戦車傭兵か。あまりうま味のある仕事とは思えないがねえ」

「街にいるごろつき同然の者達と、彼らの仕事ぶりを見ればそうお感じになるのも致し方ないですわ。ですが視点を変えて見るとこれもまたなかなかに良いお仕事になるのです」

「何か新しいビジネスのモデルを考えたようだね？」

「ご興味おありですか？」

「聞かせて欲しいね。空売りでの大儲《もう》けをする方法に気づいた君だ。どんな新しい手法をみつけたのか興味がある」

「例えばシルバー・ウィック」

「おおっと!?　奴を捕らえたの君たちだったのか。しかし賞金稼ぎなんて別に珍しくないよ。私もパトロンになったことがあるが、あの時は酷《ひど》い目に遭った」

賞金稼ぎをするにはまず情報が必要だ。

賞金のかかった獲物がどこに潜伏しているか、その場所を突き止めなければ何も始まらないのだ。

問題はこのコストと手間が地味に大きいことだ。

多額の費用がかかる。そうしてようやく賞金首の居所を知ったら、今度は戦力を整えなければならない。作戦を成功させる力のある優秀な指揮官も雇い入れなければならない。

そうやってようやく賞金首を討ち果たすことができるのだ。

そうして得られた賞金からかかった諸経費を引いた残りがパトロンのものとなる。

しかし作戦に失敗すれば利益はない。

それどころか損害を出せばその分の負担がパトロンに押し寄せてくる。儲け話のはずがとんでもない損失に繋《つな》がってしまう。

「ですがシルバー・ウィックの捕獲成功は私どもの実力を示す良いデモンストレーションになりましたわ。それに我がカンパニーは仕事を外注せず単独で作戦を実行しましたので利益はほとんどが我がカンパニーものです」

「単独で仕事する能力があるなら費用対効果は大きいだろうね」

「それればかりか盗賊の残党の情報も得ました。これを狩って、蓄えた財宝やたくさんの戦車を鹵獲《ろかく》しましたわ。こちらは傭兵を雇った戦力の補強が必要でしたけど」

「そのために規模拡大を考えたわけか。粗利《あらり》は如何《いか》ほどとなったかね？」

「獲得した財貨、鹵獲戦車の販売代金、それと賞金とでおよそ五〇万」

「凄《すご》いな。それを小規模傭兵カンパニーが稼いだなら破格の利益率だ。だが、もしかすると今回だけ偶々運が良かっただけかもしれない。これをビジネスとして考えようとすると、今後もその規模の利益を出せるかと考えねばならない。やはり、君たちのパトロンになるにはリスクが高すぎるね」

「我がカンパニーの事業は賞金稼ぎだけではありません。幸いナナヨン・カンパニーは腕利き揃《ぞろ》い。優れた戦車と優れた要員が様々な作戦を遂行します。我々ならば特別なニーズをもつ顧客にも、きっとご満足いただけると思いますわ」

「なるほどね。しかし裏を返せば、期待した結果を出せるのは君達に限られるという意味でもある。この手の仕事は装備や要員の損耗も考慮すべきリスクとなる。ノウハウが確立していて誰がやっても同じ結果を出せるというものでなければ、新規のメンバーを集めて新しい戦車を獲得したとしても同じような成果を得ることは不可能だ」

　レオナは内心で舌打ちしながらも同意した。

「仰《おっしゃ》るとおりですわね」

「上手く行ったら規模を拡大。誰もが考えることだ。しかしこれは迂闊《うかつ》に関わると足をすくわれる事案だね。君に優秀な仲間がいることは認める。ならば彼女らを大切になさい。事業拡大を急いだりせずに、今の規模で続けていくのが適切だ」

「はい。——助言ありがとうございます」

「しかし投資するしないはさておいて、シルバー・ウィックを捕らえた君たちの情報力と作戦遂行能力には興味がある。ナナヨンは、メスばかりのカンパニーだったね？」

「はい？」

「もしかしたらボディガードも出来るかね？」

「女性の要人警護のようなニーズがおありですか？」

「私の知り合いの話なのだがね——ふむ、この仕事に興味があるなら君に引き合わせたい人間がいる」

「どんな方ですか？」

「彼の名はドロンだ。クルージ・ドロンというヒト種の男だ」

§　§

パーティ会場の中央のＶＩＰ席。

そこでフォクシーはリトマン市の重鎮、馬借連合の総帥のパダジャン・ムフーメカと向かい合う形でソファーに腰を据えていた。

しかも右側にはエレクトラ、左側はジャックリィがいる。

一見すると二人がフォクシーをガードする陣形に見えなくもない。

しかしこの二人はムフーメカ家の親類で縁者でもある。従って逃げるに逃げられない形で完全包囲されているとも言えた。

「あの……」

フォクシーが口を開こうとするとパダジャンがかぶせ気味に言った。

「あんたの仕事ぶりを聞いて、儂は大いに関心したんやで。今では感謝すらしとるん。なにしろ大盗賊シルバー・ウィックを退治して儂ら堅気者を助けてくれたんやからな。なら、ここであんさんらを手助けするのが儂らの役目や。いや、ちゃうな。これは義務と言い換えてもええ」

「手助け——ですか？」

「せやで。具体的には援軍を出そうと思っとるんや。あんたらの戦力は戦車一両しかないんやろ？盗賊の根城を襲撃するたんびにそこらにいる戦車傭兵をかき集めてると聞くで。そこで儂がその手間を軽くしてやろうと思っとる」

「つまり戦車を出してくれるってこと？」

「周りを見渡してみぃ。ここに展示しとる戦車は各地からやってきたキャラバンから買った儂自慢の商品ばかりや。つまり、儂ならここにあるような強い戦車を持たせた援軍をだしてやれるんや」

「でも、お高いんでしょう？」

「そこのところは、まあ出した戦力に応じた分け前を貰えればええで」

「分け前ねえ。雇兵料じゃなくって、分け前ってことは利益も損害も分け合う共同出資者の立場で共同作戦したいってこと？」

「せやな。そういうことや」

「えー、でもあたしら今のままでも全然困ってないからなあ」

フォクシーはあからさまに嫌な顔をした。

「でも、使える戦力が増えれば安全やで。仕事の幅も今以上に広がるやろ？」

「そうなんだよね。戦力が少なくて手控えてる案件もあったから、規模の拡大はしたかったんだ」

「なら、ちょうどええやんか？　一緒にやらんか？」

「けどなあ、気を遣わないといけなくなるのは面倒なんだよねえ。そもそも共同作戦って言ったって部隊規模の大きい方が指揮を執ることになるし、よしんば話のわかる奴が頭にいたってその下にいる戦車乗りまではそうじゃないし。下手すると何を言っても耳を貸さなくなっちゃう。こっちが金を出して雇っている立場ならさ、有無を言わさず言うことを聞けって態度で行けるからそっちの方が楽なんだよねえ」

するとエレクトラが尋ねた。

「うち、傭兵のことはあまり詳しくあらへんのやけど、複数のカンパニーが共同で作戦する時は、規模の大きなカンパニーの方が指揮をするもんなんどすか？」

「大抵はそうだよ。でもってうちは戦車一両しかないでしょ？　だからきつかったり損をしたりの仕事ばっかり回されちゃうんだよねえ。それが嫌だから、自分で仕事を企画してそれをやることにしたってわけ。今後ナナヨン・カンパニーは大鳥の尾より小鳥の頭になるのです。なので折角《せっかく》だけどこの話はお断りします」

フォクシーはそう言ってお断りした。

するとパダジャンが少しばかり身を乗り出した。

「あのな、嬢ちゃん。わしがここまで言って……」

しかしパダジャンの言葉に被《かぶ》せるようにエレクトラが言った。

「でも、大樹に寄り添うのも大切ですえ」

「大樹に良いように使い倒された経験しかないあたしらにはさ、せっかくの言葉だけど魅力的には感じられないの。それでも大樹が迫ってくるなら――」

「迫ってくるなら」

「とっとと逃げて別の街に行くだけだし」

「そうどすかぁ。逃げられてもうたら、うち寂しゅうなりますなあ」

「そうはならないようにしたいんだけどねえ」

するとエレクトラはパダジャンに向き直った。

「おいちゃん。うちにはフォクシーはんが嫌がるのももっともに思えますえ。ここはおとなしく身を引いておくれやす」

「こら、エレクトラ。儂の邪魔をするつもりか?」

「けどなあ、どれだけ無理強いしても女心は靡《なび》きまへんえ。かえって遠ざけることになりかねまへん」

「せやけどなあ。このままじゃあ、儂らが儲け仕事に一枚噛《か》みでけへんやんか――」

「ず、随分ぶっちゃけましたなあ。一応、建前は手助け――援軍のおつもりだったのとちゃいますか？」

「建前はな。けどなあ、盗賊連中が貯《た》め込んだお宝は元々を言うたらみんな儂らのもんやったんやで。その回収に関われへんっちゅうのは、儂だけやない、リトマン市にとっても大損なんや。指咥《くわ》えて見とるわけにはいかへんのや」

「けど、フォクシーはんは今のやり方でうまくやっているんどす。それを無理に変えるメリットが彼女らには感じられないとおっしゃっとるんどす。ならばおいちゃんはそれを越えるメリットを提案せなあきまへん」

「……うーむ」

「そもそも手助けの分際で、作戦を仕切ろうとするのがあきまへん。それって悪く言えば仕事の横取り、乗っ取りどすもん。厚かましすぎます」

「はっ！　小娘が知ったような口きくな！　そもそもこれはわいとフォクシーはんとの商談や。何の立場で横から口を差し挟んどんのや！」

「うちはフォクシーはんのお友達どすえ」

「今さっき知り合ったばかりで何が友達や！　それを言うなら、この催しに招待状を送ったのは儂やで。儂の方が先にフォクシーはんに唾を付けたんや。友達になるとしたら儂の方が先や」

「そういう形で後先を言うなら、この白狐はんの活躍がおいちゃん耳に入るように仕向けたのうちどすえ。唾をつけたのはうちの方が先どす」

「うぐぐ、こんなことに先だの後だのあるもんか」

「でっしゃろ？　こんなん相手がどう思うかどす。そして、うちとフォクシーはんの仲はもうお友達なんどす。なあおいちゃん、悪いことにはしぃひんさかい、フォクシーはんのことはうちに任せておきなはれ」

エレクトラは友達宣言しながらフォクシーの腕を抱きしめた。

フォクシーは腕を奪われながら反対側に座るカラカルの会計士に囁いた。

「ジャックリィ。この二人はいったい何の話してるの？」

「どちらがフォクシーさんと組むかというお話です。要するにこの二人は、フォクシーさんを奪い合ってるんですよ」

「それってあたしがモテてるってこと？」

「じゃじゃ馬のいうお友達という言葉を額面通りにとらえると損しますよ。この牝馬にとってお友達とは自分に利益を運んできてくれる者のことなんですから」

そんなジャックリィの直截《ちょくせつ》な表現にフォクシーは引いた。ものすごく引いた。

「ひ、酷い物言いだねえ」

「事実とは往々にしてそういうものです」

傍らでは叔父姪の言い争いは続いていたのである。

§　§

会場の片隅ではカッフェが踊っていた。

供されていた料理の味を一通り試し終えると、彼女は摂取した分のカロリーを消費すべく踊り始めたのだ。

舞って、踊って、指を、手首を、肘を、胴を、胸を腰を脚をくねらせる。

時に激しく、時にゆっくりと。

身体の重みなどないかの如《ごと》く。

重力などないかの如く。

時に幽玄に、時に妖艶に。

楽士たちも自分の奏でる音が彼女を舞わせ、弾《はじ》かせ、美しく引き立てていると知れば、弦を爪弾く指先に、鼓笛の一音に込める魂により一層力が籠もる。

パーティの観客たちはたちまち心を奪われカッフェの踊りに魅了された。

眼球が持ち主の意に反して吸い寄せられる。

ひとたび目にしたら、もう背けることができなくなってしまう。そんな魔法的な魅力がカッフェの踊りにはある。

一瞬とも無限とも区別のつかない時がたちまち流れていく。そして音の旋律は絶頂へと向かって盛り上がっていった。

そしてフィナーレへ。

カッフェは音楽が終わると同時に、激しく床を蹴る。同時に、激烈な速度でかぶりを振った。

わずかに遅れて輝く髪が回旋する。

玉のような汗の飛沫《しぶき》が霧のように舞った。

ガス灯の光がその飛沫で散乱して、虹がごとき輝きでカッフェの肢体を美しく彩る。鋭い眼光が、きりっと結ばれたローズピンクの唇が観客達の網膜に焼き付く。

場が静まりかえる。

激しく上下するカッフェの肩。

荒い呼吸。ローズピンクの唇の隙間からのぞく皓歯《こうし》。さらなる奥に覗《のぞ》く舌端。

低く垂れ込めた前髪が双眸《そうぼう》を隠しているが、その隙間からわずかに輝く瞳は人々の心を突き通すように貫いていた。

観衆の体内に溢《あふ》れた興奮は歓声となって会場を満たした。


美しき舞姫に観衆は喝采を送る。

万雷の拍手。喝采の嵐。カジノの客達は、手にしたチップを次々と投げた。彼女の周囲は棒形の点棒で埋まっていった。

しかしカッフェはそれらを拾わない。

感謝の意を込め礼儀正しく、恭しく悠然と頭を垂れる。

主役はみっともなく銭貨を拾うために腰をかがめて這《は》いつくばったりはしないのだ。それらを回収して踊り子に引き渡すのは会場の清掃係というのが古来の仕来りだ。

そして後ずさりするようにして会場の片隅、ガス灯照明が及ばない暗がりへと退場していった。

「さすがカッフェ。やるじゃん」

そこではフォクシーが待っていた。

カッフェはそんなフォクシーに「えいっ！」と抱きつく。

ただ抱きつくだけではない。フォクシーに頬《ほお》ずりし、胸の膨らみや腹部や腿《もも》、そして腕を、さらには尻尾までも彼女にまとわりつかせた。

「ど、どうしたのさカッフェ？」

「ゴロゴロ」

黒豹《くろひょう》は喉を鳴らしてフォクシーをモフった。

そんな二人が妖艶に絡み合う姿を見たジャックリィは思わず声を上げた。

「うおっ！」

「見たらあきまへん！」

赤面したエレクトラが慌ててジャックリィの目を塞ぐ。

それくらい艶《なま》めかしい絡み合いがそこでなされていた。しかし程なくしてフォクシーはこのカッフェの行いの正体を察する。

「かっ、カッフェ、汗、汗！」

「ゴロゴロゴロ」

「あたしの体で汗を拭くな！」

フォクシーがカッフェを突き放す。

「違う。コレは、マーキング」

しかしカッフェはローズピンクの唇を「フフフ」と悪戯《いたずら》そうな微笑み型にゆがめて言い放った。

「ど、どういうことよ？」

するとカッフェは前髪で目を隠した顔をエレクトラへと向けた。

「コレはアタシノ物ダと言う主張」

前髪の隙間からは警戒心を剥き出《むだ》しにした瞳が輝いていた。

「フォクちゃんのお友達はなかなかに踊りの名手どすなあ？」

しかしエレクトラは、そんなカッフェの視線をあえて無視する。

そしてこの黒豹娘を紹介してくれとフォクシーをせかした。

「それじゃあ紹介するね。こちらがカッフェ。我がナナヨン・カンパニーの操縦士だよ」

カッフェは紹介されながらもフォクシーの肩に腕を回した。

「ほえぇこんな綺麗《きれい》な舞姫はんが戦車の操縦手なんどすか？　すごいどすなあ」

「カッフェ。こちらの牝馬がエレクトラ。このパーティーの主催者パダジャンさんの姪なんだってさ。ちょっと話しただけでも腹黒い銭ゲバだってわかるんで気をつけた方が良いよ。で、こっちのカラカルは――別に紹介しなくてもいいか」

「大丈夫。知っテル。リシャス氏の金庫番」

「ところがね、実は裏では馬借連合の総帥、パダジャンさんと繋がってる腹黒猫だったんだよ。ってわけで、やっぱり気をつけてよね」

「ヤア、腹黒猫。ヨロシク」

身も蓋もない紹介にジャックリィが困ったような苦笑顔をした。

「腹黒猫というのが僕の呼称として定着しそうですね」

エレクトラは今の紹介に不満があるようで頬をぷっくりと膨らませていた。

「なんどすか、その紹介の仕方は」

「どこか間違ってた？　間違っているところを指摘してくれたらあたしも素直に訂正するつもりだよ。さあ、どこか間違ってたかな？」

「言い方！　うちを称して腹黒い銭ゲバはないと思いますえ。こんなに麗しいのに」

「自分で麗しいとか言っちゃうところがいかにも腹黒なのよねぇ」

「あ、またいけず言《ゆ》った！　親しい仲にも礼儀ありと言いますやろ!?」

そんなやりとりをしているとミミが戻ってきた。

「カッフェー！」

「ムグッ！」

ミミはまずカッフェを背後から捕まえると、自分の豊かな胸に彼女を抱きしめた。

カッフェは逃れようと手足をジタバタさせる。しかしミミの強烈な腕力に抑え込まれて身じろぐことすらできない。

ミミはカッフェの抵抗を抑えると思う存分にモフった。

「あ、ミミ。お帰りい。どうだった？」

「カッフェのおかげで仕事がやりやすかったですの」

「成果は？」

ミミはエレクトラやジャックリィの目を意識して親指を立てた拳をぐいっと突き出すジェスチャーで答えた。

「やった！」

どうやら【トータス】重突撃戦車にはオーパーツが使われていたらしい。

「こ、こちらのマイクロドワーフもフォクちゃんの友達のようどすなあ？」

エレクトラはそんなミミに観察の視線を向けていた。

その視線は何か特別の力でも働いているのか、カッフェの頭部が半分以上めり込んでいるミミの凶悪な胸部へと向かっていた。

自分のなだらかな胸部との格差に動揺しているらしい。

「こちらはミミだよ。ナナヨンの装填《そうてん》手をやってる」

エレクトラは視線の行き先をミミのそばかす顔へと持ち上げた。

そして若干引きつり気味な笑みで語った。

「やってはるのは、どうやら戦車の装填手だけではないようどすなあ？」

エレクトラはミミのそばかす顔が、溶接や鍛冶仕事の際の火花を浴びてできたものだと見抜いたのだ。

「うん。ミミは腕の良い鍛冶師で、我がカンパニーの主任整備士でもあるよ」

「ナナヨン・カンパニーは、才能豊かなメンバーが多いようどすなあ。それが少人数でこれだけ活躍できる原動力なのかもしれへんね……」

エレクトラは憧れの眼差《まなざ》しを三人へと向けていたのだった。

§　§

「どうにか、共同作戦を受《う》け容《い》れさすことはでけたな」

会談を終えてフォクシー、エレクトラ、ジャックリィが立ち去るとパダジャンは小さく嘆息した。

とにもかくにもお試しという形だ。しかし必成目標であった共同作戦の合意は取り付けることが出来たのだから目論見《もくろみ》は成功である。

あとは水で蛙《かえる》を煮込むように、じっくりと時間をかけてあの狐《きつね》たちを配下に吸収していけば良いのだ。

お試しの共同作戦から本格的な共同作戦へとつないで、様々な仕事をこなしていく。

そしてその過程で馬借連合の組織力、資金力でナナヨンに手枷足枷《てかせあしかせ》をかけていく。気がついた時には離れたくても離れられなくなっているというわけだ。

「けど、あの白狐もなかなかの商売人やったな」

フォクシーは、言を左右にしてパダジャンの申し出をなかなか受け付けなかった。

無理強いしたら逃げる。そう宣言していただけに、パダジャンとしても力任せな要求は出来なかったのだ。

おかげで戦車が一両しかないナナヨン・カンパニーであっても、シルバー・ウィックを捕縛したという実績、それを成し遂げた情報収集能力、さらにはナナヨン式戦車という特異な戦車とそれを巧みに操る乗員の価値を特別に高く評価し、共同作戦の出資割合が五十対五十――つまり対等の同格者であることを認めさせられてしまった。

「おかげで分け前は半々や。ホンマ阿漕《あこぎ》な奴らやで。これからが思いやられるで」

するとガッヘルが囁いた。

「しかし、じゃじゃ馬を乗りこなすのもこの仕事の醍醐《だいご》味《み》なのでしょう?」

「ま、せやな」

その時だ。会場の片隅で歓声が沸き上がった。

「なんや?　どうした?」

それは喧嘩《けんか》や騒乱のそれと違って熱狂と賞賛の嵐であった。

「あんな余興、予定してたかのう?」

突然の事態に何かと思って振り返ってみれば、招待客らしい黒豹娘が音楽に合わせて踊っていた。

「どうやら賓客の即興芸のようです。やめさせますか？」

ガッヘルは苦々しい表情をしていた。

予定にないことが起きるのを嫌う性格なのだ。あるいは管理不行き届きを咎《とが》められるのを気にしているのかもしれない。

しかしパダジャンはその必要はないとかぶりを振った。

「ああ、かまへんかまへん」

こういうハプニングもまた大勢を集める催しを飾る花となる。何よりも黒豹娘の見事な舞踊は目の保養だ。

「お客が喜んでるからええ。みんなええ気分になってる時は水を差さんようにな。あと、あの踊りの上手い黒豹娘の素性を調べとき。今後の催しに仕事を振るかもしれへん」

「かしこまりました」

「そんなことよりさっきの白狐のことや。ガッヘルはどう思った？」

「最初から、御大の誘いには応じるつもりだったのではないかと感じました」

「つまり、最初の嫌がるそぶりは条件交渉やったと？」

「連中、賢く立ち回って稼いではいるようですが、所詮は戦車一両しか持っていない弱小傭兵ですからね」

「大きな組織のケツにはなりとうないって言うてたで」

「しかし弱小組織のままでは安定した部品の供給、人材の確保ができません。それを解消するには大きな組織に頼るのが一番です」

戦車傭兵のカンパニーにしろ商人にしろある程度の成功をすると限界にぶつかる。成功体験がそれ以上の成長の足枷となるのだ。

これを断ち切ることができるかどうかが、カンパニーをさらに発展させられるかどうかの分水嶺《ぶんすいれい》となる。そのために大きな商会や勢力と結びつくことも選択肢の一つなのだ。

忠良な腹心の意見にパダジャンは素直に同意した。

「――かもしれへんなあ」

しかし同時に言葉にできない違和感を覚えていた。

パダジャンの野生の勘が何かを囁いているのだ。あの白狐は腹に一物かかえている。何か別の思惑を持っているぞ、と。

「ま、ええかと飲み下すには、ちと大き過ぎるつかえやで」

「何か問題でも？」

「いや。エレクトラとジャックリィに、上手くやったと褒めてやるべきかと思ってな」

バダジャンは咄嗟にごまかした。

「あの二人は将来が楽しみですな。それでこの件はやはり姪御さんにお任せするので？」

「それもあったなあ。いったいどないしたもんか」

エレクトラは自分が担当したいと名乗りを上げている。

だが、もし白狐が腹に一物を抱えていたとしたら、それをモロに受け止めるのはエレクトラになってしまう。姪を可愛いと思っているだけに、経歴に傷をつけるリスクのあることからは遠ざけてやりたいのだ。

しかし同時にこうも考えていた。

あの白狐の扱いをエレクトラ以外の誰ができるだろうか、と。

あの白狐をうまく扱えたら組織を率いる指導者の資質ありと見てやってもいいのかも知れない、と。


その時だ。

「御大、あの白狐の扱いは俺にやらせてください！」

突然若い雄馬がパダジャンの前に腰を下ろした。

その馬種は見るからに荒々しい粗暴な雰囲気をまとっていた。

「アーギット。呼ばれてもないのにしゃしゃり出て来るな！」

ガッヘルが若馬をその場から追い返そうとする。

しかしアーギットは不貞不貞《ふてぶて》しくも背もたれに仰《の》け反《ぞ》ると脚を組んだ。

「要するに、あのメス狐と戦車傭兵を手下に従えれば良いんでしょう？　だったら俺が適任だ。そうは思いませんか？」

パダジャンは身の程知らずの若馬を睨《にら》み付けた。

「貴様にできるちゅうんか？」

「荒くれ者とか、戦車傭兵と言った連中の扱いは俺の十八番《おはこ》ですぜ。シルバーが貯め込んだという財宝やら遺産の回収も俺に任せておいて下さい。総《すべ》て良いようにやってみせますから」

パダジャンの寄子《よりこ》には様々な人材がいる。

商売に長《た》けて目端の利く者、事務処理に長けた優秀な者、戦うことと配下の統制にすぐれた者、交渉上手等々。

アーギットはその中では虚業に長けていた。

虚業とは実業の対義語で堅実でない事業のことを言う。

当人は武闘派のトラブル解決屋を気取っているが、実際は他人の仕事に口を挟んで利益をかすめ取ったり、騒動につけ込んで阿漕に稼いだりが専門だ。

問題解決には実力行使が必要なことも多いため、戦車を乗り回し荒くれた戦車傭兵や、無頼漢なんかを身近に置いている。そのため盗賊と渡り合う戦力もあるのだ。

「しかしなあ、これはデリケートな案件やで？」

「大丈夫です。この件を俺に任せておいてくれれば多額の上納金をお約束しますよ」

「上納金か――」

「パダジャンさんの寄子で、俺以上に上納金を差し出してる奴はいないはずです」

「なるほどな。けどな、この案件はただ財宝を回収するのが目的なんとはちゃうんやで。あの白狐とその仲間達の戦闘力、情報力・調査力を全部儂のものにしたい。そのためには奴らをちゃんと心服させなあかん。金の卵を産む鶏の腹を割くんやなく、餌をやってちゃんと面倒みなあかん。それがおまえにできるっちゅうんやな？」

するとアーギットは自信満々の表情で瞳を輝かせた。

「任せておいてください。カングレリ家令嬢と、ボリジア家令息の誘拐事件。あれを迅速且つスマートに片付けたのは俺でしたよね？」

「確かにな。あれは見事やった」

アーギットの得意げな顔を見て、パダジャンはその鼻をへし折ってやりたい気分になった。もちろん実際にやったりはしない。しかし、そこまで言うなら任せてみようという気にはなったのである。

「わかった。貴様がそこまで言うならあの白狐のことを任せたる。まずはお試しの共同作戦をきちんとこなしてみせるんや。ええな？」

失敗したら指をつきつけて大いに笑ってやろう。そういう感情が底にあった。

05

ミミは上機嫌だった。

鼻歌交じりにガレージに収納したナナヨン戦車をピットに乗せるとその下に潜り込む。

今日は足回りを綺麗《きれい》にしてやるのだ。

具体的には、部品と部品の隙間に入り込んだオイルサンドをガリガリと削るようにして取り除いていく。

泥に汚れていた機械が綺麗になっていくのを見るのはミミにとって至福の気分なのだ。

レオナとザキがナナヨン・カンパニーの仲間に加わってから、ミミ達《たち》の生活のスタイルは大きく様変わりした。

レオナが持ち込んだランド・シップは寝床や台所等の各種設備を有している。

おかげで旅をしていても天幕を張る必要がない。市街に来ても宿を取る必要がない。整備のためのガレージをいちいち探す必要もないのだ。

これは出費の削減に繋《つな》がるからありがたい話である。

もちろんランド・シップの維持と運用には、それに数倍する費用と手間暇がかかるのだから良いことばかりではない。

しかしこういう経費の問題はもっと視野を広くしなければならない。

たとえばだ。これまで街から街への移動は【ナナヨン】戦車で行っていた。

しかし今ではランド・シップのガレージに戦車を収容して移動している。

戦車を外に出すのはそれが必要な時、戦闘時に限られるようになった。

これが戦車への負担を軽くしてくれる。稀少《きしよう》で入手に多額の費用がかかる部品の消耗を抑えることができるのだ。

そう考えればランド・シップに多少の経費がかかったとしても全体の収支はトントン、いや却《かえ》って得をしているとも言える。

さらにだ。

金額ではなかなか表に現れないメリット——戦車を整備完了したばかりの万全な状態で戦場に送り出せるという要素も重要であった。

機械は使っていれば不具合がでるものだ。

戦場まで戦車で長駆すれば戦う前から不具合が現れてもおかしくない。

だがこれからはそんな不具合の発生確率も低く抑えられる。

そうなればナナヨン戦車の性能を万全に生かした戦闘も可能だ。つまりは、ミミ達の生存確率は大きく向上するのである。

ミミがそんなことを考えながら作業をしていると突然、背後から抱きしめられた。

「うひゃ」

驚きで身を固くするミミ。

しかし背後から抱きすくめる腕はミミの体をしっかりと支えていた。もちろんその両手は豊か過ぎるほどに隆起した彼女の胸部をまさぐっていた。

「うぬぬ、また少し大きくなった？」

「フォクシー!?　作業中危ないのです！」

後ろの人物の姿は見えない。しかし仲間内でこんな悪戯《いたずら》を仕掛けてくるのはフォクシーしかいないし、これが初めてでもないのですぐにわかった。

「もしかして甘えたいのです？」

ミミが囁《ささや》くとフォクシーは頷《うなず》いた。

「うん。ちょっとねー。相手してくれる」

「しょうのない娘なのですねえ」

ミミは体からそっと力を抜いてされるがままにした。

するとフォクシーもただミミの体温と身体の柔らかさを味わうようにじっと抱《だ》き竦《すく》めるのである。

フォクシーは時々こんな風になる。

師匠に出て行かれてから、これからは自分がみんなを引っ張っていかなければならないという責任を感じて気を張っているからだろう。

それに疲れると、こうやって何かを補給しようとする。

これは陽気で明るいフォクシーが普段は決して見せない影の部分だ。

ミミはそんなフォクシーの助けになってやりたかった。自分がそのために役に立つというのなら幾らでも好きにすれば良いのだ。

「ホント、ミミのこれって中に何が入ってるんだろうねえ」

とは言え油断は大敵だ。

「脂肪と乳腺に決まってるのです！」

十分に癒やされるとフォクシーはこの状況からの悪乗りを始める。フォクシーはその指をたわわに実ったミミの双丘にぐいっと埋《うず》めたのだ。

「ホント？　ボールとか風船とかを詰めてない？」

「て、天然物に決まってるのです！　フォクシーだって一緒にミストサウナに入ったことがあるのだから見たことがあるはずなのですよ！」

フォクシーはそれを確かめるように何度も何度もわきわきさせた。

「ちょ、ちょっと駄目なのです。あうっ」

フォクシーの手技は力加減が絶妙だ。ミミの敏感な部分を巧みに弄ぶ。

「ちょっとやることがエロいのです！」

「いいじゃんいいじゃん。こんなにも良い物を独り占めしないで、ちょっとくらいあたしに分けてよ。うりうりうり！」

「ぎゅ、牛乳を飲めば良いのです！」

「毎朝飲んでるんだけどねえ。ちっとも育ってくれないのよ」

「あんっ！　いや！」

フォクシーに翻弄され堪《こら》えきれなくなりそうだったミミは、ついにフォクシーの脇腹に肘をめり込ませた。

「ごがほっ！」

たまらず抱擁を解くフォクシー。

ミミは自分の胸を守るようにしてガードを固めると、顔と耳朶《じだ》を真っ赤にさせて言い放った。

「他人の胸を揉《も》んでる暇があったら自分の胸を揉めばいいのです！」

「ミミみたく大きいてやわっこいのが感触が良くていいんだよ。だからさあミミー、もっと触らせてよお。揉ませてよお」

「そ、そんなに大きな胸が好きなら、レオナにでも頼めば良いのです！　きっと喜んで触らせてくれるのですよ！」

「あ、いや……確かにレオナの胸は魅力的なんだけどさあ、彼女相手だと洒落《しやれ》にならない沼に引きずり込まれそうな気がしてちょっと怖いんだよね」

臍《へそ》にはまった紅玉《ルビー》をとりはずした際に見せたレオナの反応。

もうちょっと、なんとかしてみたいという欲求が内側からあふれ出てくるのを感じた。その甘美な背徳感は、触れてしまうと戻ってくることのできない場所へ連れて行かれそうな底なし沼の気配があった。

「そういえば、レオナって今どこにいるの？」

「レオナならザキと一緒に朝から出かけたのですよ」

「予定？　あそっか、今日は営業だったたね」

「先日のパーティーで知り合った偉い人から紹介された相手に営業をかけるのです」

「そっかー、だからピックアップトラックがないのか」

その時だ。ランド・シップ内に号笛の音が轟《とどろ》いた。

この笛の音は何事か起きたことを知らせる合図だ。

この時間帯、コクピットで見張り番をしているのはカッフェだから彼女が発生源だ。

『戦車が二両、まっスグ近ヅイテクル』

号笛の音の次にスピーカーからカッフェの声が流れた。

フォクシーはミミと視線を合わせると告げた。

「思ったより早く来たか。ミミは操縦席に！　準備でき次第運転はじめ！　こいつがあたしらのパートナーになれる奴《やつ》か、試させて貰《もら》うよ！」

「了解なのです！」

二人とも弾《はじ》かれたようにナナヨンに飛び乗るとエンジンを起動させたのだった。


アーギットは不機嫌であった。

「くそっ、面倒くせえ！　ホント面倒くせぇぜ。なんだって俺からわざわざ出向いてやらなきゃいけねえんだよ」

愛車である【イフリート】（発掘した41Mトゥラーン II 戦車の車体に別の戦車のエンジンと砲を搭載したもの）の車長用ハッチから上体を出したアーギットは、戦車の進行方向をぼんやりと眺めながら先ほどから愚痴を漏らし続けていた。

自分の側からナナヨン・カンパニーのところへと赴かなければならないことが随分と気に入らないらしい。

「俺様はアーギット・ガラ・バートンだぞ。いずれはリトマン市を牛耳ることになってる。なのになんだってこっちから出向かなきゃなんねえんだ？　まるでこっちが格下みたいな扱いじゃねえか！」

「でも、それが御大のご指示なんでしょう」

隣の装填《そうてん》手用ハッチから頭半分を出して周囲を警戒しているシマハイエナのオスがぼやきに応えた。

最初は優しく扱って、次第に従順になるようにしていけというのがパダジャンの指示である。それがなければアーギットはナナヨン・カンパニーに使いを出し「事務所まで来い」と呼びつけていただろう。

「御大はわかってねえんだよ。こういう手合いを服従させるには最初が肝心なんだ。頭ごなしにガツンと一発かましてやればいい！」

「でも、それだと……」

「うるせえなガージル！　おまえはいつから俺様にご意見できる身分になった？」

「あ、いや、でも……」

「口答えすんじゃねえ！」

「ちっ、だったらどうしろって言うんだよ……」

ガージルはアーギットに叩《たた》かれた頭をヘルメット越しに押さえた。

無視すれば無視するなと怒る。

そうですねと相づちを打てば適当に合わせてるんじゃねえと怒る。

それならばと思ったことを口にすればやっぱり怒る。

アーギットが理不尽なのは今に始まったことではないが、都度都度に忌ま忌ましい気分になってしまうのだ。

「んなことよりいつになった到着するんだ？　本当にこの道でいいのか？」

アーギットはこの話題を打ち切るかのように話を変えた。

だが本来ならそれは車長席に座るアーギットの仕事だ。仕方なくガージルは周囲の地形と地図が示す地形とを確認してから進路が正しいことを告げた。

「奴らはこの先ですぜ」

「ったく何だって奴らはこんなところに――」

その時だ。

前触れもなく飛来した砲弾が【イフリート】の近くに着弾した。

「な、なんだ!?」

舞い上がった土砂が頭上から降り注ぐ。

その爆発音と爆風にアーギットは悲鳴を上げた。

「なんだ、なんだ、どうなってる!?　ガージル！　早くなんとかしろ！」

「操縦手、進路を右旋回、全速だ！　二号車は左。急げ。次が来るぞ！」

その間にもガージルは操縦手に回避を命じた。

斜め後方を伴走していた【イフリート】の二号車は、エンジン音高らかに進路を左へと変えていった。

「くっ！」

さらに砲弾が飛んでくる。

音速を超えて飛来する大砲の弾は本来見ることができない。

しかしそれが見えてしまう時と場所がある。それは撃った砲弾を後方から見る時と、それが自分に向かって飛んでくる時だ。

身じろぎする暇もなく視界いっぱいに砲弾が広がる。

しかし右に進路を大きく変えていたことが功を奏す。砲弾は二両の【イフリート】のちょうど中間に落着したのだ。

「撃たれた！　撃たれた撃たれちまった！」

ただ動転して叫ぶだけのアーギットを尻目に、ガージルは射撃してきた敵の正体を確かめるべく双眼鏡を左へと向けた。

上下に激しく動揺する車体の中から敵の姿を捕捉するのはなかなかに難しい。しかしほんのちょっと偶然が働いて視界の中に敵の車体が映った。

「敵戦車！　白地に赤いきつねマーク！」

「なんだって!?　どうしてナナヨンが俺たちに撃ってくるんだよ!?」

「アーギット！　こちらの訪問は前もって伝えてあるんですよね!?」

「あっ、しまった！」

アーギットは大慌てで不戦旗を掲げさせた。

——ランド・シップ応接室——

「貴様ら、良い度胸してるな！」

ランド・シップに到着したアーギットとガージルは速やかに応接室へと招き入れられる。

そこでアーギットは突然テーブルを握りこぶしで叩いた。

彼としては五体に漲《みなぎ》る怒りを込めたつもりだ。しかし重厚なマホガニーのテーブルは予想に反して鈍く低い音しかあげなかった。

「いったい何の話？」

白狐《びゃっこ》は余裕綽々《しゃくしゃく》の笑顔で正対するソファーに腰を埋めた姿のままで応じた。

「どうして俺たちに砲撃した」

「そりゃ、所属不明な戦車がまっすぐ近づいてきたら撃つしかないでしょ？　敵意がないことを知らせるのに、不戦旗を掲げるとか、砲を他所《よそ》に向けておくとかいろいろあるでしょう？　なのにそんな配慮もなく近づいてきたそっちが悪い。だよねカッフェ」

フォクシーは確かめるように背後に立つカッフェへと問いかける。

「ウィ」

カッフェは頷いてフォクシーの行いを是認した。

法のないこの世界では、敵意が無いことを示さないまま不用意に他人に近づけば威嚇射撃程度はされて当然、あって当然なのである。

「だからっていきなり撃ってくるかね？　普通？」

「だから直撃はさせなかったでしょ？　感謝してよね」

「たまたま当たらなかっただけだろ？」

「残念でしたあ！　あたしらなら初弾から狙って命中させられてましたあ。あたしらが本気だったらあんたら今頃蒸し焼きになってたんだからね」

「はっ、言うに事欠いて初弾命中を狙えるとは大きく出やがったな」

「だいたいさあ、十六チャンネルで呼びかけたのに全く返事をしなかったのは、あんたらじゃん？」

「な……んだと？」

十六チャンネルとは、荒茫《こうぼう》大陸の戦車間通信で使われる無線呼びかけ用の周波数帯の一つだ。無線機は基本的にこの周波数に合わせておいて、呼びかけを常時傍受できるようにしておくのがお約束なのだ。

「……」

アーギットは咄嗟《とっさ》に返す言葉がでなかった。

【イフリート】には通信手兼車載機銃手が乗っている。彼に確認すれば本当に呼びかけがあったか確認できるはずなのだ。

しかしアーギットはこの交渉の場に通信士は連れてきていなかった。また、呼びかけがあったかどうかを確かめることすらしていなかった。

おかげで反論ができないのだ。

「くそっ……」

この沈黙は負けを認めるも同然の振る舞いとなった。

結局、一発ガツンとかまされたのはこっちになっちまったとガージルは傍らで頭を抱えていた。

「で、今日は何の用事で来たの？　そもそもあんたら誰？」

「御大から話を聞いてないのか？　俺がお前達と共同作戦をすることになったアーギット・ガラ・バートンだ。こっちにいるのは手下のガージル。今日は初顔合わせって奴だ」

「パダジャンさんが来るんじゃなかったの？」

「はあ、馬鹿か？　馬借連合の総帥にして総寄親《よりおや》がてめえらみたいな弱小カンパニーを直《じか》に相手するわけないだろう⁉　今後、お前達との仕事の総《すべ》てはこの俺様が仕切ることになる。いいな？」

「ふーん。あんたがねえ」

フォクシーはアーギットをじろじろ見ながら確かめるように問いかけた。

「あんたみたいなのにあたしらと共同作戦ができるの？」

「貴様、その態度は素なのか？　それとも俺を試してるのか？」

「どっちだと思う？」

アーギットが怒気をフォクシーにぶつける。しかしフォクシーは軽く微笑《ほほえ》んで受け流した。

「俺を試そうしているのならやめておけ。かんに障るし、これから一緒に仕事をやっていくのに差し障りになる」

「いちいち感情的になっていたら安く見積もられちゃうよ」

「俺を苛立《いらだ》たせてるのは貴様の方だろうが？」

「初めて会ったどこの誰ともわからん相手をいきなり信用しろなんて無理だもん。試すぐらいのことはさせてよ」

「気をつけてもらいたいな。俺を選んだのはパダジャンさんだぞ。俺を疑うと言うことは御大を疑うことになる。それは馬借連合の力そのものを侮るということでもある」

「ふーん、なるほどね。つまりあんたのすることも言うこともパダジャンさんの意志ってことでいいんだよね？」

「もちろんだ。今後はそのように弁《わきま》えて貰いたい」

「これから何をするか聞いてる？」

「シルバー・ウィックが隠したっていう財宝の回収だろ？」

「実を言うとね、財宝の回収とはちょっと違うんだよね」

「どういうことだ？」

「これ見て。カッフェ、お願い」

フォクシーが振り返る。

するとカッフェがマホガニーのテーブルに地図を広げた。

「これは何だ？」

「シルバーを探している最中に見つけた魔薬の製造工場」

アーギットは飛び上がる勢いで立ち上がった。

「ま、魔薬の製造工場だと？」

魔薬の製造はかつては違法だった。

しかし今では大っぴらに製造したとしても咎《とが》める者はいないのだ。それでも、その製造施設の技術や施設は秘匿されていた。

理由は魔薬の製造販売は大金を安定的に稼げるからだ。

魔薬は乱用薬物としても、医療用の薬品としても需要が高く安定的に売れるからだ。

当然、その製造施設と技術者は収奪の対象となる。豪族、有力者、盗賊とあらゆる勢力から狙われるだろう。

「そうか。シルバー・ウィックが大勢力を築けたのは魔薬製造工場を持っていたからか」

「戦車を維持するにはお金がかかるからねえ。盗賊稼業だと特に現金が必要だからね」

戦車の維持は部品、砲弾、燃料代をまかなうため多額の資金が必要だ。

しかし盗賊の稼ぎはそれを満たすに十分ではない。

理由は街や小都市、輸送車を襲ったところで手に入る物の多くは食料や商品といった現物でしかないからだ。

それらの品物をビス銀貨に、そして戦車の部品に換えるには盗賊との付き合いも厭《いと》わない特殊な商人――故買屋の世話にならねばならない。

当然、足下を見られて安く買い叩かれてしまう。

盗賊には現金が必要だ。安定的な収入源が必要なのだ。

この魔薬工場は、シルバー率いる盗賊達にとって貴重な現金の入手の手段となった。

シルバーの盗賊団があちこちを荒らし回るのに十分な戦力を用意できたのも、この魔薬工場のおかげだったのだ。

「この施設の生産量はどのくらいだ？」

アーギットはひとしきり説明を受けて納得すると腰を下ろした。

「さあ、知らない。ただすごい額のお金が蓄えられてるってあたしは見積もってる。シルバーのおっさんは五〇〇〇万ビスとか言ってたけどさ、盗賊の言うことだから誇張があるにしても一〇〇〇万ビスは堅いんじゃないかな？　けど当然、奴らの残党も守りを堅くしていてね。あたしらが確認した時は戦車が二十両くらいいた。もしかするともっとかも」

「つまりこの施設に蓄えられている一〇〇〇万ビスを頂戴するのがお前の計画って訳か？」

「そういうこと」

「施設や技師はどうすんだ？」

「さあ？」

「さあ？　だと？」

「だって戦車一両の傭兵《ようへい》カンパニーが抱え込むには大き過ぎるもん。盛大に燃やしたら世のため人のためになるかもねえ」

フォクシーのあっけらかんとした物言いにアーギットは唖然《あぜん》としてしまった。

「それで質問なんだけど、あんたどの程度の戦力を用意できる？」

「一個中隊なら今すぐにでも。三～四日待ってくれるなら二個中隊はいける。車種は【イフリート】が四両。後は【ザコット】、【モブシャ】、【ガラクタック】とその他といったところだな」

アーギットが振り返って確認。ガージルはそれを首肯した。

戦車は三両で一個小隊。そして三個小隊と中隊長車の併せて十両で一個中隊とするというのが荒茫大陸にかつてあった古代国家の編制だ。

「そっちが二個中隊集めるなら、あたしらもこの作戦に戦車傭兵を二個中隊雇うよ。そうすればあんたらと併せて四十両。それだけあればシルバー・ウィックの残党の戦車が予想より多かったとしても圧倒できるよね？」

「おいおい、盗賊は二十両なんだろ？　そんなに戦車が必要か？」

「敵より多くの戦力を集めるのが勝つための条件だからね」

「だからって倍はいらねえよ」

「でもさ、これって共同作戦でしょ。あんたらが対等の関係でやっていくなら。あたしらも同じ数の戦力は集めなきゃ駄目だよね？」

「大丈夫だ。あんたらの情報力と調査力、そしてナナヨン戦車の力を評価して、対等として扱うってことになってる。そもそもだ、こんな美味《お い》しい獲物は早く手に入れないと他所に奪われちまう」

「その可能性は確かにあるよね。でもそうなったらそうなったで仕方ないよ。不十分な戦力で挑んだら勝てないばかりか獲物を逃がすことになっちゃうからね」

「温《ぬる》いな。あんたら随分と温い。そんなんでよくぞこれまでやってこれたな」

「かもね。でも、不思議とこれでうまくやってけたんだよね」

アーギットはまじまじとフォクシーの顔を見た。

「わかったよ。そういうことならあんたらの準備を待つ。めどが立ったら連絡してくれ。それと、この地図は貰っていってもいいか？　あんたの作戦に難癖つけるつもりはないが、一応配下に検討させたい」

フォクシーが返事するよりも早く、アーギットはテーブルの地図を丸めてガージルに手渡した。

フォクシーは仕方なさげに肩をすくめる。

「いいよ。後で連絡するねえ」

アーギットはガージルと共に足早に応接室を出て行ったのである。

ランド・シップのタラップを降りた、アーギットは【イフリート】に搭乗しながらガージルに囁いた。

「おい、戻ったら大急ぎで戦車をかきあつめろ。守備戦力が戦車二十両なら、こっちは三個中隊もあれば行けるはずだ」

「では、バスケスとモーリッツの奴らを呼びましょう」

「いや、奴らを呼び寄せてると三～四日はかかっちまう。今はお前の伝《つて》を使ってとにかく数を集めるんだ」

「アーギット。あんたもしかして、抜け駆けするつもりですか？」

「一発ガツーンとかましてやるって言ったろ？」

「でも御大は……」

「ことの軽重を弁えろよガージル！　目標は魔薬の製造施設なんだぞ」

「でもあの白狐達は怒るんと違いますか？」

「そりゃ怒るだろうさ。だが気にする必要はない。ナナヨンの奴らは、盗賊が蓄えたビス銀貨のことしか考えてないからな。盛大に燃やしたら世のため人のためだなんて言い放ったくらいなんだぞ。最悪、施設に蓄えられていた現金をまるごと譲ってやれば曲がった機嫌も直るさ」

「俺らの狙いは魔薬の製造設備と技術者ということですね？」

「そういうことだ」

現金や財宝の類いはどれほどあろうと使ってしまえばお終《しま》いだ。

しかし魔薬の製造施設と技師は、きちんと保護して扱えば恒久的にお金を稼ぎ続けてくれる。その価値は、戦車一両の傭兵カンパニーなんかよりも遙《はる》かに高い。

「パダジャンさんは、ナナヨンの奴らを金の卵を産む鶏とでも思ってるみたいだ。だが実際には魔薬工場の方がよほど多くの金の卵を産んでくれる。その辺の損得勘定をきちんと説明すれば御大も俺の判断を認めざるを得ないはずだ」

「わかりました、早速手下達に声をかけます」

二人はそんなことを言い合いながら待たせていた戦車に乗り込んだのだった。

「あー、あの顔を見た？　目の色変えちゃってすぐにでも抜け駆けするって顔つきだったよね。やっぱり魔薬製造工場を燃やすって言ったのが効いたかな？」

フォクシーもまたそんな二人を見送りながらカッフェに囁いていた。

「金の卵を産む鶏を欲シガラナイ奴はイナイ。彼奴《あいつ》は必ずヤラカス」

「やるのはいいよ。けど、得られるかどうかは全く別だよね。あたし守備戦力を戦車二十両って説明したけど、もっとあるかもとちゃんと付け加えたよね？」

「モチロン」

「なのに奴は耳を貸さなかった。どうなったとしても責任はあいつらだよね」

「奴は自らノ迂闊《うかつ》サ、己の力量の不足ヲ思い知ル」

「パダジャンも、あんな駄馬じゃあ駄目って思い知ってくれると良いんだけどねぇ」

遠ざかっていくアーギット達の乗った戦車を見送りながら、フォクシーはニンマリとほくそ笑んだのだった。

06

ボーアは悔やんでいた。

戦車傭兵《ようへい》になったことを？　否《いや》。小作農家の四女だったこと？　違う。この世に生まれてきたことそのものを悔やんでいた。

周囲には猛烈な勢いで無数の砲弾が降り注いでいる。

度重なる爆音に鼓膜が悲鳴を上げて、横殴りに浴びせられる爆風と土砂は嵐のごとき勢いで、軽戦車【ゴランド】のキューポラから上半身を外界にさらしている彼女の体をぶん殴るのだ。

「次弾装填《そうてん》を急げ！」

ボーアはゴーグルについた泥を袖で拭いながら装填手に向かって叫んだ。

「た、弾は何を込めればいいのさ!?」

「撃てれば何だっていいよ！　どうせ当たったところで効きゃあしないんだ！」

思い返すとアマゾネス・カンパニーが参加する戦いは何気に酷《ひど》いものばかりだった。

快勝した。巧《うま》くいったと思ったのは囮《おとり》コンボイ護衛作戦だけだ。しかもそれですら後払い分の雇兵料を支払って貰《もら》えないというオチがついている。

以来、何かのバチがあたったかのように後味の悪い戦いばかりしている。

こんな糞《くそ》みたいな生活からおさらばできるなら敵の砲弾を真っ向から受けるのも悪くないと思ってしまう程だ。

だが、この場でそんな誘惑に応じてしまうわけにはいかない。

カンパニーの代表として、ボーアは仲間の命を守らなければならないからだ。

どんなに酷い状況であっても仲間が生きていける道を探さなければならない。

「ボーア！　左から敵だよ！」

「右だ！　右にも敵がいる！」

砲手と操縦手が悲鳴のような報告をあげてくる。

「下がれ！　前進したり後退したりを小刻みに繰り返すんだ。こっちが履帯狙いをしてるって相手にわかるようにね。そしたら盗賊連中だって、あたしらの撃破は後回しにしてくれるさ！」

盗賊だろうと傭兵だろうと、戦車兵は脅威度の高い敵を優先して撃破しようとする。

脆弱《ぜいじゃく》な【ゴランド】なんて生かしておいたところで毒にもならない。

そんな敵に砲弾を撃ち込む暇があったら自分を殺すかも知れない【ガラクタック】や、【モブシャ】を優先して狙うのだ。

おかげで勢いに任せて前進し敵陣奥深く踏み入った味方の戦車は、あちこちに隠蔽していた盗賊どもの戦車の集中砲火を浴びて次々と黒煙を上げていた。

それでも無線機を通じて届けられるアーギットの声は進め進めを連呼していた。

「お前ら、何やってんだ！　金は払ってるんだ。進め、進んで敵を倒せ！」

「ひるむな！　撃って撃って撃ちまくれ！」

そんな命令に素直にしたがった【ザコット】が、ボーア達《たち》の目の前で被弾する。

搭乗員が悲鳴を上げながらキューポラから飛び出し、戦車服についた炎を消そうと地面を転げ回っていた。

その悲惨な有様にボーアは舌打ちした。

「考えて見れば、こいつは最初から危なっかしい作戦だったんだ」

ボーア達に与えられた作戦目的は盗賊が支配する魔薬の製造工場の占拠だ。

当初は簡単な仕事だと言われていた。

盗賊達の守備戦力は二十両だという。

それに対してガージルは寄せ集めながらも戦車を一個大隊――ボーア達アマゾネス・カンパニーの【ゴランド】二両を含めて三十両もの大軍を揃《そろ》えたのだ。

「一・五倍の戦力比があれば楽勝だろう？　しかも敵配置の詳細な情報だってある。これならば問題なく勝つことも出来るはずだ。マンチェスターの法則って知ってるか？　我が方三十の二乗から、敵方二十の二乗を引いた数は五百で、その平方根は約二十二。つまりこちら側の損害は八両で済むっていう計算だ」

アーギットは得意満面の笑みでそんな目論見《もくろみ》を披露したのだ。

もちろんその損害予定の八両にボーア達アマゾネスの【ゴランド】が含まれていることも彼女たちは薄々感じてはいた。

しかしいざ戦場に到着してみると話が全く、全然違っていた。

敵は盗賊ながら強固な防御陣地を構築して守備を固めていたのだ。

しかも守備をする盗賊戦車の数も当初の見積もりを遙《はる》かに超えていた。正確な数は不明だがあきらかに二十両以上の数があった。

「撃て、進め。貴様ら何立ち止まってるんだ。進めって言ってるだろう！」

しかし総指揮官のアーギットはそんな現実を見ようともしない。自分達には敵より多い戦車があるのだから数に任せて突き進めば勝てると叫ぶばかりだったのだ。

「駄目だこいつ。頭中で都合の良いことばかりをかき集めて立てた計画通りに物事が進んでいくって考えるタイプだ」

自分にとって都合の良いことばかりで作り上げた認識とは即《すなわ》ち妄想を意味する。そして妄想は現実によっていとも簡単に打ち砕かれるのだ。

勢いに任せた前進は敵の苛烈な反撃によって止められてしまった。

アーギット率いる戦車隊は作戦開始から一両、また一両と戦車を失っていき時が進む毎に敗亡へと向かって突き進んでいった。

残った戦車が十両にまで減ると、戦意を失ったアーギット戦車隊の無秩序な後退が始まった。

「お前ら、何下がってんだよ！　戦えよ、前進しろよっ！　てめぇら、後でぶっ殺されてぇのか!?」

アーギットがいくら叫んでも、金切り声を上げても戦意を失った戦車隊を戦場にとどめておくことは出来なかった。

「そろそろ潮時だね。こっちも後退するよ。残骸を盾にしながら退《さ》がるんだ！」

この状態でボーア達が生き残るには空気を読んだ素早い行動が必要であった。

敵も、撃つ相手がいなくなればボーア達の【ゴランド】を狙うようになる。行きがけの駄賃、食後のデザート。そんな感じで、脆弱な戦車を戦績の数値に換えようとする。

そのためボーアは味方戦車の残骸を盾にしながら後退するよう命じた。

幸いにして小さな【ゴランド】の車体は【ザコット】や【モブシャ】の陰に収まってしまう。そのため被弾を避けることができた。

もちろんその分の砲弾は、友軍の【イフリート】や【ガラクタック】へと向かう。

やがて戦いは終わった。

結局、リトマン市に生きて戻れた戦車は三十両の内わずかに五両であった。アーギットの大惨敗であった。

「逃げるのばかっり巧くなっちまって」

そんな中、アマゾネス・カンパニーは数少ない生存者の側に含まれていた。

なにしろ二両参戦して二両の生還なのだから。結果だけ見ればなかなか好成績なのだ。しかしそれが幸いだったと喜べたのはここまでであった。

§　§

リトマン市の商業街区には中小規模の商店が集まる区域がある。

レンガを積み上げて作った古ぼけた五層ほどの建物が並ぶ一角にアーギットの事務所はあった。

「ガージル！　おまえいったい何を考えてやがる！」

魔薬工場占拠作戦に失敗し命からがら生還したアーギットは事務所内で荒れ狂った。

皿を投げ、テーブルをひっくり返し、手下達を盛大に蹴り倒した。

「す、すみません！　けど、敵の数も配置も事前情報と全然違ってて……」

額を床に擦りつけているのはガージルだ。

アーギットはガージルの背中を思いっきり踏みつけた。何度も何度も踏みつけた。

「んなことは問題じゃねえ！　敗因はお前が臆病者ばかり集めたせいだろうが！　お前が間抜けなせいで魔薬製造工場を手に入れ損なっちまったんだ！　この始末をいったいどうつけてくれるのだ!?」

「す、すんません！」

「いいかガージル！　この損害はお前が責任を持って補填《ほてん》しろよ。金は最低でも一〇万ビスは必要だ」

「ええっ！　そ、そんな大金、俺には無理っすよ！」

「手段を選ぶな！　どっかから戦車を盗んで売っぱらうとか、金持ちの家に強盗にでも入ればいいだろ？　金回りのよさそうな商店を襲って奪ってくるんでもいいぞ！」

「そ、そんなことしたら……」

「そんなことしたらどうなるってんだ、え？」

「か、金持ち連中狙ったら用心棒に返り討ちにあっちまいます。万が一生きて逃れることができたって、正体がばれて賞金かけられて四六時中狙われるようになって、これから先は盗賊にでもなるしか……」

「だったらしょうがないな。いつも通りあれをするか」

ガージルは声を潜めた。

「あれすか？」

「そうだ。あれだ。もう、次の獲物の目星はつけてるんだろう？」

「一応は羽振りの良い家を見繕ってあります。けど、最近は富豪の間でも誘拐の噂《うわさ》は流れていて護衛を雇うようになった家も増えてるんです。これからは、今までみたく簡単にはいかないと思いますよ」

「大丈夫だ！　お前は俺が言う通りにすればいい！」

その時だ。不意に事務所のドアが開いた。

後ろ暗い話をしていた最中だけにアーギットは盛大に驚いた。

「誰だ!?　誰が入って良いって………ちっ、なんだ。ガッヘルさんかよ」

見れば戸口に立っていたのはバダジャンの腹心、ガッヘルであった。

「ガッヘルさんが、いったい何のご用件で？」

アーギットの手下がガッヘルの前までいって頭を下げる。

「用があるのはアーギットだ。アーギット、御大がお呼びだ。こい」

「わかったよ。後で行く」

しかしアーギットは動かない。ガージルの背中に足を置いたままだった。

するとガッヘルはアーギットの手下を押しのけそのまま事務所内へと踏み込んだ。

そしてアーギットの襟首を掴《つか》みあげた。

「その耳は飾りか？　それとも聞こえないフリをしてるのか？　パダジャン様は、今、来いと仰《おっしゃ》っている。理解できたか？　今、来いだ。ここで言う今とは、十秒後でも十分後でもないんだぞ」

「わ、わかったよ。痛《い》ってぇなあ」

ガッヘルの剛力と迫力にはアーギットも逆らえない。

アーギットはガッヘルに捕まれた襟首を力ずくで奪い返すと、固唾《かたず》を呑《の》んで見守っている手下達を振り返った。

「俺はこれから御大のところに行ってくる。用件はどうせお前達がやらかしたミスのことだ。いいな？　この俺様がお前らに代わって頭下げてくるんだ。だから感謝しろよ」

アーギットはそう言い残すとガッヘルとともに事務所を出たのである。

事務所の主《あるじ》がいなくなると事務所内には静けさが戻った。

ガージルは頭を上げると、無言で立ち上がり膝やズボンの埃《ほこり》をパンパンと払った。

「すぐに部下を集めろ。あといつもの戦車傭兵の奴《やつ》らもだ」

ガージルは身繕いしながら、あたかも今何も起きていなかったかのように言う。

彼の手下達も「鼻から血が出てますよ」と告げるような、ハイエナの誇りを損なう野暮《やぼ》はしなかったのである。

ガッヘルが運転する乗用車がパダジャンの屋敷に到着した。

リトマン市の四大派閥の一つ、馬借連合の総帥であるパダジャンの屋敷は、各所に重戦車や重火器が配置されてかなり強固な防護がされていた。

近づく車も、全てを止めて誰何《すいか》し、危険な物を積んでないかをパダジャンに忠誠を誓う私兵達がいちいち確認するのだ。

だがそんな警備の私兵達も、乗用車の運転席にガッヘルがいることを見つけるとすぐに道をあけた。これだけ見てもガッヘルが、パダジャンの配下の中でどれほど重く用いられているかを示している。

助手席のアーギットは、そんなガッヘルの特別待遇を見ると忌ま忌ましい気分になった。

自分だってこれと同じ扱いをされても良いだけの能力がある。そうでないのは自分は正しく評価されていないからだ。自分は不当に貶《おとし》められている。そういう気分になるのだ。

屋敷の玄関前に停車するとすぐに駐車係が駆け寄ってきた。

「客人はまだおいでだな?」

「はい。お館様と樫《かし》の間です」

駐車係は来客の車、私兵の私用車含め屋敷にある全ての車の管理をしている。そのため客の出入りや動向まで秒単位で把握している。

ガッヘルは運転席から降りると、車の鍵と一緒に礼の意味を込めたチップ——ナット銀貨五個を駐車係に手渡した。

駐車係はニコリと微笑《ほほえ》んでそれを受け取るとガッヘルと入れ替わるようにして運転席に滑り込んだ。

「何をしてる。アーギット」

アーギットは促されて車から降りた。

「お前、何をふて腐れているんだ？」

「別にふて腐れてねえよ」

アーギットはこれから受けるであろう査問をどうやって乗り切るか、その事ばかりを考えていたのだ。

だが良い考えは全く思い浮かばない。状況は絶望的で実に不愉快だ。きっとそんな感情が態度にでていてそれがガッヘルにはふて腐れて見えるのだ。

「言っておくが、御大の前でそんな態度だったらただじゃ置かないからな」

「わかってますよ」

アーギットはサイドミラーで自分の身なりを一瞥《いちべつ》してから屋敷内に入っていった。


「入れ」

ガッヘルに促されてアーギットは応接室のひとつ樫の間へと入った。

樫の間はパダジャンが賓客と面会する時に使う公的な応接室だ。

中に入ってみるとパダジャンの側近、連合の幹部連中が屯《たむろ》していた。その人垣の向こう側にパダジャンの姿があった。

「御大。俺をお呼びだそうですけど、何のご用ですか？」

アーギットとしてはこんな連中に囲まれるのは正直勘弁して欲しいと思うところである。しかしここまで来れば逃げようがない。持ち前の度胸と根性、そして気合いで突き進むしかないのだ。

「随分と遅かったやないかアーギット」

パダジャンの側近達が放つ視線はアーギットを糾弾する気配で満ち満ちていた。

「これでもすぐに来たつもりなんですけどね」

「そか、まあええ。まずはここに座れ」

アーギットは促されるままに被告席——パダジャンの正面のソファーに腰を下ろした。

その時になってようやく応接用のテーブルを囲むソファーの一つにナナヨン・カンパニーの白狐《びゃっこ》の姿があることに気づいた。

「何の話でしょう?」

「アーギット。貴様、儂《わし》に申し開きすべきことがあるんとちゃうか?」

アーギットは内心で舌打ちしたが、それを表に出さないように努力した。

「なんやわかっとらへんのか。じゃ、頭から話しよか。実はな、貴様の仕事の仕方について業務の提携先から抗議の申し入れがあったんや」

「抗議? パダジャンさんに抗議しようなんて生意気な奴はいったいどこのどいつですか? 言ってくれたらちょいと行って俺が絞め上げてきますよ」

「そんな必要はあらへん。抗議の主はここにきとるからなあ」

「誰です?」

アーギットは周囲にいる幹部連中を見渡した。

「お前か？　それともお前か？」

もちろんその中にはフォクシーの姿も見えたがここはあえてスルーする。

「とぼけるのもいいかげんにせえ！」

「いや、本当にわからないんですって」

「ならガキにでもわかるように咬《か》み砕いて説明してやろか。儂は貴様にうまくやれと言ったんやで。事を荒立てろなんてことは一言も言っとらへんのや」

「俺が、事を荒立てるようなことしましたかね？」

「ナナヨン・カンパニーと一緒にやるはずだった仕事で、抜け駆けやらかしたそうやないか⁉　これは重大な信義則違反やてことはわかっとるな？」

いよいよ詰問が具体的な内容へと踏み入った。

「ああ、その仕事の話ですね？」

アーギットはソファーの背もたれに体を埋《うず》めながら呼吸を整えた。

もちろんアーギットとて自分のしたことが仁義破り、掟《おきて》破り、難詰されて当然のことだということはわかっているのである。

「せや。シルバー・ウィックの魔薬工場を占拠する作戦のことや。お前、フォクシーはんから場所や守備戦力の配置情報を貰っておきながら、自分だけ先走って攻撃したそうやないか？　なんでそないなことをした？」

「それは、その——当然ながら、その必要があったからです」

ここまできたら一か八《ばち》かだ。

アーギットは必要性、必然性があったと言い訳した。

「なんやて？　いったいどんな必要性があったっちゅうんや？」

「聞いて貰えますか？」

パダジャンの側近、連合の幹部、そして白狐の視線がアーギットの身体に注がれた。

パダジャンも前のめりになった。

「もちろんや。儂としてもワレの言い分を聞くつもりがあるから呼んだんやからな」

そんなパダジャンの態度に釣られたようにアーギットもまた前のめりになる。

「よかった。これは必要があってしたことなんですがね。事が失敗に終わってしまった以上は、事情も言い訳も聞いて貰えず問答無用で叱られるかもって怖かったんです」

「叱るかどうかは事情をちゃんと把握してからや、悪いことにはせんからまずは正直に事情を話すんや」

「はい。最初から説明しますね」

この間にも考えろ、考えろと必死で考えている。

「俺は、そこにいるフォクシーさんから、魔薬の製造工場の情報を受け取りました。もちろん頭から信じたりしません。申し合わせた通りに準備を進めながらももらった情報の裏取りをしていたんです。俺の方にも調査能力に長《た》けた配下がいるんで」

「まあ、それは必要な処置やな。それで、いったい何がわかった？」

「まずは、ナナヨンのみなさんには優秀な調査能力があるってことが確認できました。それとその、あの――」

「なんや」

「実は第三勢力が――」

この瞬間、アーギットにアイデアが降ってきた。

「そう、ナナヨンや俺たち馬借連合とも違う、第三の勢力が、既にこの魔薬工場を狙って戦車傭兵をかき集めていることが判明したんです」

「なんやて？」

「しかも状況は切迫していました。翌日にもその第三勢力の戦力は四十両近い戦車を集めて魔薬工場の占領に向かおうとしているとわかったんです。ナナヨンの皆さんは奴らの貯《た》め込んだお宝にしか目になかったみたいですが、俺たちから見れば魔薬の製造施設と人材の方が魅力的だ。それを手にしたら毎日毎月毎年ずうっと上がりを得られますからね」

「ま、せやな」

パダジャンも周りの側近や幹部連中も身を乗り出している。

自分の話に飲み込まれている証拠だ。そんな反応を見ればこの言い訳で押し通せると感じた。

「事態は緊迫していたのです。指を咥《くわ》えて見ていたら獲物はかっさらわれちまう。そしてナナヨンにそのことを知らせている時間もなかった。そもそもナナヨンに知らせたところで何か出来るような戦力だって揃ってなかった。だから俺は自分でかき集められる手下と戦車だけで先走るしかなかったんです」

「なるほどなあ」

パダジャンは感嘆したように呻《うめ》くと背もたれに身を預けた。

ここでフォクシーが初めて口を開いた。

「ちなみにその第三勢力ってのはどこ？」

「確信の無いことを口にしたくない。いらない争いや恨みを生むからな」

「それでも感触くらいはつかんでるんやろ？」

パダジャンに問われてアーギットはどこならば良いかと素早く考えた。

このリトマン市で、馬借連合に対抗できる勢力はリシャスの土倉協同会とガウノイのリトマン水資源管理協会くらいだ。

だが水資源を押さえているガウノイが正業以外に手を出すことは少ない。全くないわけではないが冒険をしたがらないのだ。対するリシャスは、シルバーに賞金を賭けるほどに盗賊に対する恨みは深い。

「未確認だが、リシャスの土倉協同会ではないかと思ってます」

「ふーむ。シルバーに賞金をかけて、最後に身柄を押さえたのもリシャスやったからな。シルバーを処刑する前に尋問して、魔薬の製造施設の場所を聞き出していた可能性も確かにある。不自然さはないな」

「ええー、ええ、そうですとも。そして白狐とその仲間達がシルバー・ウィックの手下どもを次々と捕らえて儲《もう》けを得ていました。そこでシルバーから得た情報に間違いがないことを確認できたのだと思います」

「そういうことならば、独断専行も仕方の無い話かもしれへんな」

仕方がない。

この単語がパダジャンの口から出た時、アーギットは言い逃れの成功を確信した。

しかしフォクシーが言った。

「けど、失敗してたら意味ないじゃない」

「失敗したのはお前達の情報が間違ってたからだ。御大、聞いて下さい。この白狐のもってきた情報はとんでもない嘘《うそ》っぱちだったんです。こいつは、盗賊の戦力は戦車が二十両しかないって言いましたが、実際に行ってみれば四十両近くもあったんです。しかも強固な陣地まで構築してました。おかげで俺は配下の三個中隊をズタボロにされちまった。何もかもがこいつがガセネタかましてくれたせいです。俺の方こそ、抗議したいくらいですよ」

「なるほど、それがあんたの言い分ってわけね？」

「そうだ。お前が嘘の情報を流したせいで俺は多大な被害を受けたんだ」

「あたしは嘘を流したりはしてないよ。あんたに伝えた情報は、それを獲得した時点では正しい物だった。ただ古かっただけだよ」

「なんだと？」

「あんたが持って帰った配置図には情報を獲得した日付が入っていたはずだよ。それからどれほどの時間がたっていると思ってるの？　どれほどの出来事があったと思ってるの？　盗賊連中は頭目のシルバー・ウィックを失った。あちこちの拠点をあたしらに襲撃されて大勢の仲間を失った。残党達がアジト——魔薬の製造工場に集まってくるのは当然とは思わない？」

「そうか。だから盗賊の戦車が四十両に増えてたってわけか」

「だからあたしも、もっとあるかもって付け加えたんだ。情報は生ものだ。賞味期限くらい確認してよね。それに作戦の実施は、あたしらの準備が整うのを待ってからってことになってたでしょ？その準備には、戦力の準備だけじゃなく情報を最新の物にバージョンアップすることまで含んでたんだ」

「はっ、だったらそう最初から言えってんだ！」

「あんたが先走らなければそんな必要はなかったでしょう？」

「待ってる暇がなかったっていう事情は今、説明しただろう？　仕方なかったんだよ」

「ふーん。それじゃ、あんたが迂闊《うかつ》な手出しをしたせいで魔薬工場にいた奴らは荷物まとめてどこかに逃げて行っちゃって、今じゃもぬけの殻になってる件についてはどう申し開きしてくれるの？おかげで下調べや準備にかかった費用まで一切合切全部無駄になっちゃったじゃない！」

「そんなことは俺の知るところではないな。そもそも俺が手を出さなくったって翌日にはリシャスの手下が襲撃していたんだ。獲物を取り逃がしたかも知れないが、俺が先走らなかったとしても同じ結果になっていたさ」

「でも実際に失敗したのはあんたじゃない」

「違うな！　俺様のおかげでやり直しの機会を得たんだ」

「それ、どういう意味よ？」

「もし、リシャスに奪われてたらお前達もウチも魔薬の製造施設を狙うわけにはいかないだろ？　要するにリシャスに奪われずに済んだのは俺のおかげなんだよ。逆に感謝して欲しいくらいだぜ」

アーギットはそう言い放つと不貞不貞《ふてぶて》しくもふんぞり返って足を組んだ。

フォクシーを見れば、アーギットの姿を見て忌ま忌ましそうに嘆息している。この一分の隙も無い言い訳とアーギットの堂々たる態度に圧倒されているのだ。

周囲を見渡すとパダジャンもその側近達も黙っている。アーギットは勝利を確信した。

「パダジャンさん。これ、どうしたら良いですか？」

「返す言葉もあらへんな。あんたらが負った損害は儂の方で補填するよって、今回の件は勘弁してくれへんか？」

パダジャンは責任の追及を諦めると、フォクシーの懐柔に入った。

「あたしらが負った損害っていうと、事前調査にかかったお金とか、二個中隊分の戦車傭兵をかき集めるために支払った前払い分とか、『得べかりし利益』も含めた話ですね」

「ちゃうな。恨みを綺麗《きれい》さっぱり拭うのに必要な、積み増し分も含めた話や」

「お互いに？」

「もちろんお互いにやで」

そこですかさずアーギットは言った。

「待って下さい。御大にそんな補償金の負担させるわけにはいかない。実際に失敗したのは俺なんだ。補償金なら俺が支払いますよ」

「なんやて?」

自分に責任がないことを納得させたからには、次は事態の収拾をしなければならない。

白狐だけが相手ならば、アーギットはワッシャ一枚だって払うことはしない。

しかしこの場で問題となるのはパダジャンの面目だ。馬借連合の頭目、自分の寄親《よりおや》の面目を潰したままにしておいてはアーギットの今後が難しくなってしまうのだ。

「お目当てだった一〇〇万ビスにはほど遠いかも知れないが、今回の始末金として一〇万ビスを俺が支払おう。それで総《すべ》てを水に流すってことでいいな?」

「支払いはいつ?」

「そいつが問題だ。今、手持ちがなくってな。しばらく待ってくれないか?」

「しばらくって具体的にどれくらい?」

「一〇万は大金だ。最低でも三、四ヶ月《かげつ》は見て欲しい」

「期限は一ヶ月。手形を切ってよ。裏書人をパダジャンさんにした奴」

最初はパダジャンさんが払うって話だったんだから、裏書きするくらい良いよね、とフォクシーはパダジャンを振り返った。

「貴様!? 俺を信じられないって言うのか!?」

「そりゃ無理でしょ。信じるに値することあたしは一度も見せて貰ってないんだから」

「んだとてめぇ！」

いきり立つアーギット。パダジャンはその名を呼ぶだけで押さえつけた。

「儂が裏書きしたるさかい手形を切れ」

「わ、わかりました」

アーギットは手形用紙をパダジャンの側近から貰うと、必要事項を書き込んでいった。

幸い、補償金を稼ぐアテはある。一ヶ月で揃えるのはきついかも知れないが事が上手《うま》く運べば懐を痛めることなく済むはずであった。

しかもこれでパダジャンの顔を潰さないように最大限の努力をしていることが幹部や側近達にもアピールできるのだ。

「これでいいな？　今回の件についてはこれで完全に手打ちが済んだってことだ。改めてこれから我々馬借連合と共同事業で仕事をしていって貰いたい」

アーギットはフォクシーに手形を渡しながら告げた。

「これからの仕事って魔薬製造工場の件？」

「そうだ。どうやってあんたが奴の居所を探したのかしらないが、これからも追いかけるつもりなんだろ？　それを我々と手を組んでやって欲しい。あんたらは盗賊の残党が蓄えてるビス銀貨がお目当てのようだが、俺たちはあの施設と技師が欲しい」

アーギットが頭を下げてみせると、パダジャンもそれを追認するように頭を下げた。

「せやな、それは大事や。儂からも頼むわ」

「いや、それは無理かもー」

「何でや!? わいらがこれだけ頭を下げとるっちゅうのにそれを無下《むげ》にするんか?」

「いや、だって、ほんとに盗賊の残党と魔薬の製造施設がどこに移転したかわかんなくなっちゃったんだから。前に言ったでしょ。シルバーの居所をつかめたのだってたまたまの偶然なんだって」

「ほんまか?」

「うん、ほんと」

「そいつらがどこに逃げたのか、探すことはしないのか?」

「探すってどうやって? 偶然につかんだ情報なんだから、狙ったところで情報が入ってくるはずないでしょう?」

「そ、それじゃ次は、あんたらどんな仕事をするつもりなんだ? これまで同様に盗賊の残党を捕まえるって言うのならそれを一緒にやっても良いぞ……」

「えっと、次は要人警護の仕事を予定している。守秘義務があるから詳しくは言えないんだけどね」

「要人警護?」

「戦力となる戦車が一両しかないあたしらみたいな弱小カンパニーには、身の丈に合った良い仕事でしょ?」

「そんな実入りの少ない仕事なんかするなよ。もったいない」

「実入りは少ないかも知れないけど、やり甲斐《がい》のあるいい仕事だよ」

「だから、そんな仕事じゃあ俺の関われる部分がないって言ってるんだ」

「そんなこと言ったって稼ぎの大きな仕事なんてそこらに転がってるわけないじゃん。それにこれがうちらナナヨンのやり方なんだよ。それすらダメって言われたら、事業を共同でやるなんて無理だと思わない？」

　こう言われてしまってはパダジャンもアーギットも強く言うことが出来なかったのだ。

§　　§

　フォクシーが立ち去った後、応接間には重苦しい沈黙が漂っていた。

「御大！　今回は本当に、ほんとに申し訳ありませんでした！」

　アーギットは何か言われる前から先手を打って頭を下げた。

　抜け駆けに始まった諸問題はどうにか解決できたが、言いつけられたことは完遂出来なかったし、パダジャンの面目も大きく潰してしまった。

　これは明確なアーギットの落ち度なのだ。

　パダジャンは目の前に下げられたアーギットの頭をじっと見ていた。

　数秒、あるいは数十秒、もしかすると数分の間。沈黙の時間が音も無く過ぎていった。

「アーギット、儂の方こそすまんかったな」

　やがてパダジャンが口を開いた。

「えっ……と、何故《なぜ》パダジャンさんが謝るんです？」

当初は罵倒が飛んでくるかと思った。しかし予想に反してその口から出たのは和らいだ表情と謝罪の言葉であった。

「こうなってもうたのは全ては儂の責任やからな。貴様の器に合わん仕事を押しつけてもうた儂の判断ミスや。ほんま済まんかった」

パダジャンはそう言って深々と頭を下げたのだ。

何が起きたのか理解できないアーギットはただただ狼狽《うろた》えた。

「と、とんでもない！　そもそもこの仕事を任せてくれって買って出たのは俺の方でした。俺の方からやれるから任せてくれと頼んだんじゃないですか！」

「ああ、確かにそうや。しかし儂も貴様にこの仕事は任せられると思ったんや。けど儂の目は曇っとったようや。だからこんな有様になってもうた。そう。これは貴様に大事な仕事を任せたらあかんちゅうことなんやな」

自分は失望されようとしている。期待に値しない存在として見放されようとしている。

「ま、待って下さい！」

そう悟ったアーギットは背筋が寒くなるのを感じた。

「後始末は俺がちゃんとやりますから、この仕事はこのまま俺に任せておいて下さいよ！　お願いします」

「ちゃんとするって、いったい何についての話や？」

「もちろんナナヨンの奴らのことです。俺がきっと、必ず奴らを馬借連合の傘下に引き入れてみせますから！」

「あー、……貴様にはムリやろうなあ？」

「どうして⁉」

「そもそもの話や。ワレはどうして抜け駆けなんかした？」

「し、仕方がなかったという話は先ほどしたばかりですけど」

「んな話、あの白狐が信じるって本気で思ってるんか？　この儂ですら嘘やて確信しとることを？」

「いや、でも……今さっきは御大も頷《うなず》いてたじゃないですか」

「そりゃあ、貴様の嘘に乗るしか話の落とし所がみつからんかったからや。一緒に仕事をしましょう、手を組みましょうと誘ったけど、狙ってる獲物が魔薬製造施設とわかった途端、手のひら返して抜け駆けしましたなんて公言するわけにはいかへんやろ？」

「で、でも、それならあの白狐はどうして？」

「そりゃ、あの白狐かて儂と喧嘩《けんか》をするつもりがなかったからや。事を荒立てることなくこの問題を解決するには緊急事態やったから仕方なかったっちゅう貴様の嘘に乗るしかなかったんや」

「くそっ……す、すんません。魔薬施設の独占を狙ったのは軽率でした」

「かまへん、かまへん。そのあたりの判断は誰でも間違うところやからな。ちっぽけな戦車傭兵のカンパニーを傘下に収めることと、魔薬の製造工場のどっちを選ぶ、とか問われたら儂かて揺れる」

「なら……」

「けどな、あれはあの白狐が差し出した罠《わな》やったんやで。それを見極められなかったのが貴様の失敗や」

「罠？」

「そう。白狐は、貴様の前に美味《おい》しそうな餌を――実は毒をたっぷり仕込んだ餌を差し出してお預けができるか、待てに従える犬かどうか見極めようとしたんや。それぱかりやのうて餌に食い付くよう煽《あお》るようなことも囁《ささや》いたんとちゃうか？」

――盛大に燃やしたら世のため人のためになるかもねえ。

「ちっ、くそっ！」

アーギットは悔しげに舌打ちした。

「貴様はそれに気づかないまま白狐の思惑通りに振る舞うてもうたんや。そして、まんまと一〇万ビスをせしめられた。あの白狐、なかなかの食わせ者やで」

「ま、まさか……」

「多分あの白狐、戦車傭兵をかき集めることすら、しとらへんかったと思うで」

「それって損害を水増ししてたってことですか⁉ くそっ、どうしてくれようか」

「やめとけやめとけ。互いに恨みっこなしって今決めたばっかりやんか。それをこっちから蒸し返すっちゅうんか？ 恥の上塗りになるで」

「うぐっ……」

「わかったか？ 全ては貴様の思慮が足らんかったってことや。しかしあの白狐抜け目ないなあ。

ますます欲しゅうなったで。あの白狐がいれば馬借連合の威勢は今よりももっと高まってくるで。そのためにはあの白狐の相手は、儂が直々にせなあかんかもしれへんなあ」

「そんな！　御大、奴の扱いは俺に任せるって」

「そないなこと言ったかて貴様にその力が無いんやからしかたあらへんやろ？」

「そんなことはない、出来ます、できますよ」

「なら、それが口だけやないところを見せてみい。まずは一〇万ビスの手形や。一ヶ月の期日までに耳を揃えて用意してみせるんやで」

パダジャンはそんなことを言いながら樫の間から出て行った。

ガッヘルや側近達もその後に続く。

「くそっ、俺は絶対にこのままにしておかない。あの白狐の野郎、絶対にこのままにはしておかないからな！」

一人残されたアーギットの全身は怒りで打ち震えていた。

07

夜のリトマン市街。

荒茫《こうぼう》大陸の町はどこであっても昼と夜とで異なった表情を見せる。

街路が、裏路地が、空き地や荒野が、暗闇の帳《とばり》に包まれると光の下では生きられない不逞《ふてい》な輩《やから》や盗賊が、モゾモゾと這《は》い出て集い蔓延《はびこ》って、肉食の欲望をさらけ出し好き放題、勝手放題に振る舞うからだ。

しかし街の住民とて一方的に喰《く》われる立場の草食獣ではない。

無抵抗な平和主義者は捕食者の養分となってとっくの昔に絶滅している。この荒茫大陸で生き長らえている者はたとえ善良な装いをしていても警戒心が強く、他人の悪意への備えを常に固めているのだ。

そういった者の多くは日が暮れれば家に入って厳重に戸締まりをする。

もし暗くなってから出かけるような時は拳銃や小銃できちんと武装する。

富豪や有力者などの盗賊に狙われるリスクの高い者は、その行き来に強力な戦車による護衛をつけることもある程なのだ。

そんな富豪家の一つ、ノレイド家の令嬢が夜闇の中で家路を急いでいた。

夜会でもあったのか美しく着飾った二十歳前後の彼女を乗せた黒塗りの高級車は、その前後を【アマイモン】（ソミュアS三五戦車の車体と砲塔に三十七ミリ砲を乗せた異種ニコイチ・レストア車）によって挟まれながら夜道を進んでいた。

戦車の装甲と主砲をことさら見せつけながら走る車列を見れば、多少腕に覚えがある程度の与太《よた》者《もの》や無法者も近づこうとしない。

担当執事を兼ねた運転士は、前衛を務める戦車のブレーキランプで車間距離を測りながら慎重に車を進めていた。

「こんなに遅くなっては、旦那様にお小言をいわれてしまいますよ」

後部座席に収まっているパミラに声をかける。

しかし酒精で耳朶《じだ》や頬《ほお》を薄紅に染めてほろ酔い気分の令嬢はこう返した。

「わたくしがこんなにも遅くなってしまったのは、夜会の主催者の演説が長すぎたからです。なのにどうして叱られないといけないのですか？　貴方《あなた》も、お父様にそのことはちゃんと証言して下さいましね」

「もちろん口添えはいたします。いたしますが――はたして旦那様にその言い訳が通じるかの保証は出来かねますよ」

この車列の進行方向の遙《はる》か先では、この令嬢の乗った高級車がやってくるのを今か今かと待ち構える者達《たち》がいたのである。


リトマン湖の畔《ほとり》に築かれたリトマン市は、有力者や上流階級の人々が暮らす山の手――つまりは高級街区と、繁華街や倉庫街、商業施設が多い商業街区、そして酒場・風俗店、安宿などの悪所等を束ねた感のある下町街区の三つにわかれていた。

それぞれに周壁を築いているため、リトマン湖を取り囲む城市が三つあると言っても良いかも知れない。そしてそれらは、湖の畔を取り囲むように敷設された幹線道路によって繋《つな》がれていたのだ。

しかし周壁の外は街灯などない。もちろん暗くなってからの往来も少ない。

そのため追《お》い剥《は》ぎや強盗といった悪党が蔓延るのに十分な条件が揃《そろ》っていた。

アマゾネス・カンパニーの軽戦車【ゴランド】の車長用ハッチから上半身を出したボーアはそんな無法地帯の闇に隠れると、双眼鏡を手に幹線道路の監視をしていた。

「ボーア。あれ、放っておくのかよ？」

新参者の装填手《そうてん》エークスが斜め後で停止している【ゴランド】を振り返りながら囁《ささや》く。

エークスは今、そこで起きていることが許せないらしい。

もちろんボーアだって許せない。しかしだからと言って止めることは出来ない。

ボーアは痛いところを突かれたように顔を顰《しか》めて舌打ちした。

「新参者は口を開かず黙ってな」

「くそっ！　仲間を守ろうともしないなんて、ひでえリーダーのいるカンパニーに入れられちまったぜ」

ボーアはエークスを睨《にら》み付けて口を閉じさせた。

このリトマン市に流れてからアマゾネス・カンパニーに加わった――というかガージルに「お前が面倒見ろ」と言って押し付けられたエークスは、カンパニー結成以来一緒にいた仲間達と違って苦労を強いられているボーアを思いやることがない。何かにつけ思ったこと不平不満をすぐに口にするのだ。

「気に入らないのなら、いつ辞めてくれてもいいんだよ」

「ふん、それが自由に出来るんならあっしだって苦労しねえんだよ」

借金に縛られたエークスは、ガージルからそれを返済する方法の選択肢を三つ与えられたと言う。それは街娼《がいしょう》となるか戦車傭兵《ようへい》になるか、それとも鉱山奴隷となるかであった。

そこでエークスは、戦車傭兵となることを選んだのだ。

エークスは忌ま忌ましげに自分の運命と今の境遇を小さく罵倒する。そして後方の【ゴランド】を心配そうに振り返ったのである。

後方には【ゴランド】二号車が停止している。

「や、やめて。もう、やめてよ」

その車長席ではメス猫シルベストリが額に珠《たま》のような汗を浮かべて何かを必死に堪《こら》えていた。

「はっ、お前は嘘《うそ》つきだなシルベストリ。口じゃそう言いながら、お前の体はまったく嫌がってないじゃないか？」

何が起きているかは見ればすぐにわかる。ガージルがシルベストリを抱きしめながらその首筋に舌を這わせているのだ。

ガージルはいくら拒絶されても、シルベストリの胸や腿《もも》に手を這わせるのをやめようとしなかった。

「あんたが……そんなこと……するからでしょ？」

同じ戦車に乗る装填手のバイソンも、操縦手のストリクスも、車長を襲った災難を黙って見ないふりをすることしかできない。

「心底嫌ならどうして俺の手を撥《は》ね除けない？　え？　俺を突き飛ばすなりぶん殴るなりすればいいだろう？」

「だって、そんなことしたら仕事を――うっく」

シルベストリは指を咬《か》み声を出すのを必死に堪えていた。

「仕事がなんだって？」

「あんた、あーしらに仕事をまわしてくれなくなるじゃないか！」

「つまり、お前は食っていけてるのは、俺の好意があるからだってことをちゃんと理解してるってわけか？」

「あんたが、あーしらに……仕事がまわってこないように……してるんじゃないか」

「俺様の実力を理解しているようで何よりだ。お前達が生きるも死ぬも全ては俺様の気分次第ってわけだ。だとしたらだ、俺のおかげで食っていけてるお前達としてはもうちょっと俺を喜ばせるように振る舞ってもいいんじゃないのか？」

「だから何をされても我慢してるじゃないか。そうでなかったら、誰がこんな屈辱を我慢するもんか！」

「ああん？　今なんっつった？」

ガージルが憤りを込めてシルベストリの肌に爪を立てた。

「くひいっ」

その時、見張りのボーアの声が無線を通じて流れてきた。

『目標が来たよ。各車操縦手、準備整い次第運転はじめ！　一号車装弾手弾種榴弾《りゅうだん》、二号装弾手は弾種徹甲、装填後各車長は咄嗟《とっさ》射撃戦に備え！』

「運転はじめ！」

ボーアの号令を待っていたかのように操縦手のストリクスが復唱する。

ゴランドの一号車と二号車のエンジンが大きく吽《うな》り車体が小刻みに震え始めた。

「ほらほら！　ガージル。シルベストリで遊ぶのはもう終わりにしな。これからお仕事の時間だよ！」

装弾手のバイソンがガージルに告げる。

「ちっ。くそっ、これからが楽しくなるところだったのによう」

ガージルは悪態をつくとゴランドのキューポラから頭を出した。

キューポラの傍らに置いてあった双眼鏡に手を伸ばす。

「あれだな？」

街灯のない夜道だ。遠方から近づいてくる車列の灯火《ともしび》は、遠く離れていてもすぐに確認できた。

ガージルは目標の存在を確認すると【ゴランド】二号車から降りた。

「いつかあのハイエナ野郎をぶっ殺してやる！」

ガージルから解放されたシルベストリは、汚れでも拭うように袖で自分の頬や首を拭っていた。

装填手のバイソンが応える。

「え、いつか？　今じゃないのかい？　装填よし！」

言いながらバイソンは徹甲弾を装填した。

シルベストリが頷《うなず》いたらすぐにでもガージルに向けて発砲してしまいそうだ。そこまで彼女たちは腹を立てて憤っているのだ。

おかげでシルベストリ自身は、逆に冷静になっていった。

「残念なことに、奴《やつ》がいないとあーしらおまんまの食い上げなんだよね。多少のことは我慢しないと」

「多少なのかい？」

「んだよ。こんなの多少の範囲さ」

シルベストリは感情を押し殺すように言ったのだった。


ガージルは中戦車【イフリート】に飛び乗ると、退屈そうにしてだらけきった搭乗員達に告げた。

「てめぇえら、仕事の時間だぞ！」

【イフリート】二両が一斉にエンジンを起動する。

「ボーア！　目標の距離は⁉」

ガージルが無線機の送話器に叫ぶ。

『ポイント赤まで距離五百』

「よし、起爆の準備をしろ！」

ガージルは、イフリートの戦闘室内にいる装填手を振り返った。

装填手は起爆装置を手元に引き寄せると、起爆レバーを覆う樹脂製カバーに手をかける。

「ボーア、距離は？」

『約四百』

起爆装置に繋がる電線は、装填手用ハッチから外に出ると大地を這うようにうねりつつ遙か前方の暗がりへと伸びていた。

そのままポイント赤に仕掛けた爆薬へと繋がっているのだ。

ガージルはキューポラの潜望鏡でボーアの様子を覗《うかが》った。

ボーアはゴランド一号車のキューポラで双眼鏡を覗《のぞ》き込んでいた。脇目も振らず車列が近づいてくるのを監視している。

その仕事熱心な態度は好感が持てた。

しかし、その傍らにいる装填手のエークスはこちらの方をチラチラと気にしている。その責めるような視線がガージルには不快だった。

「ボーアの下につければちぃとはマシになると思ったんだがな」

「なんか言ったかガージル？」

「いや、従順って言葉の意味を学べってこと」

『距離三百まできたよ』

「おしっ、安全装置を外せ」

ガージルの合図で装填手がスイッチを覆うカバーを持ち上げる。そして起爆レバーを指で摘《つま》んだ。

「いつでもいけまっせ！」

『距離二百！』

「あと少しだ。合図を待て！」

『距離百』

ガージルはキューポラから頭を出すと双眼鏡を目に当てた。

ボーアからの通信だけでなく自分の目で距離を確認したかったのだ。

「まだだ。まだだぞ。もう少し――もう少し――今だ！」

『今！』

ボーアの声と、ガージルの合図が重なった。

装填手が点火栓をぐいっと拈《ひね》る。するとポイント赤――車列の前方で道路が爆発、紅蓮《ぐれん》の炎が高々と上がった。

その衝撃で車列の前衛である中戦車【アマイモン】が派手に横転した。

「すぐに、二発目の起爆装置を準備しろ！」

「あいよ！」

目標の黒塗り乗用車は前衛の戦車が横転するのを見ても停《と》まらなかった。

逆に加速して全速で現場から離れはじめたのだ。

後衛の【アマイモン】もまた速度を上げてそれを追いかけようとする。

しかし戦車と乗用車では路上での速度が圧倒的に違う。後衛の戦車はたちまち置き去りになって距離が開いていった。

ガージルがニヤリと微笑《ほほえ》む。

「襲撃を受けたらその場に留《とど》まることなく逃げるのは確かに合理的だ。しかし合理的ということは予想しやすいという意味でもある。——点火だ！」

この爆発で後衛の戦車が破壊された。

「よし、ボーア。出番だ！」

ガージルの合図を待っていたかのようにボーアが告げる。

『アマゾネス隊、前進せよ！』

ボーア達は仲間達と共に高級乗用車に襲いかかった。

【ゴランド】一号車がまず道路に侵入する。

逃げ出した乗用車の前方進路に立ち塞って逃げ場を奪うためだ。

乗用車は突然目前に現れた【ゴランド】を見て急ブレーキをかける。しかし全速力まで速度を上げていたため容易には止まれない。

路面がタイヤを削る音が周囲に響き渡る。危うく【ゴランド】に激突する寸前でなんとか停止した。

再度、エンジンが咆哮《ほうこう》する。乗用車は全力の後進で逃げようとしたのだ。

しかしその時、乗用車を挟み込むように【ゴランド】の二号車が現れて後方を塞いだ。

前と後ろを塞がれた乗用車は動けなくなってしまう。

いや、左右の路外へと逃れるという道が残っていた。しかしその時、ダメ押しとばかりに【イフリート】が現れた。

ゆっくりとした速度でやってきた二両の【イフリート】は幹線道路の路肩を進み、左右から挟むようにその七十五ミリ砲を乗用車に突きつけた。

「さあ、これでもう逃げられない。観念して降りてきな！」

ガージルが車長席から乗用車にサーチライトを当てながら勧告した。

しかし乗用車は沈黙したままだった。

エンジンはアイドリング状態。車体は静かに震えている。

運転席の執事も後部席の令嬢もそのまま乗用車に立て籠もっていた。

「諦めの悪い奴ってのはどこにでもいるねえ」

このままでは埒《らち》があかない。

ガージルは、よっこらせと大儀そうに【イフリート】の車長席から降りる。

そしてことさら脅かすように、胸ホルスターの銃を抜きながらゆっくりと乗用車へと近づいたのである。

近づいてみれば乗用車の後部座席、暗がりとなっている車内に令嬢の姿が見えてくる。

顔はよく見えない。しかし馬種の耳と着飾った服装から察するに、この娘が目標のご令嬢だろう。

この令嬢を拉致誘拐することがガージルの目的であった。

身代金をこの令嬢のご両親に請求するのである。額は一〇万ビス。

人質となった令嬢が生きて帰れるかどうかは、その際の親の態度次第だ。

聞き分けが悪いようだったら指や、腕を切って送り届けなければならないこともあるし、場合によって首を切って送らなければならない事もある。

もちろんそんな悲劇的な結末はガージルだって望んでいない。

これだけの手間暇かけて何の利益もありませんでしたでは意味がないからだ。

きちんとお金を貰《もら》い、もちろん令嬢も生かしたまま、純潔はまあ諦めて貰うしか無いけれど、両親の元に返せる方が良いに決まっているのだ。

「ん？　メスが二人？」

しかしその時、乗用車の後部座席にはメスの影が二つあることに気づいた。

そちらも令嬢に負けないくらいに豪奢《ごうしゃ》な服装をしていた。

はたしてどちらが目標なのか、ガージルは咄嗟の判断に迷った。

そしてその時だった。

ガージルが乗ってきた【イフリート】一号車が突如として爆発炎上したのだ。

背後からの爆風と衝撃で、ガージルの体は乗用車に向かって叩《たた》き付けられる勢いで吹っ飛ばされた。

「な、なんだ!?」

どうやら横合いから飛来した砲弾が【イフリート】の弾薬庫を直撃したらしい。

内部からの爆発で【イフリート】の砲塔は首を刎《は》ねられたが如《ごと》く天高く舞い上がって、車体の装甲板はバラバラになった。

こうなってしまっては搭乗員は絶望的だ。

「ガージル！　敵だ。右方向に戦車だ！」

ボーアが叫ぶ。

アマゾネスの【ゴランド】は、敵の発砲炎を見つけたのか砲塔を回旋させようとしている。そして二両ともその方角に向けて射撃を開始した。

少し遅れて【イフリート】の二号車も同じ方角へ砲を向ける。

しかし続いて飛来した砲弾がそのエンジン部を貫通した。

車体内から即座に白煙があがった。

「に、逃げろ！」

「爆発するぞ」

運良く逃げる時間を得られた乗員達はハッチをあけて次々と飛び出してくる。

「くそ、こんな暗いのに初弾から命中させてくるなんて、敵は化け物か!?」

ガージルは舌打ちすると作戦の中止を決断した。

こちらからは見えていないのに敵はこちらが見えている。そして初弾から簡単に命中させてくる。

そんな相手と戦う術《すべ》などないのだ。

こうなっては生き延びることすら難しい。

生き残る方法があるとすれば——それは囮《おとり》を使うしかない。

「くそ！　ボーア、俺たちを守れ！」

【イフリート】二号車が爆発炎上したのはその直後であった。

ガージルの【イフリート】一号車が吹き飛んだ。

「ボ、ボーア!?　敵はどこから撃ってきた？」

「わかるわけねえだろ、こんな真っ暗な中！」

それを見たボーアの【ゴランド】一号車内はちょっとしたパニック状態に陥った。

「右だ。右の方だよ！」

しかし闇夜であることが幸いした。装填手のエークスが、誰もいないはずの場所に発砲炎が広がったのを見ていたのだ。

「適当でいいからぶっ放せ！」

敵戦車の姿は見えないがとりあえずはそこを狙えば良い。ボーアはそう考えて発射ペダルを踏んだ。

自分達の撃つ砲弾は非力である。

「エークス。粘着榴弾だ！」

しかし味方にその居場所を知らせるだけでもその意義はある。

運が良ければ着弾時の爆炎で敵の姿が浮かび上がるかも知れない。

「ガージル！　敵だ。戦車だよ！」

ボーアは地面に転がっているガージルが無事なのを確かめる。そして一号車と二号車を移動させながら敵の再度の攻撃に備えた。

「装填よし！」

装弾手のエークスから合図があった。

ボーアは照準などせずに間髪容《い》れず発砲。

エークスが装填すると発砲。また発砲。この繰り返しを絶え間なく続けた。

こちらの放った砲弾はことごとくが敵戦車の遙か手前で地を抉《えぐ》っていた。

狙いなんてつけてないから当然だ。しかし着弾時の爆発の閃光《せんこう》で、闇に隠れていた敵が黒の背景の中で浮かびあがって見えた。

これでガージルにも【イフリート】の二号車にも敵の居場所はわかったはずだ。

「ボーア、逃げようよ！　ガージルなんかのために命がけで戦う必要なんてないだろ！」

装弾作業を続けながらエークスが叫ぶ。

「駄目だ！　金主におっ死《ち》なれちまったら、シルベストリの折角《せっかく》の我慢が無駄になっちまうじゃないか！」

そうしている間にも【イフリート】二号車が被弾した。

乗員達がわらわらと逃げ出していく。

前後を塞がれて停止していた獲物を乗せた乗用車も、道が開いたのを幸いにたちまち逃げ出していった。

「あ、くそ！　逃げられちまった」

しかしボーア達にはそれを追っている余裕はない。

これはもう令嬢の拉致どころではないのだ。

こちらがこれだけ撃っても敵に届かないのに、敵弾は撃つ度に味方を確実に撃破していく。そんな中、自分達がどうやって生き残るかを考えなければならない。

そう考えたのはボーアだけではなかった。

「ボーア。俺たちを守れ！」

ガージルは生き残った仲間とともに既に逃げ出していた。

その直後、燃料タンクか弾薬庫に火が回ったらしく【イフリート】二号車が爆散。

「もう逃げちゃおうよ！」

紅蓮の炎を見て怖《お》じ気《け》づいた操縦手のコロンブティが悲鳴を上げた。

わかっている。ボーアだってわかってるのだ。【イフリート】が撃破されたら次に狙われるのは自分達なのだと。

「早く、早く！」

エークスまで騒ぐから戦闘室内は喧《やかま》しくてしょうがない。

「そりゃ逃げられるなら逃げたいさ。けど奴らが――逃がしてくれると良いね」

炎上する二両の【イフリート】の炎を灯火代わりに、ボーアは逃げ道を探った。

「よし、路外に出るよ！　後退！　後退！」

残骸となった【イフリート】を盾にすればワンチャンある。

そう考えたボーアは【ゴランド】を後退させた。

しかしちょっとしたトラブルがボーアを見舞う。

至近で爆発炎上した【イフリート】の破片がボーアの【ゴランド】の履帯と車輪の隙間へと潜り込んでいたのだ。

後退していくと右の履帯がジワジワと外れていく。

下がれば下がるほど蛇のようにのた打ちながら右の履帯が外れていった。

そして履帯が外れきってしまうと【ゴランド】は車体の向きを急激に変えた。

「左だ！　左旋回するんだ！」

ボーアがコロンブティを怒鳴りつける。

「やってる。やってるのにどうして!?」

操縦しようにも車体のコントロールが効かない。そこでようやく原因に気づいた。

「ちっ、履帯が外れたんだ」

しかしそれが幸いした。予想できない挙動をしたため、敵の放った砲弾が車体をかすめて外れたのだ。

爆煙と衝撃が【ゴランド】一号車を盛大に揺さぶった。

だが幸運だったのもここまでだ。

意図しない角度で段差のある路外へ戦車が出たため。そして、爆発の衝撃を浴びたために【ゴランド】の車体は大きく傾《かし》いでいる。

そして勢いがついたまま【イフリート】の残骸に激突、乗り上げたため、横転してしまったのである。

「きゃあああ！」

「叫ぶな！　舌を噛《か》むよ！」

程なくして【ゴランド】の車体は天地逆さまにひっくり返った姿勢で安定した。

「脱出！　脱出しろ！」

ボーアが仲間に向かって叫ぶ。

操縦手のコロンブティと装填手のエークスは、這うようにして戦闘室から飛び出していった。

しかし車長のボーアは脱出できなかった。

「あれ？　ハッチが開かない!?」

いくら力を込めてもハッチがビクともしないのだ。

車体が完全にひっくり返り、砲塔天蓋部の車長用ハッチが地面に押し付けられていたからである。

「やばい。ボーアがやられた！」

ボーアの戦車が横転するのを見た瞬間、二号車の車長シルベストリは戦車を捨てて逃げろと叫んだ。

「えー、まだやられてないのに？」

装填手のバイソンが問い返す。

「どこも壊れてないよ!?」

操縦手のストリクスは怒っていた。

「だから、壊れてからじゃ遅いんだって！」

シルベストリが叱るように言い放って真っ先に飛び出す。すると二人もようやく戦車を捨てた。

【ゴランド】二号車が正確無比な砲撃を浴びて炎上したのはその直後だった。

「あと少し遅かったら……」

爆発炎上する戦車を見てバイソンが立ち尽くす。

「あたいら死んでたね」

「まだ助かってないから！　死ぬかも知れないから！　今はとにかくとっとと走れ！」

二人ともシルベストリに追い立てられるようにしてその場から走りはじめた。


ハッチを蹴っても押しても全く動かない。

「くそっ、くそっ。どうして、どうして開かないんだ！」

横転した【ゴランド】の中でボーアは叫ぶ。

こういう時に備えて、戦車の車体底面には脱出用のハッチが用意されている。

たとえ地中から掘り出したばかりのオリジナルの車体になかったとしても、レストアする際に脱出口を設置するのが荒茫大陸の整備士や工廠《こうしょう》関係者の常識であり、当然彼女の【ゴランド】にもっいているのだ。

しかしボーアはそんなもの一度として使ったことがなかった。

そんなものがついていることすら知らないのだ。

何の訓練も教育も受けることなく安物の【ゴランド】を渡され、年長者なんだからお前が仲間をまとめろと大人達に言われ、そうしてきただけだからである。

戦車傭兵アマゾネス・カンパニーは、結成以来全てを我流でやってきた。

大砲の撃ち方も戦闘の仕方も何もかもがそうだった。

ナナヨン・カンパニーの白狐《びゃっこ》に会って、引き継ぎや、事前に会敵予想地域の情報を集めることの大切さを教えられたのが初めてだったくらいなのだ。

そのため脱出の訓練という発想そのものがなかった。

戦車が損壊したり被弾したりした際に、動けなくなった仲間をどう助けるかの手順すら考えたこともない。

この時、ボーアには逆さまになった戦車内を移動して、装填手用ハッチや操縦手用ハッチから逃げ出すという選択肢があった。

しかし人間とは不思議なものだ。緊急時の平静とはとても言えない精神状態では、やったことがないことは出来ないのである。

そんな馬鹿なと思うかも知れない。しかし実際そうなのだ。

たとえば大きな火災現場の跡では、開かない非常口前で人々が折り重なるようにして倒れていることがあるという。

他に窓や階段があってもそこを選ぶことが出来ないのだ。

緊急時の今、普段使っているハッチが開かない。ボーアはたったそれだけのことで選択肢を失ってしまったのだ。

「開かない。あかない……どうして!?」

押して、突き上げて、それがダメならと身体をひっくり返して脚で蹴るを疲労困憊《ひろうこんぱい》するまで繰り返した。

そしてついに疲れ果てた。

自分は絶体絶命になってしまったと思い込んだのだ。

作業をやめてしまうと周囲から戦いの喧噪《けんそう》が消えていることに気づいた。

聞こえるのは被弾した戦車が燃えさかる音だけだ。

どれほどの時間がたったのか、戦いはもう終わったらしい。

しかし炎熱に熱された小銃弾が爆《は》ぜる音がそれに混ざって聞こえる。これが敗残の傭兵を処刑する音にも聞こえるから怖い。

やがて戦車のエンジン音、履帯音が近づいてきた。

その戦車は逆さまになった【ゴランド】の近くで停止した。

エンジンが停まって、搭乗員が数名降りてくる。

靴が見えて目の前を行き交う。それらが何かを話し合う気配がかすかに聞こえた。

彼らはここでいったい何をしようとしているのだろう？

考えるまでもない。傭兵同士の戦いが終わったら次は戦利品漁《あさ》りだ。

勝利者が回収すべき物はここにいくらでもある。まだ使える戦車の部品。戦死した戦車兵の懐には財布。

もちろん生きている敵傭兵だって捕まえて売れば金になる。

ここで問題だ。もし、ボーアがここにいることが敵にバレたら、いったいどうなってしまうのだろうか。

戦場で捕らえられた傭兵の運命は過酷だ。

良くて奴隷。悪ければ散々嬲《なぶ》りものにされたあげく売られる。あるいは殺される。

しかもただ殺されるのではなく肉食獣の残虐性、凶暴性を顕《あら》わにする形のそれを、身をもって体験することになる。

「捕まったらオスどもに嬲られるのは覚悟しておけよ。初めてくらいは容姿の良いオスを見つけて金を払ってでも済ませておきな！」

「いや、あんたみたいなイノシシ、どう見てもオスに間違われるからその心配はないよ」

「そうそう。あんたみたいな醜女《しこめ》はオスの方が嫌がるから大丈夫さ」

仲間内でこんな冗談で互いを脅かし合うこともあった。

しかし、いざそういう場面が現実に足音となって近づいてくると思うと、冗談なんかではなくなってくるのだ。

ボーアに出来ることは息を潜めて敵に見付からないように祈ることだけだ。

ボーアは胸に下げた拳銃に手をかけた。

「戦車相手に拳銃なんかでどうにかなるわけないじゃん。馬鹿かあたいは……」

銃の使い方にはもう一つある。自分のこめかみに銃口を押し付けて引き金を引くのだ。口に突っ込んで撃つのでも良い。

けど、ボーアにはどちらもできそうもなかった。どちらの道も考えるだけで怖くて怖くてしょうがないからだ。

「大丈夫。あたいみたいなイノシシを手込めにしたがるオスなんていないから。あのドスケベ変態のガージルですら、手を出してたのはシルベストリだったじゃん。だからあたいは大丈夫。大丈夫……」

しかし大丈夫をいくら繰り返しても全身が震えるのを止めることはできなかった。

足音が近づいてくる。そしてすぐ近くを通過する。

その都度、ボーアは息を凝らした。

やがて足音が遠のいていく。

するとほっと胸をなで下ろして深い息をする。

そんな瞬間には涙が溢《あふ》れるように出てきてしまった。

「うっ……なんで、なんであたいがこんな目にあわないといけないんだ……」

油断すると大声で泣きたくなってしまう。だが、また足音が近づいてくるのだ。

指を咬んで必死に声を押し殺した。

やがて足音が遠ざかり、ホッとする。

その繰り返しをどれほどの時間か、延々と続けていた。

「そもそもあたいなんだって戦車傭兵なんかになったんだろう……」

ボーアは涙を堪え、息を凝らしながら自分の人生を呪った。

貧乏人の子だくさん。農場の小作人の子、しかもメスだった自分はある年齢まで育てば、問答無用で口減らしに放逐される運命が決まっていた。

どこかの街にでも移住して、工廠の下働きとなって、毎日忙《せわ》しなく働いて、頃合いの良い肉体労働のオスと番《つが》いにでもなって、子供を作れたらまずまず上等な人生と言える。

けど悪い方に向かえば、待っている運命は娼婦《しょうふ》——もちろん華やかなお店で高い衣装と宝石で着飾った『高級』の文字が冠につく方ではなく、暗がりに立ち、行き交うオスに客にならないかと媚《こ》びを売る最底辺の街娼になるしかない。

しかも客がつくのは若い間だけだ。

ある程度の歳《とし》になったら、そんな仕事すらも出来なくなって野垂れ死ぬ。

ボーアは物心ついた頃から、そんな先行き真っ暗な未来しか思い描くことができなかったのだ。

しかし三両の【ゴランド】が彼女の運命を変えた。

いや、変えてくれると思った。

それはどこかの戦車傭兵が盗賊を退治した際に鹵獲《ろかく》した三両の【ゴランド】が、業者の間を巡り巡って、何かの借金だか担保だかで農場に引き渡された事で始まった。

農場に戦車なんかがあったところで使い道なんてないと思われるところだ。

しかし盗賊の蔓延るこの世界では個人も地域の生活共同体とて武装している。対戦車砲や戦車だって集落を守るためごく普通に所有されている。

「でもなあ、ゴランドじゃなあ」

とは言え【ゴランド】である。

村落の防衛に使うにしてもあまりにも頼りない。

おかげで折角の戦車を持て余すことになってしまった。

持ってても場所取りなだけなので、バラして業者に売ってしまおうかという話すら出ていた。武装を外してトラクターにするのが最も良い選択肢に思われていた。

だがそんな時だ。バッヂが言った。

「だったらあたい達に使わせて！」

ボーアと同じ境遇の、口減らしとなって放逐される予定のメスガキ共が集まって戦車傭兵をやろうということになったのだ。

それを聞いて大人達も頷いた。

「いいじゃないか。こいつを使って口減らしする予定のガキどもに戦車傭兵でもやらせてみれば」

その程度の資金なら出してやっても良い。

それで上手《うま》くいくようならば、今後は村落出身の穀潰《ごくつぶ》しどもの良い就職先になるかも知れないのだから。

こうして戦車傭兵アマゾネス・カンパニーが設立されたのである。

だが、一両が撃破されて言い出しっぺのバッヂとヒフリアは死んだ。

その後いろいろあってリトマン市にやってきて、汚れ仕事をやって、新規のメンバーを押し付けられて、汚れ仕事をやって、汚れ仕事を繰り返してなんとか生きてきた。

けれど、残った戦車もついにこの様《ざま》だ。

逃げ出した操縦手コンプティや装填手のエークスはちゃんと生きてるだろうか？

仲間のことを考えた時、すぐ近くに靴の踵《かかと》が砂を擦る音が聞こえた。

足音！

誰かがすぐ近くにいるのだ。敵!?　決まってる、敵だ。

急に、自分の心音がやかましいほど大きく聞こえてきた。この鼓動が敵に聞こえていないかが心配だ。荒くなっていく呼吸の音が敵に聞こえないかが心配だ。

心細さが心配で、心配が耐えがたい。

「もう、嫌だ。誰か助けて」

ボーアがそうつぶやいた時、突然、覘視孔《てんしこう》の向こうに顔が広がった。

「ばぁ！」

「きゃああああああああああああああああああああああああ！　やだあああああああああああああああああ！　あたいこんなのやだあ！」

突然視界に広がった顔を見て、ボーアはそれがどこの誰だと思う前に、全身全霊全力の悲鳴を上げてしまったのである。

§　§

その頃——。

ノレイド家令嬢のパミラを乗せた乗用車は、そのまま停止することなく幹線道路を進んで高級住宅街の周壁内に入った。

ここまで来れば夜間であっても他の車両が走っている。

襲われることはもう無いだろう。

もちろん警戒は怠れないがある程度は安堵《あんど》出来るのだ。

そして程なくしてノレイド家の屋敷へと到着した。

「戻ってきたのはお嬢様を乗せた車だけだ！」

しかし帰ってきたのが乗用車だけであることに警備の傭兵達が騒ぎ出した。

「護衛の戦車はどうしたんだ？」

「待ち伏せで撃破されたらしい！」

ノレイド家の屋敷は四両の中戦車【アマイモン】によって警護されていた。

これだけの戦力があれば賊徒の手も届かない。もし迂闊《うかつ》にも手を伸ばしてくる輩がいたら返り討ちにしてやれるのだ。

「危ないところでしたなお嬢様」

運転手を兼ねた執事は、周囲の味方を確かめるように見渡すとホッと息をついた。

しかしパミラは余裕そうな笑顔のままだった。

「そう？　私はまったく怖くなかったけど。だって頼りになるお友達がついていてくれたんですもの」

警護によほどの信頼感があるのだろう。

すると助手席からザキが降りて、後部座席のドアを開いて恭しく頭を垂れる。

パミラは礼を告げて降りた。

「ありがとう。貴方、気が利くのね――よかったら我が家に仕えない？」

「ありがとうございます。でも俺、雇ってくれたレオナに恩義を感じているんです」

「あら、残念。私、可愛《かわい》い仔《こ》は好きなのに」

続いて降り立ったのはレオナだった。

「これで任務完了ですわね。ザキ、無事に目的地に到着できたことをフォクシー達に伝えておいて頂戴」

「はい。すぐに連絡しておきます」

ザキは携帯無線機を取り出して交信を開始した。

すると、警護の傭兵を指揮していた男が歩み寄ってきた。

クルージ・ドロンだ。

この男は見栄えの良い優男で、まずはパミラの手を引いて屋敷へと誘った。

パミラの方も、そうされることに慣れているらしく何の衒《てら》いも感じさせない自然な振る舞いで腕を預けていた。

「レオナ、話は聞いたが良い仕事をしてくれたようだね。無事に戻ってくれて何よりだ。君たちの方の被害はどうだい？」

レオナが解答を求めるようにザキを振り返る。

「被害はないそうです！」

半歩後ろを続いていたザキが無線機の送話口を押さえて声を上げた。

「だ、そうよ」

「随伴していた我が方の【アマイモン】は？」

「護衛の戦車は残念だけどＩＥＤ（路上爆弾）で吹き飛ばされてしまったわ」

部下を失ったクルージは少しだけ憂い顔をした。

「そうか。残念だ」

すると屋敷からパミラの両親が迎えに出てきた。

クルージは彼らに娘を引き渡すことで任務が終了するのだとレオナに告げた。

「お父様、お母様。無事に帰りました」

パミラは優男と別れると両親とともに屋敷内へと入っていった。だが玄関を潜《くぐ》ろうとする時、パメラは思い出したように振り返った。

「ありがとうレオナ様。あなたのおかげで助かりましたわ！」

三人が屋敷に入るのを見送ったレオナは、クルージに声をかけた。

「意外だわ。あなたが親しくしているのは奥方だけでなかったのね」

「僕にとってノレイド家の人々は大切なパトロンだからね。彼らの力になることは僕のような者にとっては必要なことなのさ」

「ごめんなさい。わたくし、貴方の特技は奥方を閨《ねや》で満足させることだけだと思いこんでいましたわ」

「誤解ではないから謝る必要なんて無い。でも、僕の本業は戦車傭兵なんだ」

クルージはニヤリと笑うと、自分が奥方の愛人であることを肯定した。

「旦那が困っていたら力になる。必要な時には命を賭して戦う。今回は、たまたま僕のチームだけでは手が足りなかったから君のような同業者を雇ったけれど、普段ならこれは僕がやっている。それに加えて令嬢の勉強をみたり、恋の相談に乗ったり、必要ならばよからぬ虫が近づかないような配慮だってする」

「つまり貴方って、旦那やご令嬢すら公認の愛人ってわけなのね」

「驚くようなことじゃないさ。富豪の家には良くあることだろ？」

大きな家では、正妻に加えて愛人が一緒に生活しているところもあるだろう？　とクルージは語る。

「ええと、まあ、そういう家もあると聞きますわね」

しかしながらレオナは今ひとつ承服しきれない複雑そうな笑みを浮かべた。

「もしかしてレオナ、君の両親は好き合って結婚したのかな？」

「ええ。二人は愛し合っていたと娘のわたくしには感じさせてくれていましたわ」

「だけど、そうはいかないことが多いのが現実だ」

「そうね、それは否定はいたしません」

富豪や名家同士の婚姻は家の都合、政治的な都合が優先されて結ばれる。

当然、夫婦の関係も形だけで心の通じ合わないままになることも多い。

するとそんな時、夫婦は跡継ぎとなる子供をつくったら、それで責任は果たしたとばかりに愛人を作ってしまう。

つまり表面上は仲睦《むつ》まじい夫婦に見えても、実際の関係は破綻している家庭が出来てしまうのである。

レオナも上流階級で育った娘だ。そういう噂《うわさ》は随分と耳にした。

実際の例も数多く見てきた。社交界での友人の両親がそうで、荒涼とした家庭の雰囲気に心を痛めた友人を慰めたこともある。

クルージは自らの役目はそうした悲劇を防ぐことだと語った。

愛人を公然のものとするか隠すかの違いだが、公然とした存在になるだけで家庭の雰囲気が随分と違ってくると主張していた。

ドロンは夫公認の愛人として妻を満足させる。

さらには夫の力となって令嬢を助ける。

それによってノレイド家の安寧は維持されるのだ——と。

そしてその代償として、ノレイド家は彼が戦車傭兵として活動するための資金援助をするのである。

「なるほど。——全く、全然、小指の先ほどもわかりませんわね」

クルージが何を言おうとしているのかわからないでもない。

愛人という存在が公然化することで家族間の裏に影に、陰々滅々とした感情が籠もらないようになると言うのだろう。

これはオープンマリッジとも言われている。

理屈としてはわかる。だがそれでもやっぱりレオナには受《う》け容《い》れがたいのだ。

それはきっとレオナが、一般からすると普通の感性——ライオンという一夫多妻な種族からすると特異な——の両親に育てられたからだろう。

夫妻がそれぞれに公認の愛人をもつという段階で、どうにもモヤモヤしてしまうのだ。

「無理に理解する必要はないさ。そういう家庭があって僕はその役に立っているということを知ってくれれば良いだけだ。金も名誉も地位もある彼らは僕の活動に出資する。代わりに僕は彼らの役に立つ。それで互いにウィンウィンだ。そう、こういう割り切った関係も経済活動の一つの形態なのさ」

「でも、貴方のような不逞の輩のパトロンなんかになったら、何か問題が起きたらノレイド家はその賠償責任まで負うことになるのではなくって？」

この世界でのパトロンとは、金銭だけの関係ではなく、その人物の活動全体に対する保証をする者でもある。

つまりは負担の上限が設定されていない連帯保証人みたいなものなのである。成功すれば良いが失敗すれば無限の債務を背負うことになる。

「いや、僕だってそのあたりの道義は心得ているよ。彼らが失うのは投資した分のお金と——そして僕だけだ」

「どうやって？」

「契約の際にそういう内容の書面を取り交わすんだ。ノレイド家は無限責任を負う連帯保証人ではないとする条項のある契約書だ。ノレイド家が僕が負った負債を引き継がされることは決してない」

「けど、そのような契約内容だとパトロンがついているとしても信用は無いも同然だから、貴方の取引相手は約束事を取り交わすのをためらうのではなくって？」

「うん。おかげで取引先はいつだって僕を個人的に信用してくれる相手ばかりだ。だから緊急時に戦力を集めようとすると、現金払いで取引をしてくれる君たちのようなフリーランサーを探すしかなくなってしまうのさ」

「良いことばかりでないってことね」

「その通り」

「でも良いこと聞いたわ。責任を負わない、限られた範囲のお金だけならば投資してもかまわないってお金持ちなら探せばいいそうだもの。そんな方法を考えた貴方がそうしないのが不思議なくらいだわ」

「ま、最初からこんな形を狙ったわけではないからね。こうなったのは成り行きの結果なんだ。それに、最初から狙ってこんな形にしようとしても難しいと思う。そもそも、お金を出してくれるパトロンにいったい何を返せばいいんだい？」

「当然、戦車傭兵として稼いだお金の中から、運用に必要な分を除いた余剰利益よ。変なサービスとか精神的な満足なんかじゃなく、お金を、利益を分けるべきなのよ」

「利益の継続的な分配を餌にして、資金援助してくれるパトロンを募ろうってわけか。それはそれで面白い方法だね。だけどそれだけだとちょっと甘いと思うよ」

「そうかしら？」

「お金を出すというのは冒険だからね。利益の約束は詐欺師の常套句《じょうとうく》でもあるし」

「確かにそうね」

戦車傭兵は負ければ全滅——すなわち出資した資金が簡単にゼロになる世界だ。

リスクが高く、富豪の方だって警戒している。

自分たちは簡単には負けません。お金を出しても心配ないですよ。そう言われたとしても誰も信じない。

詐欺師とそうではない実力と実績を兼ね備えた傭兵とを区別する明確な何かがない限り、金持ちは財布の紐《ひも》を緩めたりはしないのである。

「誰かに冒険をさせようと思ったら、そうしたいと思わせるだけの何かが必要だよ」

「貴方がノレイド家の人たちをそれぞれに満足させているように？」

「そうだ。彼らの好意が僕を支えている。感情というのは、とても大切なものなのだ」

「ちょっと考えてみますわね」

レオナは検討を深めてみることにした。

もしこの問題が解決されるならば、クルージのやっている手法は金満家から投資を得るための有力な方法になるかもしれないのだ。

「軽挙せず熟慮する。好ましい態度だね」

「わたくしの武器はこれだけですもの」

レオナはそういって自分の頭をつついた。

「とにかく今日は君のおかげで助かったよ。このお礼は、後日必ず」

「別にいいですわ。わたくしだけでしたことではありませんから」

「もちろん、みんなへの感謝の心はある。けど今、僕の前にいるのは君だろう？　僕は君にも満足してもらいたいと思ってるんだ」

クルージは雰囲気を出しながらレオナの腰に手を回そうとする。しかしレオナは差し出された手を軽く叩き落とした。

「つれないな、君は」

「メスと見たらすぐに手を出そうとするオスに興味がないだけですわ。まさかと思いますが、貴方ご令嬢にまで手を出してたりしませんわよね」

するとクルージの視線がふわふわと泳いだ。

「呆《あき》れた！　いくらオープンとはいえ限度がありましてよ！」

「そんな屑《くず》を見るような目を僕に向けないでくれよ。癖になってしまったらどうするんだい？」

なおも言い寄ってくるはドロンの臑《すね》を、レオナは蹴飛ばす。

「痛い」

「自業自得ですわ。これに懲りたら少しは身の程というものをわきまえることです」

「わかったよ。ところで現場にいた君に尋ねたい。襲ってきた賊徒どもは戦車四両を失う大損害となったわけだ。普通ならもう懲りるだろうと思うけど、悪漢どもはこれでパミラを狙うのを諦めると思うかい？」

「さあ、どうでしょう。何者が何を目的にパミラ様を狙ったのかは存じませんが、手持ちの戦力に余裕と機会があればまだやるかも知れませんわね」

「やっぱりそうだよね。これを機会に災いの種は潰しておきたいんだが、君のところで何とかできるかい？」

「それは依頼かしら？　別料金になりましてよ」

「実は今、僕は手元不如意でね。今回の支払いだけで既にカツカツなんだ」

「それではお引き受けいたしかねますわ」

「だけど、代わりに提供できるものがある」

「それはいったい何ですの？」

「オニキスプレートを持った男の情報さ」

「オニキス……プレート？」

レオナは衣服の下で、自分の胸にぶら下がっているそれに軽く触れた。

「探してるって聞いているよ。五十代の男。ヒト種。中肉中背で、優秀な戦車乗り」

「どうしてそれを貴方が？」

「僕にも相応の情報網があるからね。今回の襲撃を事前に察知できたのもそれのおかげさ。それによるとこの男が一部の界隈《かいわい》で噂になっているらしい。おかげでこの男を追ってる君たちのことも静かに噂となって広まりつつある」

「そもそもオニキスプレートっていったい何なんですの？　噂では、それを持っていると巨万の富が手に入るとか言われてますけれど」

レオナは自分がそれを持っていることを隠して尋ねた。

「一部の有力者の間では、この世界を裏で牛耳っている連中の証《あかし》だといわれているらしいね。ファシリテーターとかいう奴がいたり、手下にエージェントを名乗る凄腕《すごうで》の奴らがいるとまでは聞いている」

「それって、学舎《まなびや》で学ぶ年頃の子供達が空想する秘密結社みたいな噂だとばかり思っていたのですけれど」

そんなものをあんたはまともに信じているのかとレオナは小馬鹿にした気分になった。

「確かに、いつの時代も裏で社会を操ってる地下組織の存在を真《まこと》しやかに語る者がいる。石工組合に起源を持つ友愛結社とか、啓蒙《けいもう》活動の思想団体とか。それらの組織は声高に宣伝はしてないけれど、確かに存在しているし活動もしている。しかしその実態は健全かつ凡庸な共同体組織だ。なのにそれが地下組織的な力を持っていて世界を支配しているなどと噂されてしまうのは、人々が疑問に解答が無い状態を苦痛に感じて、耐えられないからだと僕は思っている。世に起こっている不可解な出来事の裏には、地下茎が広がっていて水面下で何者かが操っているという結論は、そんな苦痛に耐えかねた人々が想像力を働かせてたどり着いた救いなのさ。だけどね、オニキスプレートを持つ者を中心とした組織についての噂はそれらとは明らかに一線を画している。それらの名称が伝わってこないからね。にも拘《かか》わらず、そうした噂が存在するということは、おそらくはだけど活動とその実態があるからだ。僕はそう考えている」

「活動とその実態?」

「例えば君が倒したマ・ゼンダとかいう男だ。彼もその関係者だという噂があるのを知っていたかね?」

「まさか。マ・ゼンダはフレグ家の者で……」

「そのフレグ家が、どうして最近になって急激に伸長してきたのか、と考えたことあるかね?」

レオナも頭から否定しきれないことに気づいた。

「言われてみれば」

そもそもである。ゴートが——黒いプレートを持っていた母に仕えていたはずのゴートが、あの時、何故《なぜ》マ・ゼンダに従って敵に回ったのか。自分の敵になったのか。

裏に名称不明の組織的な何かがあると考えれば、それはレオナが抱いた疑問への答えになってくれるのだ。

いや、いけない。今言われたばかりではないか。

「確かに——解答がない状態を耐えがたく思う者が、何の根拠もない思いつきめいた結論に縋《すが》り付こうとしてしまう——のは間違っていませんわね」

レオナは再度胸に手を当てて衣服越しにその感触を確かめた。

自分の首からぶら下がっているこの黒いプレート。

レオナはこれが何なのか全くわかっていない。

レオナは母から受け継いだ物について、自分があまりに無知であることを思い知ったのだった。

08

令嬢が無事に帰宅した。

ザキからの報告を無線で受けたフォクシー達《たち》はその後少しの間、戦場跡で金目の物を探してまわった。

そして履帯の音も高らかに鹵獲《ろかく》した【ゴランド】を牽引《けんいん》しながら母艦ならぬ母車?のランド・シップへと向かった。

「うわーん、怖かったよお――――」

横転した【ゴランド】から救い出されたボーアは、とナナヨン戦車の砲塔上に腰を下ろすと車長用ハッチから上半身を出しているフォクシーに縋《すが》り付いて泣いていた。

よくぞまあこれだけの流す涙があるなあとフォクシーが感心するほどだ。

手にしたハンカチはもうぐしょぐしょで、絞ったらダーっとバケツ一杯分くらいの水分が流れ出てくるに違いない。

「もう、死ぬしかないと思ってた――！　死んじゃうしかないって思ってたあ――」

「はいはい、よしよし」

フォクシーはおざなりに頭を撫《な》でてやった。

「フォクシー。あんたいつ、戦ってる相手があたいらだって気づいたの？」

それでもしばしそうしているとボーアも泣《な》き止《や》んだ。

そして泣き終えると次はあふれ出てくる疑問の解消を求めてきた。

「あー、もしかしたらアマゾネスかもって思ったのはさー、炎上する戦車の明かりで【ゴランド】を見てからだねえ。だって【ゴランド】なんかで傭兵《ようへい》やろうとする奴《やつ》ってそう多くないし。でも、戦場で敵味方に分かれて出会ったら家族だろうと恋人だろうと、昔からの知り合いだろうと容赦なく戦う。それが戦車傭兵でしょ？」

「それはわかってる。こっちだって殺そうとしてるんだ。殺されもする——けどさ、それでもあたいを探してくれたのは、助けようとしてくれたからだろう？」

「んなわけないじゃん。戦利品を探してたんだよー。鹵獲できたのは、履帯の外れた【ゴランド】だけだったけどねえ」

けどボーアはそれは違うと指摘した。

「戦車の中で隠れていたからわかることもあるよ。あれは明らかに生存者がいないかを探す動きだった。あたい達が相手だと気づいて探してくれてたんだろ？」

「そう思うならそう思ってれば良いよー」

フォクシーもそこはあえて否定しなかった。

「他の連中はどうなった？」

「ボーアが気にするのは、アマゾネスのメンバーのことだけ？　それとも【イフリート】に乗ってた連中も含めての話？」

「とりあえずはアマゾネスのメンバーのことだけ」

「見付かったのはあんただけ。もう一両の【ゴランド】は、当たり所が悪くて大破炎上させちゃったけど、撃ったのは乗員が脱出してからだったし。多分、無事なんじゃないのかなあ？」

「良かった。それならみんな生きてるね」

ボーアはほっとした顔つきをした。そしてすぐにフォクシーに向き直った。

「頼みがある。捕虜となった以上はあたいはどうなってもかまわないよ。だから、奴らだけは見逃してやって欲しいんだ」

「ボーア、あんた自分の立場がわかってる？」

「わかってるさ。こんな頼みごとができる立場じゃないってことは。戦車傭兵になった時から負けたら、捕まったらどうなるか覚悟だって決めていた」

「ほほう。口だけはいっちょ前だね。さっきは怖いよーって、盛大に泣いてた癖に」

フォクシーが揶揄《からか》うとボーアは顔を真っ赤にした。

「やだもう。そんなこと言って虐《いじ》めるのはなしにしてくれよー　ほんと、頼むから勘弁して！」

「わかったわかったって！　でもさ、何だってあんたらアマゾネスが大陸の中央なんかにいるの？　あんたらの活動範囲ってコンボリエとかのずっと南だったんじゃない？　こっちの方にコネなんてないでしょうに」

「それは……」

ボーアは、コンボリエゴム園組合からの雇兵料踏み倒しから始まり、ツキに見放されまくったことを語った。

資金繰りに窮し仕事を得るために寄せ場に行きそこで後ろ暗い仕事を斡旋《あっせん》されてガージルというハイエナから仕事を貰《もら》って生活するようになった、と。

「ガージル？　あれ？　――どっかで聞いた名前だけど、どこで聞いたんだろう。ガージル、ガージル……」

フォクシーは頭をガシガシと掻《か》きながら記憶をなんとか絞り出そうとする。しかしなかなか出てこない。

するとその時、カッフェが助け船を出した。

『アーギットの手下。初顔合ワセの時に一緒にイタ』

「ああ、あのハイエナか!?　でもそれってやばくない？　だって同じ名前の別人でなければアーギットの手下が誘拐ビジネスに手を染めていたということになるよ。奴はパダジャンの寄子《よりこ》だよ!?」

『別ニ不思議デモない。稼げるナラなんでもヤル。アーギットはそういう輩《やから》ニ見えた』

「フォクシー、あんたガージルのことを知ってるのかい？」

ボーアは二人の会話が知っている風に聞こえたので尋ねた。

フォクシーはパダジャンから傘下に入らないかと勧誘されていること。そして共同作戦のために派遣されてきたのがアーギットとその手下のガージルであると説明した。

もちろんアーギットが抜け駆けしようとした件や、その顛末《てんまつ》までもきちんと含めて語った。

「ああ……あの魔薬製造工場の奪取の作戦は、元々はあんたのだったのか？」

「もしかしてボーアもその作戦に参加した？」

「ガージルに大急ぎとか言われて無理矢理《むりやり》」

「うわ。酷《ひど》い目にあったでしょう。ご愁傷様〜」

「あたいらが、あんな目にあったのはあんたのせいだったんだね」

「他人の仕事を横取りしようとしたんだ。それくらいは当然でしょ？　それに生きて帰ってこれたんだから文句言わない言わない！」

「命からがらだったんだぞ！　死にそうな目にあったんだぞ！」

「あんたらって、ホント仕事運がないね」

「ほんとにそうだよ。ほんとにそうだ」

「ねえボーア。ガージルの奴って、他にどんなことしてた？」

「ガージルは金になることならなんだってやる奴だよ」

ボーアはガージルがどれほど悪辣なことをしてきたのかを語った。

裏稼業をしている連中の上前をはねるのは当然として、誘拐ビジネスだって最近始まったことではない。名家、豪商、有力者の御曹司、ご令嬢を誘拐して身代金をせしめるのである。

しかもターゲットは対立勢力の有力者ばかりではない。馬借連合会の参加会員、つまりパダジャンの寄子すらも獲物にしてきたのだ。

ただし相手が身内の場合は仕事の進め方が異なっていた。

令息令嬢を人質に取られて困っている名家に、アーギットが味方として力になると名乗り出るのだ。

実行犯はガージルだから交渉は当然上手《うま》く行く。身代金だって安く済む。それで令息、令嬢は傷一つつけられず無事に解放されるのだ。

アーギットはこれで名前と恩を売り、身代金に匹敵する額の金銭を礼金としてせしめるのだ。

「つまり誘拐ビジネスは手下のガージルが勝手にやってることじゃなくって、少なくともアーギットの了解でやってたってことだね？」

「多分そうだろうね」

「ボーア……こっちから尋ねておいてなんなんだけどさ。そんなことペラペラしゃべって大丈夫？」

「あたいは金を貰って言われるままに働いている傭兵だよ。忠誠心なんてあるわけがない。奴の方だってあたいらのことを子分だなんて思っちゃいない。奴にとっちゃあたいらは何時《いつ》でも切り捨てられる駒なんだ。だから、これはお互い様なんだ」

「いや、そうじゃなくってさ」

フォクシーは尋ねた。

ボーア達はアーギットやガージルの後ろ暗い所業を知っている。誘拐ビジネスに加担した実行犯でもある。生きたまま誰かに捕まったら、アーギットにとってガージルにとって大変に都合が悪い存在なのだ。

今からでも口を塞ごうとするのではないか。それが心配なのだ。

「大丈夫、ガージルは、今頃あたいが死んでると思ってるからね」

戦車傭兵の捕虜、しかもそれがメスだった場合の運命は過酷だ。普通は、その場で殺されるか陵辱されてから殺されるかのどちらかだ。

生きたまま捕らえて奴隷商に売るという選択肢もあることにはあるが、ガージル自身はいつも衝動に負けていた。

だから奴は他人もまたそうすると思ってしまうのだ。そしてそれがカージルが、ボーア達アマゾネスを利用してきた理由でもあった。

戦った相手がたまたまメスの戦車傭兵で、しかも顔見知りだったので生き残った。なんてことは奴の想像の範囲を超えているのだ。

ボーアは語る。

「今、あたいが気にしてるのはガージルの奴が生きてるかってことだけさ。それだって別に奴に恩を感じているとか惚《ほ》れてるとかじゃない。奴が生きてれば雇兵料の残り半額が貰えるからさ」

ガージルはスケベで、安い金額で他人に危険で汚い仕事をさせようとする輩だ。

それでもこれまで雇兵料の踏み倒しだけはしたことが無い。

それは奴が自分に人望なんてものがないことを自覚しているからだ。雇兵料の支払いすら渋る、遅らせるなんて評判が立ったら働いてくれる傭兵がいなくなる。

そうなったらアーギットに押し付けられた仕事をこなせなくなる。それがわかっているからこそ奴は支払いだけは確実にするのだ。

金さえあれば生き残った仲間達も当面は生きていける。

戦車傭兵としてはやっていけないかも知れないが、金食い虫だった戦車がなくなった分生活が楽になるはずなのだ。

これは傭兵稼業に見切りをつける良い機会になる。

「みんなに別れを告げられないことだけが心残りだけど、先の見えない戦車傭兵として生きていくより、各々の才覚を生かして生活していく方が良い」

ボーアは晴れ晴れとした顔つきで語った。

「ボーア、あんたそんな風に考えてたんだ」

「そうだよ。それが何か？」

「いや――うーん、今ここで言ってもしようがないことだからねえ」

フォクシーは後ろ頭を掻きながら答えを濁した。

これまで散々後ろ暗い仕事をさせてきたガージルが、利用できなくなったアマゾネス達をどう扱うかが気になったのだ。「戦車がない？　ならしょうがねえな。あばよ」というわけには行かないと思うのだ。

そんな話をしながら進んでいくと、前方にランド・シップが見えてきた。

巨大な動く城とも言われる車体を見上げてボーアは呻《うめ》いた。

「あんたら凄《すご》い物、持ってるねえ。これって大キャラバンのオーナーなんかが使ってるっていう噂《うわさ》の車だろ？　やっぱ成功しているカンパニーの経営者様は、あたしらみたいな貧乏カンパニーとは違うわ――」

「あー、これね。あたしらのじゃないよ。新メンバーのレオナが持ち込んだんだ」

到着するとミミとカッフェは、早速クレーンを使ってナナヨンの格納作業をはじめた。

もちろんフォクシーもボーアと話しながら手や身体を動かす。

素早く手慣れた感じでナナヨンの玉掛作業を済ませていく。

「レオナって誰？」

ナナヨンが釣り上げられていくのを見ながらボーアが尋ねた。

「ああ、そういえばあんたは会ったことがなかったよね。あの時——囮《おとり》コンボイ護衛作戦の時にさ、商品取引所で壮絶なお金の戦いをしてた雌ライオンがいたんだよ。その結果、取引所のゴム相場で大儲《もう》けをした。それがレオナだよ」

「へえ……そうなんだ。ふーん」

ボーアは自分たちを裏稼業に誘った手配師の言葉を思い出した。

『不思議だよな。同じ仕事をしたはずのお前らが後払い分を受け取れずに塗炭の苦しみを味わってるのに、あいつらは大もうけでこの世の春を謳歌《おうか》してるんだ。それはいったい何故《なぜ》だ？　どうしてだ？　不公平だよなあ。実に不平等だ。そんなことがまかり通って許されるなら、お前が損を他人に押しつけて得をする側に回ったって良いじゃねえか。そう思わねえか？』

ボーアは手配師のどす黒い恨みの思いがあたかも呪いのごとく自分に染みこんでくるのを感じた。

自分達アマゾネス・カンパニーが経営不振に陥ったこと、酷い仕事ばかりを引き受けなければならなかったこと。その何もかもが、レオナというメスライオンのせいだと思えてしまうのだ。

「どうしたの？」

フォクシーに顔を覗《のぞ》き込まれボーアは慌てて暗い考えを振り払った。

「いや、何でもない」

そしてフォクシーに続いてランド・シップのタラップを上がる。

金属製のタラップに軽快な足音をさせながらフォクシーは上っていく。対するボーアは音をさせないよう静かに階段を上っていった。

「ただいま！」

フォクシーが扉を開ける。

「おかえりフォクシー」

すると先に戻っていたザキが、フォクシー達を迎えた。

「あ、ザキ。先に帰ってたんだね」

「こっちは特に用はなかったからね、すぐに戻れたんだ。フォクシー達が遅くなったのはどうせ戦場跡で宝探しをしてたからだろ？」

「まだ使える物を残してくるなんて罪なこと、あたしには出来ないからね。で、レオナはどこ？」

「仕事場でタイプライターに向かってる。なんでも新しい資金調達法のアイデアが浮かんだんだってさ」

フォクシーは応接間を兼ねた居間のソファーに腰掛けると、ボーアにも座るように言った。

「このメス・イノシシなに？」

ザキがいぶかしげに問う。

「今回の戦利品」

「うちで使うの？　それともどっかで手放すの？」

「どうしたもんかねえ。最初は解放するつもりだったんだけど、なんだかそうしない方が良いように思えてきてさあ」

「フォクシー。それってどういう意味だよ？」

「だってあんたさあ、いま、凄くほっとした顔をしているよ」

「えっ？」

「捕虜になっていい顔してるのって相当やばいと思う。傭兵カンパニーの代表って役がよっぽど嫌だったってことだろ？」

「まさか……んなこと……」

「全くの無自覚か」

するとザキが言った。

「こっちとしては働き手が増えるのは歓迎だけどさあ、こいつ使えるの？」

「さあ——どうだろうねえ。一応他所《よそ》のカンパニーのリーダーをやってたんだから、それなりに使えるんじゃない？」

「どうだか？」

懐疑的な態度を崩さないザキの視線にボーアは苛立《いらだ》ちを感じた。

「随分と生意気なガキだね。フォクシーのお味噌《みそ》の分際で粋がってると怪我《けが》するよ。口には十分気をつけな！」

だがザキも負けていない。

「お前の方こそ口に気をつけろよな。ここじゃあ俺の方が先輩なんだ。しかもお前は捕虜だろ？ここで働くならこき使ってやるからな」

「はっ、歳《とし》の功ってものを考えな。それにあたいは独立した傭兵カンパニーの代表を張ってたんだ。あたいの方があんたより仕事は出来るさ。すぐに立場を逆転させて顎で使ってやるから見てなって」

「負けた癖に」

「うぐっ」

「代表に相応《ふさわ》しい力量のない輩が、代表なんて立場にあったからアマゾネス・カンパニーは負けたんだろ？」

「あ、ぐっ……」

それらの言葉はボーアが常々思っていたことでもある。それだけに容赦の無い言葉の暴力として彼女を打ちのめしたのである。

「ザキ。言い方あ……」

レオナがやってきたのはそんなやりとりの真っ最中であった。

「フォクシー。やっと帰ってきたのですね」

「うん。ただいま」

レオナは帰ってくるとすぐに仕事を始めたらしく着飾った姿のままで分厚い書類の束を抱えていた。

「あら、こちらのイノシシさんはどちら様？」

「こちらはアマゾネス・カンパニーの代表のボーア。レオナとご令嬢の乗った乗用車を襲った【ゴランド】の車長だった奴。要するに悪漢の一味だね」

「まるであたいが生粋《きっすい》の悪党みたいに言わないでおくれよ。あたいらはただ金で雇われてただけなんだから」

「つまりあのハイエナの下請け傭兵なのですね。ふーん」

レオナはボーアの肢体を下から上までじっくりと舐《な》めるように見て、ペロッと舌なめずりした。

「なかなか美味《おい》しそうですわね」

肉食獣の目で見られたボーアは、心の底から恐怖を覚えた。

「ちょ、ちょっと、それってどういう意味!?」

「気をつけなよボーア。レオナには油断すると喰《く》われるから。いろいろな意味で」

「いいっ!?」

フォクシーにしがみつく腕にますます力を込めた。

「冗談はさておいてフォクシー、新しい依頼がありましてよ」

レオナはクルージから追加の仕事の依頼があったことを報告した。

「それって要するに、襲ってきたハイエナ野郎とその一味を全滅させろってこと?」

「後顧の憂いを断つなら、そうなりますわね」

二人の視線がボーアへと向かった。

「ちょ、ちょっと待ってくれよフォクシー！　追い打ちしないって約束だろ?」

この話の流れは仲間の危機だと気づいたボーアがフォクシーにすがった。

「そんな約束してないけど?」

「ああ！　そういえばそうだった」

フォクシーは捕虜としての立場をわきまえてるかと問いかけはしたが、言質《げんち》を与えるようなことは何一つ口にしてないのだ。

「悪党は良家の子弟を拐《かどわ》かし、身代金との交換を生業《なりわい》としています。今回は無事に防ぎましたが安心とはとても言えません。クライエントの、下手人を潰しておきたいという気持ちは大変よく理解できますので、わたくしもこの仕事は請けても良いと思っています。それに支払いの条件もなかなか良いものでしてよ……」

レオナはフォクシーを手招きするとクルージの出した条件を耳打ちした。

「あたし、この仕事請けたい！」

フォクシーは即答した。

「追い打ちなんてしなくたって大丈夫だよ！　あたいらにはもう戦車がないんだから。今後は誘拐なんてしたくたって出来ないんだ！」

ボーアはボーアで仲間を守るために必死だった。

素手で悪いことは出来ないからこれ以上の追い打ちは不要だと申し立てたのである。

「何の話？」

その時、ミミとカッフェが戦車の格納作業を終えて戻ってきたので、フォクシーがこれまでのやり取りとそれで分かった事実を簡潔にまとめて伝えた。

すると、二人もまたこの依頼を受けることに賛成した。

「悪党が戦車を持ってないから安全だって言うことは、戦車の都合がついたら危ないってことだよねってこと」

フォクシーの問いにカッフェはウィと頷《うなず》く。

ボーアもこれには頷かざるを得なかった。

「そ、それはそうだけど――」

「それにアーギットの奴、今、追い詰められてるからね」

「どうして？」

「これがあるから」

フォクシーはアーギットの振り出した一〇万ビスの手形を取り出した。

約束の期日までに支払いをしないとアーギットの奴は、裏書人のパダジャンの顔にさらに泥を塗りたくることになる。それを避けるには何としても一ヶ月《かげつ》以内に一〇万ビスを用意しなければならないのだ。

するとミミが言った。

「生半可な戦力では、令嬢の誘拐は難しいということはガージルも今回のことで身に染みたはずなのです。それでも誘拐をしなければならないのなら強い戦車を手に入れようとするのです。強い戦車を手に入れる方法は、買う、借りる、盗むの三つです。けどお金が無くて誘拐をやろうとしているのに多額のお金で戦車を買うという選択肢は本末転倒なのです。借りた戦車は返さないといけないですが誘拐ビジネスに使ったらすぐに足がついてしまうのです。すると残りは一つ。盗むしかないのです」

「つまり――」

ミミの説明を受けてレオナは身を乗り出した。

「アーギットとその手下ガージルが、何時どこから戦車を盗もうとするかがわかれば、一網打尽、一挙に解決ということになりますわね」

「でも、戦車なんてこのリトマン市だけでも山のようにあるよね？」

しかしカッフェは、ガージルがどこから盗もうとするか、候補地を絞ることが可能だと語った。

「フォクシーの言うヨウに戦車はアチコチにアル。ケド強イ戦車ハ数ガ限らレル。ソシテ普通は盗みに入ルニハ下調べガ必要。警護に対抗デキル強さノ戦車がドコニあって、警備の状況はドウナッテイルか時間をかけて調べてからヤット実行デキル。ケド早急に一〇万ビスの用意ガ必要なアーギットにはそんな時間的余裕はナイ。大急ギで強い戦車を用立てナイトいけないナラ、ターゲットに選ブのハ戦車の置き場所と警備状況の情報が簡単に手に入ルトコロ。ツマリ身内――」

「アーギットの身内で強い戦車を持っているのは――パダジャンさん？　そういえばアーギットの奴は利益のためならば、身内有力者の家族すら誘拐してたよね。況《いわ》んや戦車においてをや――切羽詰まったら遠慮なんかしないか」

フォクシーの説明にミミとフォクシーが頷いた。

ミミが結論としてまとめた。

「つまりは、展示会場にある戦車が狙われる可能性がとても高いのです」

09

戦場から這々《ほうほう》の体で逃げ出したアマゾネス・カンパニーの面々は、零細の傭兵《ようへい》カンパニーが愛用する簡易宿泊所にたどりついた。

ここは素泊まりで一泊五ワッシャ〜一ナットという激安価格である。

ただし部屋は独房程度の広さしかないし備品はベッドのみ。トイレの類いは共同汲《く》み取り式だ。食事については自炊用の共同台所。洗濯場も一応あるという程度。

しかしそれでも傭兵達《たち》は手足を伸ばして鍵のかかる部屋で、他人のいびきや歯ぎしりに邪魔されることなく綺麗《きれい》なシーツにくるまって眠れると言うだけでも、好待遇と感じるくらいに酷《ひど》い生活をしているのだ。

疲労困憊《ひろうこんぱい》していた彼女達はそれぞれ部屋に入ると泥のように眠った。

そして翌朝——といっても既に昼に近い時刻だったが——エークスは寝ぼけ眼《まなこ》をこすりながら食堂のテーブルに腰を下ろした。

周囲を見渡すとみんな深刻そうな面持ちをしていた。

しかし昨日みたいな事があれば表情が冴《さ》えないのも当然かと思ったエークスは気にしないことにした。

現在、アマゾネス・カンパニーには十二人が在籍している。
カンパニーの代表であるボーア・サス・スクローファ。メス猪《いのしし》の十八歳。
サブリーダーのシルベストリ・キャッツ・ミックス。メス猫の十八歳。
コロンブディ・ピジョン・ニコバル。メスハト種の十六歳。
ストリクス・キョウ・ミミズク。メスフクロウ種の十六歳。
ケーヌス・ループス・ファミリアス。メス犬の十七歳。
マイオモルファ・ラッツ・ジャーボー。メスネズミ種で十六歳。
エークス・ホース・カバラス。メス馬種で十七歳。
バイソン・ボヴィディ・カーウ。メス牛で十五歳。
シェルヴィデ・ユク・ランジファー。メスシカ種十八歳。
レポルネ・ラビ・ホーランドロップ。メスウサギ種十六歳。
オービス・シープ・アーリエス。メス羊で十四歳。
チェルド・プタ・イベリコ。メス豚で十四歳。
「あれ、ボーアは？」
よく見るとボーアの姿がない。
「もしかして、ボーアの奴《やつ》まだ部屋で寝てるとか？」
何人かの視線がシルベストリに集まる。彼女は面倒くさそうに答えた。
「ボーアの奴まだ帰ってきてねえんだよ」

「えっ？　朝早くからどっかにでかけたのか？」

「違う。『まだ』帰ってきてねえんだ」

『まだ』を強調された意味を少し遅れて理解したエークスは、椅子を蹴飛ばす勢いで立ち上がった。

「す、すぐに探しに行かないと――」

「待ちなって！」

しかし隣のコロンブティが止めた。

「どうして？　リーダーのボーアが未帰還なんだよ。みんなこそどうして探しに行かないんだ？　これは深刻な問題だろ!?　さすがに不人情に過ぎるぞ！」

「だからって現場に戻ってどうするのさ？」

「そうだよ。あたいらにできることは、我慢して待つしか無いんだ」

ストリクスは眉間に皺《しわ》を寄せながらコロンブティに同意した。

「なんだよ、なんだよなんだよ！　お前ら薄情だな！」

「声が大きいぞ。お前、賞金首になりたいのか？」

言われてエークスも思い出した。

自分たちは営利誘拐という他人にはとても公言できない仕事に加担しているのだ。

しかもこれが初めてではない。これまでに何回もやってきている。ガージルに雇われ、ただ手伝っていたに過ぎないけれどそんなことは全く言い訳にはならない。

そんな現場へ舞い戻って仲間を捜索したら、自分たちがやりましたと公言するようなものである。

もちろん法律の機能していないこの世界では、表だって彼女たちを咎《とが》めようとする法執行機関は存在しない。

しかし盗賊のような誰が聞いても悪だと見なされる行為をすると、法が罰さずとも他人が罰してくるのだ。

例えばこの簡易宿泊所に泊まろうとしても、「もう、部屋はいっぱいだよ」と言われて明らかに部屋が空いているのに泊まれなくなるとかだ。

賞金もかけられてしまう。誘拐の犠牲者は、下手人の名を知ったら容赦なく戦車傭兵を雇って嗾《けしか》けてくる。

結局、法が機能していた時代の方が遙《はる》かにマシだと思えるほどの運命をたどるのだ。

だからこそ後ろ暗い行為をしたら隠さなければならない。知られてはならないのだ。

シルベストリはエークスが口を噤《つぐ》むと納得したと受け取ったのか話を続けた。

「問題はそれだけじゃないよ。あーしらは戦車を失ってる。これからどうやって生活していくのか考えないといけない」

彼女たちは【ゴランド】を失った。

彼女たちは戦車傭兵という職業と身分を喪失したのだ。

これによって彼女達の未来は全く見えなくなった。生まれ育った農村を口減らしで追い出された雑多なメスの集団に成り果てたのだ。

シルベストリは全員を見渡して自分達の置かれた状況の認識が皆にきちんと行き渡ったことを確

認すると続けた。

「実は、朝一番にガージルの野郎に会ってきたんだ。仕事料の後払い分を払って貰《もら》おうと思ってね。だけど貰えなかった」

「どうして!?」

「あーしらが傭兵の仕事を続けてくなら払う価値があるけど、続けないなら払いたくないんだってさ」

ガージルが死に物狂いで現金を工面して後払い分を支払うのは、次の仕事でも快く働いて貰うためだ。それが約束だからとか自分の評判に価値を置いているからではない。

だからガージルはこう考えるのだ。

戦車傭兵を続けられなくなった奴に後金を払っても意味がない、と。

「そんなの契約違反じゃん！」

「そうだよそうだよ！」

「あーしもそう思う。けどガージルの奴はあたしらが戦車傭兵をしないなら支払わないって決めてるんだ」

「でも、肝心の戦車がなくなっちゃったのに」

「そうだよ。俺らこれからどうしたら良いんだよ」

メンバー達は口々に愚痴った。

「だから皆に確認したいことがある。あーしらにはこれを機会にきっぱりと戦車傭兵をやめるっていう道と、どんなことをしても戦車を調達して戦車傭兵を続ける道がある。どっちの道を選びたい？」

「それは——」

彼女たちは迷った。

カンパニーを解散しても行くところなんてないのだ。

この世知辛い世の中に、一人ほっぽり出されるのは陸地の見えない大海の中央に救命胴衣もないまま投げ込まれるようなものだ。波に翻弄されて体力が尽きて溺れ死ぬ未来しか想像できないのである。

「戦車を調達するって——具体的にどんな方法を考えてるの？」

「ガージルの奴が言ってた。戦車がないならあるところからもってくればいいって。ガージルも手下がやられちまって【イフリート】を失ってるからあーしらが今後も戦車傭兵を続けるなら手引きしてくれるって言ってた。そうしたら半金も払ってくれるって。それどころかこれまで以上に仕事だってまわしてくれるって」

「あるところから持ってくるって、要するに盗むってこと？」

「だって戦車を買うお金なんかないし。貸して下さいって頼む当てがある？　どこにもないでしょう？」

「それはそうだけど……」

「それにさ、このままだとあーしら殺されるかも知れない」

「え⁉」

「だってさ、奴の後ろ暗い仕事にいっぱい関わってきたんだよ。戦車なくなったんでもう辞めますって言って、奴がほっといてくれると思う？」

「そ、それは——無理かも」

ボーアは、戦車傭兵という稼業に見切りをつける良い機会だと考えていた。しかし彼女たちには戦車傭兵を続ける以外の選択肢はなかったのである。

§　§

アマゾネス・カンパニーのメンバーは、盗みという行為に忌避感をもっていないわけではない。

「これって本当にしなきゃなんないことなの？」

それぞれこれからすることに対する疑問や不安を大いに抱いていた。

「仕方ないだろ？　これをしないと残りの半額を貰えないんだから」

しかしカンパニーとしてはこの方角に動き出してしまった。

皆が疑問を抱いていたけれど、もう誰にも止められないのだ。

「これまでだって誘拐の仕事をしてきたじゃん。それよかマシなくらいでしょ」

「あれは後味悪かったもんね」

家族が身代金の支払いを拒んだがため、時には人質を傷つけなければならないこともあった。それに比べたら富豪から戦車を盗む方がまだ気が楽なのだ。

シルベストリに率いられたアマゾネス・カンパニーのメス達は、徒歩でこの日の催しを終えた展示会場へと近づいた。

既に来場客も帰宅し、会場に残っていた従業員達も帰宅した頃合いとなっている。残るのは警備の傭兵ばかりだ。

しかし、ガージルが教えてくれた情報には、会場の警備がどのように配置されているかの資料まであった。

見張りの巡回経路やその予定時刻の表である。

これだけの情報があれば、たとえ素人であろうとも広大な敷地面積を持つ展示会場に忍び入るのは難しくない。

アマゾネス達の行動はそう静かでも、敏捷《びんしょう》でもない。しかしそれでも警備の目をかいくぐって会場内に忍び入ることには成功した。

照明が落とされた展示会場の中は闇が広がっておりアマゾネス達はその暗闇に紛《まぎ》れ込んでいった。

しかし暗闇の向こう側では、潜入する者の動きを監視する目が輝いていた。

カッフェだ。

彼女は野生の肉食獣さながらの、音のない俊敏な動作で影から影へと渡り歩きつつアマゾネス・カンパニーを見張っていたのである。

フォクシー達の師匠は物知りであった。いろいろなことを知っていた。

例えば無線機を受信状態にしていると、スピーカーからコンクリを割れたガラスでひっかくような雑音が聞こえる。

フォクシーは何故《なぜ》こんな音がするのかと師匠に尋ねたことがあった。すると師匠は太陽とか雷が発する電波を拾っているからだと教えてくれた。

しかし、それは嘘《うそ》なんじゃないかと思っている。

だって、太陽なんかとっくの昔に沈んで夜も更けているからだ。

どこかで雷が鳴っている気配もない。なのに、この質の悪い真空管無線機のコーン紙は雑音を発し続けている。

「あんにゃろめ、あたしを子供だと思って騙《だま》してたんだ」

そんな罵倒を口から漏らしたとき、雑音の中にクリアな音声が流れてきた。

『白狐《びゃっこ》、コチラ黒豹《くろひょう》。獲物が檻《おり》に入ッタ。繰り返ス、獲物が檻に入ッタ』

「こちら白狐。了解。そのまま監視を続けてね」

『了。タダシ、獲物はアマゾネスご一行と思ワレル』

「あー、やっぱりかー」

フォクシーは嘆息した。

そして背後を振り返った。

この部屋には状況の推移を見守るパダジャンとその腹心であるガッヘルがいるのだ。

アーギットがパダジャンの戦車を狙う。

そう考えたフォクシーは、パダジャンの邸宅を訪問するとアーギットが行っている営利誘拐ビジネスの話を報《しら》せた。

「アーギットの奴、あたしらに支払うと約束した一〇万ビスを誘拐なんて方法で調達しようとしているんですよ」

パダジャンはそれを聞いて静かに頷《うなず》いた。

「それがどないしたっちゅうねん？」

営利誘拐は倫理に反する行為だ。

しかし法が機能していない状況ではそれを咎められることはない。

不快で不愉快な行為だから、パダジャンもこうやって知った限りは止めろと言う。しかし、彼が見えないところで行われた過去の行いについて責めることはないのだ。

「でも、その被害者に身内がいたとしたらどうです？」

「なんやて？」

パダジャンは顔色を変えた。

もしアーギットが、パダジャンの寄子《よりこ》である馬借連合に属する有力者の子弟を拐《かどわ》かしたのならば話は別だ。パダジャンには、寄子の安全を保障する義務があるからだ。

もちろんその責務は手下にして寄子でもあるアーギットにも及ぶ。

「奴は誘拐を解決した方なんやで。手早く、見事な交渉で人質を助け出した。被害に遭った寄子も感謝してたんやで」

「それが出来たのも。誘拐の実行犯が手下のガージルだったからなんです」

寄子の子弟や令嬢を手下に誘拐させておいて、それをあたかも自分が解決しましたとばかりに誇って援助金と称する礼金を差し出させていたなら、それは重大な裏切りで背信で反逆である。断じて許すことは出来ない。

パダジャンは激高した。

「その証拠はあるんやろな?」

しかし不思議な物で怒りというのはある程度以上のものになると落ち着いてしまうらしい。それが彼が冷静に振る舞っている理由でもある。

「実行犯の一人を捕虜にしたんですけど?」

「奴の手下か?」

「手下のガージルに使われてた戦車傭兵です」

「んなもん証拠にはならへん」

パダジャンは語る。

戦車傭兵なんて、金でどうにでも転ぶ連中であると。

そもそも彼らは雇われる際に金を出す相手の素性を確かめたりしない。金を出す人間が自らをアーギットだと名乗れば、疑いもせずそう信じ込む。なのにその証言だけでアーギットを処罰したら部下が何人いても足りやしないのだ。

実際そのような離間の謀《はかりごと》は、リトマン市の歴史を振り返ってみればいくらでも行われてきている。捕虜だって生き残るためなら口から出任せをいくらでも言う。

そのため戦車傭兵の証言はよっぽど他の状況証拠との整合性がとれているか物的証拠と合致するものでなければ重んじられることはない。言葉は、単独では証拠扱いできないのだ。

「それじゃあ、奴がパダジャンさんの戦車を狙っているとしたらどうです？」

それでもフォクシーは続けた。

誘拐に失敗したアーギットは再度獲物を狙う手段として、展示会場の戦車を奪いに来る可能性が高い、と。

一〇万ビスの手形の期限が迫っている以上、決行日もそれほど先のことではない。

おそらくは今夜、ないし明日《あした》になる。そしてその戦車を使って誘拐を実行するのだ。

そのためアーギット本人か手下のガージル、もしかするとアマゾネス・カンパニーの戦車傭兵が忍び込んでくるに違いない、と。

「だからこっちで待ち伏せて奴をとっちめてやったらどうです？　組織内の膿《うみ》を出す好機になるはずですよ」

フォクシーはこんな感じの大見得《おおみえ》を切って営業活動をしたのだ。

「なるほどな、アーギットが儂《わし》の戦車を盗みに来たところを捕まえれば、確かに言い逃れの出来ない反逆の証拠になるなあ」

だからこそパダジャンもその話に乗った。

忙しい時間を割いて、フォクシーと共にこうして待ち構えることを選んだのだ。

ところがだ。実際にやってきたのはアマゾネス・カンパニーの連中だった。いくつか想定した状況の一つではあるが、これではアーギットを追い詰めることは出来ない。

「ま、さすがのアーギットも、自分の腹心を送りつけて足がつくような真似《まね》をするほど阿呆《あほう》やなかったたっちゅこっちゃな。その点は安堵《あんど》したで。わいの目も阿呆を見抜けないほど曇りきっとらんかったたっちゅう事やからな」

しかしパダジャンは既にアーギットに対して内心で有罪判決を下していたようだ。

だから期待通りにならなかったとしても、慌てていないし顔を顰《しか》めることすらしないのだ。

証拠が無い以上は責めることは出来ない。

しかし証拠固めは別に後でかまわないのである。いずれきっと機会を見て必ず。そう決心した以上は急ぐ必要がない。

「パダジャンさん、このメス傭兵ども、生かしておいたらどうですか？」

そこでフォクシーは提案した。

「そないなことしていったい何の意味がある？」

「警備情報を誰から聞いたか証言をとって、その責任を追及するって手はどうです？」

「いや、それだけじゃ奴の首を掻《か》き切ることはでけへんで。このメスどもの証言で奴を追及したところで、奴が自分とは無関係やって主張するのは目に見えとる。奴を八つ裂きにしたるにはもっと強い証拠が欲しいところやな。まあ、こんな戦車泥棒もろくにでけへん傭兵に情をかけてもしょうがないやろ。始末はガッヘルに任しとき」

パダジャンはそう告げるとここにはもう用がないとばかりに腰を上げる。しかしフォクシーはその背中に向かって再度提案を投げた。

「それならこういうのはどうです？　このメスの戦車傭兵をうちに下げ渡すんです。あたし、こいつらを使っての良いアイデアがあるんですよお」

「あかんって。こいつらは馬借連合の寄子に営利誘拐を仕掛けた実行犯なんやで。首を掻き切ってやるのが相応《ふさわ》しい処罰や」

「でも、その誘拐ビジネスの件は表沙汰にはできないんでしょ？」

「なんでや？」

「だって、こいつらはガージルに雇われていた傭兵で、ガージルはアーギットの手下で、アーギットはパダジャンさんの寄子でしょ？　第三者にこのことを知られたらパダジャンさんだって返り血を浴びません？」

「うっ……」

パダジャンは絶句した。

フォクシーの言う通りだからだ。

アーギットの誘拐ビジネスはパダジャンの寄子にまで被害が及んでいた。

その下手人がアーギットだったと知られたらどうなるか。特にカングレリ家と、ボリジア家は令嬢令息が誘拐された時、アーギットが事件を解決に導いた。

しかもそのアーギットを派遣したのは、娘が息子が誘拐されたと両家に泣き付かれたパダジャンなのである。子供が無事に解放されて両家ともパダジャンに、そしてアーギットに深く感謝していた。

なのにそれが自作自演だったと知られたらどうなるか。

パダジャンがいくら無関係だ。全てはアーギット一人のやらかしたことだと主張したところで、トカゲの尻尾切りと思われて信じてはもらえない。

「組織も大所帯になると、守らないといけないものも多くなって大変ですよねえ。そんな中でももっとも大切にしないといけないのは寄親《よりおや》と寄子の信頼関係だと思うんです。威信とか信用って何よりも大事なものですよね」

パダジャンはフォクシーに向き直った。

「せやな」

パダジャンはフォクシーに弱みを握られたことになる。もうフォクシーの提案を聞くしかないのだ。

「アマゾネスの表向きの罪状は戦車泥棒の未遂と不法侵入だけですよね？　それだと首を刎《は》ねる程の罪でもないって思うんです」

「かといって処罰もせんで放り出すのもあかんやろ？」

するとフォクシーはニンマリと悪戯《いたずら》そうな笑みを浮かべた。

「だから強制労働です。懲役五年ってところでどうです?」

「そんな温情判決、儂にどんなメリットがあるんや?」

「このことがアーギットの目にどう映るか考えて欲しいんです。戦車泥棒に送り出した手下のそれまた手下のメス傭兵達が捕まったのに生きてる。しかもパダジャンさんからのお咎めが自分に全然来ないとしたら?」

「そりゃ、手下が口を割らなかったと思って安心するだけやろ?」

「けどその手下って、自分の悪事を全部知っているんですよね。なのにそいつらが自分の手の届かないところにいたら——どうします?」

「そりゃ気が気でないやろ。いつ、自分のしたことを暴露されるかわからへんのやから」

「傭兵の証言の証拠としての力は弱いのに? しらばっくれればいいじゃないですか?」

「それは自分に咎めが及んだ時の、いわば開き直った状態になった時の話や。疑いすらかかっとらん状態なら、人間は自分に疑いの目を向けられることすら嫌がる。当然、自分の悪事を知ってる奴をほっぽり出しておくなんてでけへん」

「つまりなんとか取り戻そうとする。でも、どうやって?」

「それは自分のもんやから返せって」

「一度は無関係だと言い張ったのに?」

「たしかにそうやな。理由があらへん」

「きっと裏でいろいろ画策するでしょうねえ」

「ははーん。つまり、メス傭兵共があんさんとこで生きてるってだけでアーギットへのきっついプレッシャーになるっちゅうんやな?」

「そうです。ついでにパダジャンさんが何かにつけて奴とあたしと比べるようなことを言うとかして奴の不安を煽《あお》ったりすれば――奴は嫌でもあたしらに突っかかってくると思うんですよ。自分はもっと凄《すご》いんだってパダジャンさんに示そうとして」

「うはっ、あんたえげつないこと考えるなあ」

「奴に少しばかり時間的余裕も作ってあげましょう。手形の期限が二、三ヶ月《かげつ》先に伸びれば奴もいろいろとやれますよね」

そう言ってフォクシーは一〇万ビスの手形を取り出した。

「これは?」

「【オルクス】三両の代金です」

フォクシーは手形をパダジャンに手渡した。

「こんなんじゃ一両分にしかならんで」

「では手付けと言うことで」

「わかった。ええやろ。あんさんの目論見《もくろみ》に乗ることにする。好きなようにやってみい」

「ありがとうございます。ところでお願いがあるんですけど」

「なんや?」

「【オルクス】なんですけど【チャーフィー】って呼べるようにしたいなあって」

「そのためにはエンジンが要るやろ？」

「そこを馬借連合の伝《つて》で——なんとかなりません？　アーギットの奴を返り討ちできるようにするには質がそれなりでないと勝てないので」

「高《たこ》うつくで」

「予備部品も含めて戦車三両分と併せて五〇万まで出せます」

「さよか。ならちょいとばかり心当たりをあたってみよか？」

「快くお引き受けいただき嬉《うれ》しいです」

フォクシーは小さく握り拳を作った。

そんなフォクシーの微笑《ほほえ》みをどう受け取ったのか、パダジャンも満足そうに頷いて去って行ったのだった。

フォクシーはパダジャン達を見送ると無線機を手に取った。

「上手《うま》くいったよ。ということでカッフェには侵入者への対処をお願いしまーす！　クライエントのご注文は、命大事にでーす」

上機嫌なフォクシー。

『生かシテ捕マエルのめんど臭イ……』

しかし返事をするカッフェの声はどこか面倒くさそうな響きがあった。

§　§

「泥棒って、案外簡単かも」

シルベストリが、そんな風に考えてしまったのも仕方の無いことである。

厳重な警備がなされているはずのグランテスタイタに、誰にも見とがめられることもなく潜入できて建物内まで入り込めたのだから。

もしかすると自分には怪盗になる才能があるのかも、なんてことすら調子に乗って考えてしまった。

とは言えだ。それこそが素人の浅はかさであった。

シルベストリを先頭に、十一人ものメンバーがゾロゾロと施設内をうろついていて誰にも気づかれないなんてあり得ない。

もしそれが可能だとしたら、警備がよっぽどの間抜けかあるいは意図的に警戒が緩められているかのどちらかだ。

そう考えることができなかったことが、彼女たちの敗因なのである。

アマゾネス・カンパニーは、シルベストリを先頭に物陰に伏せて、走り、暗がりに隠れ、また走るを繰り返した。

その繰り返しを続ければ続けるほど、十一人の列は長く伸びていく。

そして最後尾から順に一人、また一人と仲間の気配が消えていった。

だが前のみを見て、進むことしか考えない彼女達はそのことに全く気づけなかったのである。

「あと少しだ」

目標の戦車が見えてきた。

かつて【M24チャーフィー】とばれた軽戦車。それがここに二個小隊分の六両も展示されていた。

「【オルクス】だ」

これを盗み出すのが彼女たちの目的だ。

シルベストリは獲物を見つけると一目散に駆け寄る。そして車体によじ登って操縦席のハッチを開いた。

「おい、何してる。早く乗れって」

シルベストリはその時になってようやく気づいた。自分の後ろに続く者が、一人もいなくなっているということに。

「みんな、どこに行ったの？」

十一人という人数でここにきたはずだ。なのに誰もいないのだ。

その事実を悟った瞬間シルベストリは背筋を逆なでされたが如《ごと》く総毛立った。

「じょ、冗談はやめろよな」

彼女の全身を不安と恐怖が襲った。

「残念だったのです。せっかくここまでたどり着いたのに」

暗闇の向こう側から声がした。

「だ、誰だ!?」

咄嗟《とつさ》にシルベストリは拳銃を向ける。

しかし声の主は大胆にもそのまま歩み寄ってきた。

まるで彼女が構える拳銃が目に入っていないかのようだ。

やがて小さな常夜灯の輝きにその影の正体が顕《あら》わになった。ミニマムドワーフのミミと、目かくれ黒豹のカッフェだ。

「あーしの仲間はどこ!?　仲間達をどこにやった!?」

「もちろん無力化したのですよ」

ミミは長大なスパナを肩に担いでいる。

それは本来鈍色《にびいろ》に輝く工具でしかない。しかしこの状況では凶悪な鈍器に見えた。

「最後に残ッタノがオマエ」

そして黒豹のカッフェは左右両方の人差し指を立ててチャクラムを弄ぶように回転させていた。

それは一見、輪投げの輪に見える。

しかしてその実態は鋭い刃を有した鋼鉄の投擲《とうてき》武器なのだ。

これを見たシルベストリは慌てて戦車のハッチの中へと潜りこもうした。彼我の戦力差と圧倒的な実力差を野性の勘で悟ったからだ。

戦車に立て籠もればなんとかなる。そう思ったのもある。

しかし閉じようとしてもハッチはピクリとも動かなかった。

「仲間を置いてどこに行こうと言うのです？」

「手、手を離せ！」

ミミが左腕を伸ばしてハッチをつかんでいた。

「ダメなのですよ」

小柄であっても力持ち。それがミニマムドワーフ。可愛《かわい》い顔と力瘤《ちからこぶ》。巨大な胸と隆々とした上腕二頭筋を見せつけられてシルベストリはパニック状態に陥った。

「くそぉぉぉぉぉぉぉ」

猫種のシルベストリが両手でもってハッチを強引に引っ張る。

渾身《こんしん》の力を込めて、気合いを込めて全身を使って何度も何度も引っ張った。しかしそれでもミミの左腕一本にも敵《かな》わない。

「仕方ないのですね」

ミミの右腕が高々と上がる。

その手には長大なスパナが握られていた。そしてそれが振り下ろされた瞬間、シルベストリの視界は真っ暗闇と火花のコントラストに包まれたのである。

展示会場の傍らに、処理済みのアマゾネス・カンパニーの面々が横たわっていた。

「なんてこった……」

それを見てボーアは唖然《あぜん》としていた。

力なく横たわる仲間達。その列の前でフォクシーが笑顔で立っていたからだ。

「あ、あんた……」

ボーアは彼女たちの前に崩れるように跪《ひざまず》く。

「コロンブティにストリクス、みんな……ああ、どうしてこんなことに」

戦車傭兵アマゾネス・カンパニー。創設時の初期メンバーは十一人だ。

その内のバッヂとヒフリオが戦死して生き残ったのが九名。

ガージルの下で働くようになってから後三名が新たに加入して現在は総勢十二名。

その十二名のうちの十名——ボーアとシルベストリを除いた十名がここに横たわっていた。

「仲間は見逃してくれって頼んだのに！」

ボーアは流れ落ちる涙を拭うと怒気を込めて言い放った。

「文句を言いたいのはこっちだよ。アマゾネスは、戦車を失ったら傭兵稼業から足を洗うんじゃなかったの？　おかげでパダジャンの前で大恥かいちゃったじゃないか」

「そ、それはそうだろうけど……」

「おかげで、あたしらが後始末をしなきゃなんなくなったんだよ。みんなあんたの仲間のせいなんだ。そのことをわかってる？」

「でも、こんな……皆殺しにする必要なんてないだろう？」

「皆殺し？　何言ってるのさ？」

「ああ、みんなこんなになっちまって……」

ボーアは横たわった羊娘のオービスの頭をそっと抱きかかえた。

「こいつなんてまだ十四歳だったんだぞ！　なのに……」

「だから何さ？」

「だから何？　言うに事欠いて、その口から出てくる台詞《せりふ》が『だから何？』かよ!?」

「そりゃ、そうとしか言えないし」

「許さない。貴様のことはぜってえに許さねえからな！」

その時だった。

「何騒いでるのです？」

ミミとカッフェが戻ってきた。

「し、シルベストリ！」

しかもミミはシルベストリの身体を荷物のように担いでいた。

彼女はボーアの前を通り過ぎて、アマゾネス達の列に加えるようにシルベストリを下ろす。これでボーアも含めたアマゾネス・カンパニーのメンバー全てが揃《そろ》ったことになる。

「よ、よくもシルベストリを殺したな？」

「何を言ってるのです？」

「だって!?」

「そもそも殺してなんかないのですよ」

「はあ？」

フォクシーが補足した。

「まだ殺してないよ。全員——そうだよね？」

フォクシーに確認されてカッフェは詰まらなそうに肩を竦《すく》めた。

「殺シタ方が楽ナノニ」

慌ててシルベストリの胸に耳を押し当てるボーア。

「い、生きてるのか？」

まだ温《ぬく》もりのある彼女の胸からは鼓動音が聞こえた。

「生きてる。まだ、みんな生きてる。よかったあ、みんな生きているんだ」

ボーアは絶望から脱した。

仲間が生きていたとわかって喜びが湧いてきたのだ。

他のメンバーの胸に耳を当てて一人ずつ鼓動を確かめていく。ボーアはそうやって全員が生きていることを確認した。

フォクシーがしたり顔で問いかける。

「どう？　安心できた？」

「できた……」

ボーアはその場にへたり込んだ。

極度の緊張から急激に解放されたため腰が抜けてしまったのである。

10

アーギットは欲望の抑えが効かない性格をしている。

彼に限らずとも、若い者は程度の差こそあれ欲望の抑えが効かないものだ。しかしアーギットの場合はその度合いが強過ぎた。しかもそれを抑える術《すべ》も養わなかった。

そのため幼少の頃から衝動的に突発的に、欲望のままに好き放題に振る舞ってきた。

もちろんガキが好き放題できるような世界はどこにも存在しない。

子供の頃は体格的に体力的に劣っているから、どうしたって身体の大きな者に圧倒される。親、兄貴達《たち》、同年代の中で特に力のある者。狡賢《ずるがしこ》い者。そういった者達と衝突し、その都度徹底的に叩《たた》きのめされた。

だからアーギットもまた狡く立ち回ることを覚えたのである。

社会の手続きや段取りといったものにある程度恭順してみせる賢さもあった。

周囲を冷静に見渡し、より強き者に靡《なび》いて表向き従順を装いながら力をつけて、敵の隙を窺《うかが》う抜け目なさを身につけた。

だがそれで彼の中の欲望の炎が鎮まったわけではない。表向き従順そうにおとなしく振る舞っている分、彼の中で欲望の炎はますます強く熱く燃え盛っていった。

欲を満たすにはいろいろな方法がある。

力任せに、腕力に物を言わせて抵抗を排除する道がある。

しかしそんな振る舞いは社会や周囲から徹底的に嫌われ排除される。盗賊と呼ばれて光の下では生きられないようになってしまうのだ。

これは得策ではない。アーギットはこの方法を早々に諦めることにした。

幸いにしてこの世界ではビス銀貨があれば大抵のものが手に入る。

美味《うま》い食い物、酒、誰もが羨むような綺麗《きれい》な女ですら食えるし味わえるし好きなだけ抱けるのだ。

だから欲望を満たすにはビス銀貨を稼ぐ方法を考えれば良い。

多額のビス銀貨を稼ぐには様々な方法がある。

たとえば、遠隔の地で無価値とされる品物を需要のある場所へと運ぶ方法がそれだ。

何倍もの値がついて多額の利益を得ることができる。

また、他人には到底真似《まね》できないような物を造っても良い。

あるいは賞金首を見つけて捕らえて引き渡すのでも、頼まれ仕事をこなしてその対価を貰《もら》うのでも良い。

だが、どの方法にも共通して言えることがあった。

それは面倒臭いことだ。

手間がかかって、身体が疲れる。失敗して損をすることもあるし、そもそも非常に退屈だ。世の中には楽しいことがいっぱいあると言うのに、それを味わうべき時間にあくせく働かなくてはならないのなんてナンセンス。コスパやタイパが悪過ぎるのだ。

自分の時間は自分が楽しいと思うことのために使うべきだ。楽しながら楽しみながら、それでいて他人よりも多く稼ぐには、まともなことをしていてはダメなのだ。

どうしたらいい？

いろいろと考えているウチにアーギットは世界の真実を悟った。

それは他人の上前を撥《は》ねることだ。他人のアイデアを横取りすること。ありとあらゆる大儲《もう》けの基礎は全てこれなのだ。

そこで彼が最初に始めたのが、ポン引き。街娼《がいしょう》のヒモだった。

次に始めたのが賭博場だ。賭博場はギャンブルにのめり込む客達から胴元として場所代を取る。

これもまたカードゲームやサイコロ遊びのディーラーを働かせて、その上前をはねる仕事と言えるだろう。

次に麗しきメス達をずらりと揃《そろ》えた高級酒場をひらいた。

メス達に接客と営業をさせるばかりでなく、ツケの取り立てから売り上げの保証まで担わせて以下略。

これらは実に良い商売だった。

アーギットの懐は事務所に座っているだけでも日々暖かくなっていったのだ。

しかし彼にはもっと多くのビス銀貨が必要だった。

アーギットには満足というものがなかったからだ。

彼の欲望は一昨日《おととい》より昨日、昨日よりは今日、そして今日よりは明日《あした》と肥大して膨らんで、増大していく一方だった。

そこで次に考えたのが誘拐ビジネスだった。

リトマン市には数多《あまた》の富豪、有力者、大商人がいる。

そうした家の令息令嬢を拐《かどわ》かして、返して欲しければお金をよこせと要求する楽しい仕事だ。

最初は少額にするのがコツだ。

一度払ったという体験をさせることで大抵の連中が財布の紐《ひも》を緩めるからだ。

二度目の請求金額は少し増やす。

三度目はもっと増やす。四度目。五度目と絞れる限りを徹底的に絞っていく。

相手が言うことを聞かない時は、人質の腕の一本も切り取って送りつけてやる。

そうすれば瞬く間に素直になる。

そうやって払えなくなる限界までとことん絞り取る。手持ちが無いというなら借金をさせる。そうして家が一族が、商売が潰れて倒れて崩壊するまで絞り尽くすのである。

するとビス銀貨を湯水の如《ごと》く得ることが出来るのだ。

こんな面白おかしい仕事も、自分の手は汚さない。ガージルというとても使い勝手のよい手下がいるのでそいつに任せた。

そういう便利な手駒がいないとお嘆きの貴兄には助言を一つ。

手下の中で競わせると良い。

自分の言葉をちゃんと聞く奴《やつ》。言わなくても進んで仕事をする奴をとことん優遇してひいきして持ち上げれば良い。すると自然と主《あるじ》に好まれよう選ばれようと力を発揮する奴が出てくる。そうしたら危険なこと汚いこと面倒くさいことは、全てそいつにさせれば良いのである。これもまた上前を撥ねる方法の一つだ。

そうやって得たビス銀貨は何に使う?

もちろん使うのだ。

飲む。打つ。買う。酒場でビスやワッシャをばら撒《ま》き、大勢の美姫《びき》をはべらせて周囲からの羨望の眼《まなこ》を一身に浴びる。実に気持ちが良い。

翌日の朝、明け方の虚《うつ》ろ感は二日酔いもまざってハンパなく重だるい。

しかしこの快楽に浸ってこその人生。生きているという実感が得られる瞬間だ。

この得意絶頂をもっともっとと味わいつくす。これが生きる目標で喜びで目的にして到達点なのである。

ただしだ。

正道から外れたことをやっているとツケを払わないといけない時がやってくる。

昨日でなければ今日、今日でなければ明日。闇組織の悪徳高利貸しの如く、必ず取り立てにやってくるのである。

もちろんそんなことはアーギットも知っている。

だけど自分だけは大丈夫。逃げられる。誤魔化《ごまか》して逃げきることが出来る。

暴力と威圧で追い払える。その場の機転と度胸で、それが可能だと知って信じていて分かっている。

そういう根拠不明で不可思議な自信を持っているのがアーギットなのだ。

いや、違うか。

内心薄々、何かがひたひたと近づいてきていることに気づいていても気づかないふり、見ないふり。大きな声と威勢の良さであーあー見えない、きこえなーい！

悪党とは、要するに自転車操業の破綻点を明日へ明後日《あさって》へと先送りにするためにあくせくしながら見栄《みえ》を張って余裕の態度を見せる。そういう者達のことなのである。


日が落ちてから夜の時間——。

いつものアーギットならば、何人かいる愛人のところにしけ込んでいる頃合いだ。

夜とは彼にとって遊びの時間。悦楽に浸るべき時だからだ。

アーギットは常々語っていた。夜、働いている奴は馬鹿だ、と。

しかし、今夜ばかりはアーギットも事務所で待機するしかなかった。

数人の側近と、警護の手下。それらと一緒にまんじりともしない夜を過ごしていた。

手下の代わりに送り出した傭兵《ようへい》どもが、戦車を盗み出してくるのを今か今かと待っていたからだ。

力のある戦車が手に入ったら直ちに拉致作戦を決行だ。

まず一〇万ビスを稼ぐ。そしてとっとと手形を精算する。そうすればアーギットを悩ませている問題もクリアだ。そこから先のことはその時になってから考えればいい。

しかしガージルが戻ってきたのは、東の空が白む頃になってからだった。

「どうだった？」

「失敗です。それどころか奴ら捕まったみたいです」

展示会場の警備にはガージルの手下が潜入している。そこから昨夜の出来事が伝えられてきたらしい。

「お前の手下は無能か!?　あれだけお膳立てしても失敗しただと!?」

あり得ないことだ。どうやったら失敗できるのかアーギットが尋ねたいくらいだ。

「実は御大が、会場まで来ていたようです」

「どういうことだ？」

「戦車を盗みに入ることが事前にバレていたのかも知れません」

「どうしてだ!?　今回の企ては、ここにいる俺たちかお前くらいしか知る者がいなかったはずだぞ！」

するとガージルは声を潜めて囁《ささや》いた。

「ですから、誰かが——情報を漏らしていたのかも知れません」

アーギットははたと周囲を見渡す。

「まさか、こいつらか？」

彼の視線の先には、手下達が屯《たむろ》していた。

「かも知れません」

「そうだな。でなきゃ、この状況は説明できない」

「問題は、どこまでバレてるかってことです。今回捕まった奴らは誘拐ビジネスにも関わってますからね。もし生きて捕まって、そのことをペラペラと喋《しゃべ》られたら我々はかなりヤバいことになります」

「確かにやっかいだな」

アーギットは手下達を睨《にら》み付けて問いかけた。

「おい、お前達。この俺様を裏切ってるのは誰だ?」

「お、俺たちは裏切ってなんていません!」

「そうですよ。俺達がアーギットさんを裏切っていったい何になるんです?」

「そうです。信じてください!」

手下達は口々に言った。しかしアーギットは彼らに指を突きつけた。

「俺はそんなことを聞いちゃいねえんだ。俺が知りたいのは、貴様らの内のいったい誰が俺様を裏切っていたかってことなんだよ!」

手下達は必死になって抗弁した。

しかし自分ではないと言ったところで猜疑心《さいぎしん》に取《と》り憑《つ》かれているアーギットを納得させることなど出来ない。

「こいつが怪しいと思います」

ついに圧迫に耐えきれなくなった手下Aが言い放った。

アーギットをどうにか満足させないと、この責め苦のような状況からは逃れられないと思ったからだ。その場の思いつきで、何の根拠もなくBを指さした。

「なんだと貴様!? アーギット、信じてください。この野郎は嘘《うそ》を言ってるんです。俺は裏切ってなんていません!」

「いや、こいつです。絶対にこいつが怪しいんです」

「それを言うなら、お前の方がもっと怪しいじゃないか!」

「なんだと貴様!」

「俺はこっちの二人じゃなくってあのデブじゃないかと」

ついにはCを名指しする者まで出てきた。

仲間同士で互いを怪しいと罵り合うめちゃくちゃな状態に成り果てたのである。

そんな時だ。事務所のドアが開いた。

「誰だ?」

ノックもなく突然開かれたドア。振り返るとそこにいたのはガッヘルだった。

いや、違った。ガッヘルは扉を押し開くと御大ことパダジャンを迎え入れたのだ。

「お、御大!? どうしてこんなところに?」

「貴様に用があるからに決まっとるやろ? まさか朝食でも食べに来たとでも思っとるんか? ここはモーニングサービスをしとる喫茶店か何かなんか?」

「す、すみません。愚問でした」

アーギットがソファーから立ち上がって事務所の主の席を譲る。

パダジャンは当然のようにそこに腰を下しガッヘルが傍らに立つ。

「ところでアーギット。ナナヨンに支払う銭の調達、うまくいっとるんか？」

空気が凍り付くような緊張感の中、これまでの言い争いが嘘のようにみんな静まりかえっていた。

「もちろん準備中です。用意ができ次第、すぐに支払います」

「一〇万ビスともなると大変やろなあ？」

「正直きついです」

「せやろな。けど、そのために儂《わし》の大事な戦車を盗もうとするのは褒められた振る舞いやないで」

アーギットの背筋が凍り付いた。

「戦車を盗む？　いったい何のことです？」

「ガージル」

その時、パダジャンがガージルに顔を向けた。

「な、なんでしょうか？」

「貴様、アマゾネスとか言うメスばっかりの戦車傭兵を使っとったな？」

「え、ええ。知ってます。以前仕事で使ったことがありますので。しかし【ゴランド】しか持ってないような奴らなので、弾よけと雑用程度の仕事しかさせられません。しかも最近じゃあ全く関わったことがありませんので今頃何をしてるのやら。そいつらがいったい何かしでかしたんですか？」

「実はな、このメスの戦車傭兵共がグランテスタイタに忍び込んで展示中の儂の商品を盗もうとしたんや」

ガージルが言葉を失ってみせる。

「なんてことを……」

その芝居にアーギットも乗った。

「許せませんね。俺にとって大恩ある御大の戦車を盗もうとする身の程知らずは絶対に許せません。そいつらは今はどこです？　この俺が全員くびり殺してやりますよ」

「いらへんいらへん。そいつらとっくの昔に捕まえたから。仕置きも済ませた。そんなことよりそのメス達がいろいろ歌ったんや。その一つが、ガージルからグランテスタイタの警備状況を教えて貰ろたと言うのがあってな。それってホンマか？」

「と、とんでもありません！　俺が御大や、アーギットさんの顔に泥を塗るようなな真似をするはずがないでしょう！」

「つまりガセや、言うんやな？」

「そうです。出任せの嘘に決まってます。奴ら、捕まった腹いせと責任逃れに俺を巻き込もうとしてるんですよ」

「つまりは、無関係ってことやな？」

「そうです」

「アーギット。お前も同じ意見ってことでええな？」

アーギットは考えた。

今のこの瞬間、自分には選択肢が四つある、と。

一つが、ガージルの言い訳に話を合わせること。

傭兵なんかの証言には証拠能力が皆無だからこれで押し通せなくもない。

しかし難点があるとすれば、これだとパダジャンから向けられた疑心を払拭できないことだろう。

しかもアマゾネスの連中が、誘拐ビジネスの件まで白状していたとしたら致命的なのだ。

二つ目がガージルに全ての責任を押し付け、この場で射殺するという道だ。

死人に口なし。俺様は無関係。これで全てが終わらることができる。

しかしこの方法もまたいくつかの問題がある。

まずはあからさまにトカゲの尻尾切りに見えることだ。

そのためパダジャンに疑心を抱かれたままになってしまう。

疑念を解くのに相当長い時間がかかるだろう。

いや、疑念を解くことなんて不可能だ。ガージルに全てを押し付けて得られるのは証拠不十分で処罰なしというだけの話であり、パダジャンと敵対関係になって暗闘が始まることを意味しているのだ。

それだったらいっそのこと三番目を選んだ方が気が楽かも知れない。

三つ目は、全ての陰謀に関わっていたことを素直に認め、処罰を受けるというものだ。

しかしこの選択肢は破滅でしかない。

残された四つ目は、全ての陰謀に関わっていたことを素直に認めた上で、パダジャンに宣戦布告することだ。

具体的には今すぐ銃を抜きパダジャンやガッヘルを始末する。そして馬借連合に対して戦争を開始する。

しかしこの方法もまた破滅の未来しか見えない。

戦力差は圧倒的だし、リトマン市の他の勢力もどう介入してくるかが見えないのだ。

しかし追い詰められてどうしようもなくなったらこの方法に逆転の道を探すしかない。

「どうしたアーギット。儂は答えを待っとるんやで」

「あ、いえ。ガージルの言う通りです」

「ならええ」

結局、アーギットは一つ目を選んでしまった。

こうなったらアーギットに出来ることは、捕まった戦車傭兵がどこまでのことを話したか。パダジャンが自分に向ける疑いがどこまで深いかを確かめることだけだ。

「すみません御大。全ては俺の管理不行き届きです」

そのためアーギットは頭を垂れた。

「管理不行き届きやて?」

「ええ。そのメス傭兵共は、ガージルがかつて雇ったことがあるだけの関係としても、寄親《よりおや》としての責任ってものがありますので。俺のことは御大のお気が済むようにして下さい。こうなっちまったら俺はどんな処分であっても甘んじて受け入れます」

こう言えばさすがに死ねとは言えないだろう。パダジャンの態度次第で疑念の深さも探れるはずだ。

しかしパダジャンはあっけらかんと言い放った。

「いや、殊勝な態度で実にええな。しかしそれは心配のしすぎやで」

「はい？」

「儂としては貴様達が戦車泥棒と無関係やてわかればそれでええんや」

「は、はあ」

どれだけ厳しいことを言われるかと思っていただけにアーギットもガージルも全く拍子抜けの気分であった。

「せや！　貴様に報《しら》せなあかんことがあった！」

「なんでしょう？」

「これや」

パダジャンはアーギットの振り出した一〇万ビスの手形を見せた。

「それは俺の手形。どうして御大がそれを？」

「あの白狐《びやつこ》と商談が成立してな。戦車を売った。これは、その手付金として受け取ったんや」

「そ、そうでしたか……」

「なのでこいつの期限を三ヶ月《かげつ》ほど先に引き延ばすことにした。さすがの貴様でも一ヶ月はきつかったやろ？　これからは無理せんでもええで」

パダジャンの優しい言葉にアーギットは唖然《あぜん》とした。

自分の悩みの種がこれで解消されたからだ。

しかしあまりに自分に都合の良すぎる展開でもある。

なんだか狐《きつね》につままれたような気分になってしまった。

もちろん実際に狐につままれているのだが——当の本人は気づいてないからそれはそれで良いのだ。

「え、ええ。それはもう大助かりです。本当に感謝します」

アーギットは深々と頭を下げた。

ガージルも少し遅れて頭を下げる。

残った問題は、捕らえられたメス傭兵達のことだけとなった。

「用件はそれだけや。朝っぱらから邪魔してすまんかったな」

パダジャンはそう言い残して、ガッヘルと共に事務所から出て行ったのである。

後に残ったのはしんと静まりかえった事務所である。そんな中でガージルは言った。

「アーギットさん。良かったですね」

「良かったじゃねえ！　テメエは捕まったメス傭兵達がどうなったか調べてこい！　あいつらが誘拐ビジネスのことを喋ったら、俺が破滅するって状況は全然変わってないんだからな！」

アーギットはそう言ってガージルの尻を蹴飛ばして事務所から追い出す。

「それとバスケスとモーリッツの奴らを呼べ！」

「は、はい！」

そして固唾《かたず》を呑《の》んで話を聞いていることしかできない役立たずの手下A・B・Cを怒鳴りつけて少しは仕事しろと追い立てたのである。

11

アマゾネス・カンパニー所属の十二名の生活は、その日を境に一変した。

「泥棒すらろくに出来ないなんて情けない。お前ら全員鍛え直し！」

フォクシーの宣言で、ボーア以下アマゾネス・カンパニーの面々は毎日走らされることになったのである。

「まずは体力錬成！」

しかもかなり長距離をひたすら、延々と。

きつい坂道は、何度も何度も全力で走ることを強いられた。

バラバラと走り出す彼女たちをザキがモペットに乗って追いかける。

息が切れて集団から脱落しそうな者が現れると、ザキはその尻を容赦なくハリセンで叩《たた》いてまわるのだ。

「くそっ、仔犬《こいぬ》風情が調子にのりやがって！」

「口からクソを垂れる前と後にさんを付けろ！　この猪頭《いのししあたま》が！」

しかしこれを繰り返した成果は着実に上がった。

彼女達《たち》の走れる距離、疾走の回数、そして速度が徐々に増えていったからである。

ランド・シップには天蓋甲板がある。

建物で言うところの屋上に該当する部分であり、具体的にはだだっ広い鉄板で出来た広場があるだけだ。

しかしそこがアマゾネス達にとってのトレーニングの場となっていた。

カッフェがパンパンとリズミカルに手を叩いている。

アマゾネス達はその音に合わせて足踏みをさせられていた。

カッフェの手の音に合わせ、ザッザッザッと靴が甲板を叩く音が響く。

しかし十二人分の足音はなかなか一つに揃《そろ》わない。時間がたてば立つほど微妙にずれていくのだ。

その都度、カッフェは音を合わせろと叱咤《しった》する。

しかし直そうとすればするほどリズムがどんどんズレていく。そしてついにはバラバラに崩壊してしまった。

あまりの酷《ひど》さに落胆したカッフェは嘆息しながら手を叩くのを止《や》めた。

すると皆も足を止めた。

みんな疲れているのか、肩で息をしている。

しばらくの体力錬成で持久力は格段に向上していたはずだが、悲鳴を上げながらその場に座り込む者も少なくなかったのである。

「カッフェー。訓練の方、調子はどう？」

そこへフォクシーとレオナがやってきた。

「リズム感がナイ。テンデない。致命的にナイ」

「なんとかなりそう？」

「マカセロ、コイツラをどこに出してモ恥ズかしくないレベルにしてみせる」

「どうやって」

「繰り返ス。出来ルようにナルマデひたすら繰り返ス。ソレ以外ニ道は無い」

「あー、みんなのことよろしくね」

「わたくし達はこれより営業に行って参りますので」

「ちょっと待てフォクシー」

皆の間を流れる不平不満の空気を察したのか、ボーアが皆を代表して尋ねた。

「こんなことにいったい何の意味があるんだよ？」

するとシルベストリを先頭にみなが一斉に声を揃えた。

「そうだそうだ！　あーしらはー待遇の改善をー要求するゾー！」

するとフォクシーは笑顔で言った。

「それってつまり、パダジャンさんのところに戻りたいってこと？」

「改めて泥棒と誘拐犯としての罰を受ケタイと言う意思表明カ?」

「それならそれでわたくしは全く構わないのですけれど。本当に良いのですか?」

フォクシー、カッフェ、レオナの順で告げられるとシルベストリ達も言《い》い淀《よど》んだ。

「あ、いや」

パダジャンが自分達に対して、首を刎《は》ねるレベルのきっつい処罰を科そうとしていたことは彼女達も知っている。

フォクシーの取りなしのおかげで命を失わずに済んだことは重々承知しているのだ。

ここでこうやって毎日扱《しご》かれていることに刑罰の意味があることも理解している。

とは言えだ。ナナヨン・カンパニーに引き取られたからには、これまで通り――いや、彼女達が戦車傭兵《ようへい》を志した時に抱いた、理想の戦車傭兵としての毎日がやってくるという期待も淡いながら抱いていたのだ。

「なのになのにそれなのに。やってることは毎日毎日走って、鉄板の上で言われるままに動いてばっかりじゃんか。あーしらが乗る戦車はいったいどこにあるんだよ!」

「そうだそうだ!」

するとフォクシーは答えた。

「だからさあ、それをこれからあたしとレオナが手配しにいくんだって」

「え、そうなの?」

「どんな戦車を買うんだ?」

「厳密に申し上げますと、これからわたくしたちがしようとしてるのは、戦車の手配のさらなる前段階。資金繰りです。そして同時にあなた方を含めた新生ナナヨン・カンパニーを世に送り出すための準備なのですわ」

「ナナヨン・カンパニーも拡大するわけだしね。いろいろと準備しなきゃいけないことがいっぱいあるんだよ」

「準備ってなにさ?」

「それは、これに書かれていることを全部知りたいということかな?」

フォクシーは言いながら分厚い冊子を取り出した。

「知ったら手伝ってくださるということで良いですか?」

その物言い、態度からフォクシーとレオナが、ウンザリするような仕事の山に相対していることが感じられた。

「あ、いや、いらない。知りたくない」

「なら自分の役目に専念なさい」

「でも、せめて教えてくれよ。どんな戦車を買うんだ? やっぱりナナヨンみたく強い奴《やつ》だろ?」

「内~緒。だけど新しい戦車三両を買うよ」

「その三両であなた方をナナヨン・カンパニーのセカンダリー・プラトーンとします」

「セカンダリー? セカンドだろ?」

「違います。セカンダリー。あくまでも二軍で予備で、補助的な存在です。セカンドに昇格できるのは、それなりの能力と実績を得てからだと思ってくださいまし」

「あ、ああ……」

「チーム名はそのままアマゾネス。リーダーは今のままボーアにやっていただきます。いいですわね？」

「やったあ！」

アマゾネス達は歓声を上げた。

自分たちの立場境遇、そうしたものが新しくなったからには色々なことを変えなければならない。それはわかっている。

しかしそれでも、ボーアが自分たちの代表のままでいてくれるのは彼女たちにとって安心を意味しているのだ。

「ただしみんなには働いて貰《もら》うからね」

「今していることも、そのためのお稽古なのです。頑張ってくださいましね」

「サア、休憩は終ワリ。訓練を再開スル！」

アマゾネス達もカッフェの指示に従って再び立ち上がる。そして彼女の指示する通りに動き始めたのである。

「それじゃ、後を頼むねえ」

フォクシーは後のことをカッフェに任せると、レオナと共に出かけたのだった。

§　§

ボーア達が悲鳴を上げながら汗を流している頃、フォクシーとレオナはリトマン市のリシャス・フォントの邸宅を訪れていた。

「いらっしゃい」

屋敷の玄関で彼女たちを出迎えたのはカラカス猫の会計士ジャックリィだ。

ジャックリィの案内でフォクシー達は邸宅の奥深く、リシャスの待ち構える応接室へと招き入れられた。

リシャスはフォクシーの顔を見ると微笑《ほほえ》んだ。

「待っていたよ。今日は賞金首の引き渡しでは無いのだね？」

憎きシルバー・ウィックの引き渡し以来、フォクシーがここを訪れる度にリシャスに爽快な思いをさせてくれたことを思い出したのだろう。

「今日は別件です。詳しい説明はここにいる我がカンパニーの参謀からさせますんでよろしくお願いしますね」

「本日は貴重なお時間をいただきありがとうございます」

レオナは、まずリシャスとの間に儀礼的なやりとりからはじめようとした。

「どんな話をするもりなのかね？」

しかしリシャスはまだ少し早いと思われるタイミングで本題に入ることを求めた。よっぽどジャックリィが期待感を煽《あお》る前宣伝を語ったに違いない。

「実は、このようなご提案を持ってまいりました」

「戦車傭兵のカンパニーへの投資?」

リシャスは差し出された書面の表題を見て渋面を作った。

「時折、資金繰りに窮した戦車傭兵の代表が、あたかも新発明をしたと言わんばかりに投資話を持ち込んでくることがある。けれど、どれもこれも期待外れな内容ばかりだった。これがそうでないことを祈るよ」

聞き飽きた面白みに欠けた話だと思ったようだ。それでも聞く姿勢でいてくれるのはリシャスが礼儀正しいからだろう。

レオナはその期待に十分に応えられると前置きをして説明を始めた。

「我がナナヨン・カンパニーはこのたび戦車を増勢し、規模を大きく拡大することを考えています」

「拡大というとどのくらい?」

「一個小隊です。三両を増勢し都合四両にしたいと思っています。それによってこれまでは他の戦車傭兵を雇わなければできなかった仕事が、自分たちだけで独自に出来るようになります。ナナヨン・カンパニーの事業収益率は格段に向上いたします」

「なるほどね。しかし人員と装備が増えれば、整備費等の維持経費も大きくなるよ」

「売り上げの向上と、外注経費の削減で十分に賄えますわ」

リシャスは頷《うなず》きながら資料をめくった。

「我がカンパニーはランド・シップを有しております。そのため四両の戦車の性能を高度に維持することができます」

「しかし、戦車傭兵カンパニーの運営はリスクが大きい。事業――作戦の規模が大きくなれば、損失も必然的に大きくなる」

「今回のご提案は、そのリスクを軽減する方法も含んでいます。いえ、こちらの方こそが本日のメインデッシュと言えるかも知れません」

「どういう意味かね？」

レオナはさらに紙をめくるよう促した。

「収益率の高い大きな事業をするためには多額のお金が必要です。それを全て個人で賄おうとすると負担が大きくなり過ぎます。例えば鉱山の開発や、大陸を駆け巡るキャラバンを新規に組むといった事業の場合は、お金を持っている方が複数人集まって共同事業を興すのが主流のやり方です。しかし事業に参画するということはお金と口を出すだけでは済みません。事業に対して無限の責任を背負い、損失が出た場合の後始末や補填《ほてん》を引き受けることになります。それが多くの方々に参画をためらわせるのです」

「まさにその通り」

「しかし今回のわたくしどもの提案ではその負担をなくします。万が一事業に失敗して損失を出したとしても既出の金銭を失うだけといたします」

「後始末やら金策やらと面倒な仕事が降ってきたりはしないのかね？」

「はい。それは事業の運営執行部が引き受けます」

「全てをかね？」

「はい。全てです」

「それじゃ役員のなり手がいないのでは？　いや、報酬額を大きくすれば良いだけか。なるほど、そう考えると上手《うま》い考えだな。わかったぞ、君が私に売ろうとしているのは、こういう新方式なのだね？」

リシャスが自分で結論に達したので、レオナはにっこりと微笑んだ。

「そんな事は君が自分で思い付いたのかね？」

「戦車傭兵のクルージ・ドロン氏の事業を参考にしました」

「クルージ？　クルージというと、あの女たらしのドロンのことかね？　あのヒモのやっていることに参考になることがあるのかね？」

「価値観や考え方に相容《あいい》れないところはございましたが、自分の失敗がパトロンに悪い影響を及ぼさないように配慮する姿勢だけは、大いに評価できると思いました」

「なるほどそういうことか。その点は理解した。しかし、まだまだ商品としての魅力に乏しいね。君達が失敗した際、投資した多額のお金を失ってしまうということは変わらないからね」

「なので出資する額を細分化いたします」

「ん？　説明を続けてくれたまえ」

「今回、ナナヨン・カンパニーは総額で五〇万ビスの出資金を集めたいと考えています。【オルクス】三両と、その交換用部品とを含めた額です。これをバダジャン氏の馬借連合会から購入いたします」

「その程度の資金ならば、君達は既に持っているのでは？」

「これは新しい事業形態です。私自身は成功間違いなしと確信していますが、斬新すぎるものが世に受《う》け容《い》れられない可能性もあります。そのため万が一退却することになったとしても全てを精算するのが可能な額にとどめました」

「なるほど。そこは君たちの誠実さの表れだと考えることにしよう」

リシャスはそう言って傍らでずっと黙っているフォクシーをチラリと見た。

しかしフォクシーは笑顔を返すだけで口を開こうとはしない。今、この場の主人公はレオナだからだ。

「説明を続けてもいいかしら？」

レオナがリシャスのよそ見に拗《す》ねてみせる。まるで恋人の浮気を嫉妬するような態度でリシャスもこれには罪悪感を覚えさせられた。

「ああ、すまん！　続けてくれ」

「投資の最小単価は五〇ビス。必要金額の一万分の一です。五〇ビスならば、いえ一〇〇〇ビスであったとしても、惜しくないと思う方は景気の良いこのリトマン市ならば大勢おいででしょう？」

「なるほど。細分化とはそういうことか。それぞれが失敗で損をしたとしても懐がそれほど痛まない額に押さえるのだね？」

「はい。この提案で大切な点は三つあります。一つ、出資者は出資した金額以上の責任は負わないこと。二つ、損失が出たとしても出資者にとってはそれは許容できる範囲以内に収められるということ――です」

「しかし、これによると、得られる配当や事業に口を差し挟む権利、事業精算時に受け取れる額まで細分化されてしまうね」

「その通りです。ですが配当を多く得たい、経営に口を差し挟みたいという方には出資額を増やしていただけば良いのですわ。最初は少額しか出してなかったけれど、魅力的な投資先だと気づいたので額を増やしたい。そう思われたら他の出資者にこの権利を譲って欲しいと頼めば良いのです」

この言葉にリシャスは瞠目《どうもく》した。

突如として儲《もう》け話の匂いが強くなってきたからだ。

「権利の売り買いは、出資した額でするのかな?」

「それは当事者間で交渉なさってください。額面五〇ビス分の権利を持っていることで将来、得られる配当の利益がいくらになるか。それをどう見込み、いくらの値をつけるかはそれぞれがそれぞれで考える事ですもの。そうですす。権利を譲渡できること。これが三つ目の着眼点となります」

「君の言う通りだ。確かにその通りだ。継続的に高い配当が得られるとわかったなら、五〇ビスで得た物であろうと、もっと高い値段でないと――そうだね。例えば額面に対して年十パーセントの配当が約束されているなら、一〇〇ビスくらいの値がつくだろうね」

リトマン市の土倉業者が親密度・信用度ともに高い商人に金を貸す際につける良心的な利息は年

五パーセントだ。十パーセントの配当が約束されるなら、それ以上の、つまりはかなり魅力的な投資になる。

「配当を得る権利、経営に口を差し挟む権利――いちいち口にするのが面倒なので今後は『株』と称させていただきますが、将来はこれを売り買いする市場なようなものも現れるでしょうね」

「市場のようなもの？」

「はい。価値のあるものはすべて公的な場所で取引されるべきですから」

「なるほど。株の取引か」

またしても金儲けの種を差し出された。

リシャスの脳内では様々な目論見《もくろみ》がものすごい勢いで回転し始めていた。

金融業の元締めである彼には、株というものが使い方によっては多額の利益を生む新商品になることが理解できたのである。

レオナは表向き、将来性の定かでないナナヨン・カンパニーへの出資話を持ちかけてきているに過ぎない。それだけを見れば、この投資話は危険なギャンブルだ。

しかし実際には、株という形で市井から資金を集めて事業を始めて拡大させる方式、そしてその株を売買して多額の利益を得る投機商売の方式、そしてこれを貯蓄用の資産とすることで、富豪達の自宅の金庫に退蔵されている現金を、現金が不足気味な市井へと吐き出させる方式をリシャスに売り込んで来ているのである。

レオナはこう誘っているのだ。

ギャンブルで賭ける側になるのではなく、胴元になりませんか？

「なるほどなるほどなーるほど……君が何をしたいのかがわかってきたぞ」

「ご理解いただけたなら幸いです」

「もちろん理解したとも。理解できた。しかしだね、この株なのだが、君はこうやって一人一人金満家を訪ねて売り歩くつもりかね？　魅力的な君のことだ、きっと大口の出資者がたちまち集まるだろう。けれど一万株ともなると、これを全部売りさばくのは大変ではないのかな？」

「ええ。わたくしとしてはそのような面倒なことはいたしたくありません。この手の商品を魅力的だと感じてくださった誰かに——そう、有力な誰かに助けていただけることを期待しておりますのよ」

レオナはそう言って、意味ありげにリシャスを見た。

ただでさえレオナは美人なのである。

憂い含みの視線を向けられたリシャスは、この美女から直截《ちょくさい》に褥《しとね》へと誘われたと錯覚するような全身の痺《しび》れを感じてしまった。

「あ、う……わかった。私がその助けとやらに名乗り出よう。その面倒で大変な仕事は我が土倉業協同会が引き受ける。もちろん我々も商人だから当然ながら利益を得なければならない。なのでこの株が、市井から着目されて皆から『欲しい』と思われなくてはならない。そうしないと取引価格が上がらないからね。しかし用意周到な君のことだ、そのための仕掛けもうしっかりと考えているのだろう？」

「ええ。これもまたクルージ氏からのご指摘を受けて、私なりにアレンジしたものですがお話を聞いていただけますか？」

「もちろんだとも」

営業の成功を確信したレオナはここで花のような笑みを浮かべたのだった。

§　§

「なんてこった」

パダジャンから回ってきた目論見書を読みながらアーギットは嘆息した。

「あの白狐《びゃっこ》、なかなか面白い金集めの手法を考えたようや。貴様もこすいやり方で、はした金掻《か》き集めとらんでこういう斬新かつスケールの大きなやり方で金策せなあかんで。これなら一〇万ビスなんてあっという間や」

そう言って渡された書類には戦車の窃盗未遂で捕らえられたアマゾネスのメンバー一同が、処罰として五年間強制労働させられることになったという経緯が懇切丁寧に記されていた。

それがナナヨン・カンパニーが新規に購入する戦車の搭乗員になるらしい。

十二人だけだとメンバーが不足するので新規メンバーを募集するなんて計画までご丁寧に記されていたのだ。

「どうします？　捕まったメス傭兵共がナナヨンのところに払い下げられただなんて思ってもみま

せんでした。これが御大の下した処分だって言うのなら俺達にはもう手が出せない。どうしようも無い話ですぜ」

「どうしょうもなくてもやらなきゃならん」

「この際、無理をしなくても良いんじゃないですか？　あのメス共だって実は自分達の罪が窃盗未遂に収まらず、実は誘拐ビジネスの実行犯だったなんてことは知られたくないはずですからね。他の誘拐は別にしてもカングレリ家と、ボリジア家の件はヤバイ。知られたら五年の強制労働じゃ収まるはずがないですからね。首ちょんぱされたくないからきっと黙ってますよ」

「んなこと信じられるか！　何がきっかけで奴らの口から秘密が漏れるかわからないんだぞ！」

「そりゃそうなんですけどね。でも、実際どうやるんです？」

「奴らが次に何をするか分かってればやりようはあるさ」

「どういうことです？」

「これによると、ナナヨンの奴らは『株』とやらの売り出しを盛大に盛り上げるため、ちょっとしたイベントを仕立てるみたいだ」

「ええ、富裕層の間じゃこの噂《うわさ》で持ちきりです」

「その時に、どんな仕事を――作戦をするかも発表するらしい。これで、株の買い手の期待を煽ろうって魂胆のようだな」

「前代未聞です。俺はそんなの聞いたことがありませんぜ」

戦車傭兵は仕事を受ける時、これからどんな奴と戦うとか、どんな仕事をするなんてことは他人に言わない。

いや、酒場の女や周囲の人間に、自分を大きく見せるために見栄《みえ》を張って大作戦に参加するなんてことは口にするかも知れない。

でも言ったとしても精々そこまでだ。大々的な発表なんてしないし、そもそも誰も関心を持たない。そのあたりにいる労働者が、今度建設現場で働くんだぜ、と自慢したところで「ふーん、へえ」くらいの感想しか出ないのと同じだ。

しかし今回だけは話は別であった。金を持った連中が投資するかどうかの決心に関わってくるからだ。当然、嘘《うそ》もごまかしもない事実を口にするはずだ。

「つまり奴らの邪魔をしようって言うんですか？」

「いや、ただ邪魔するだけじゃ詰まらない。この際だから、奴らが企てた催しを乗っ取ってやろうと思っている」

「また!?　いや、今度はどうするんです？」

「これとそっくり同じ内容の目論見書をつくれ。代表は俺。戦力はバスケスとモーリッツの二個中隊からなる戦車傭兵カンパニーだ。名付けて戦車傭兵アーギット・カンパニーだ。それをあちこちに配るんだ。金満家や富豪の目に入るようにな！」

「コピーキャットですね？　でもこの内容を二ヶ月《かげつ》で準備なんて無理なんじゃ」

「形だけ真似《まね》ときゃあ良いんだよ。それを同じ場所の同じ日にぶちあげる。さらに奴らが狙うと宣言した作戦を俺たちが成功させる。そうすれば奴らに投資しようと集まった連中だって、投資先を俺達に変えるはずだ。手形の期限はその翌日だから資金繰りも間に合う」

「でも、御大がなんて言うでしょうかね？」

「何も言わねえよ。ナナヨンの奴らは御大の申し出をつっぱねて独立を気取ってる。御大からすれば奴らは折角《せっかく》の温情を拒絶した恩知らずだ。守ってやる義理はない。奴らのことを俺に向かってことさら褒めてみせたのだって、奴らを早く何とかしろと俺を煽ってるんだろう？」

「奴らと戦って勝てますかい？」

「戦車二個中隊の二十両で、戦車四両を相手にするんだから楽勝だろ？」

「なるほど。アマゾネスの奴らも戦車の中で蒸し焼きになっちまえば、口もきけなくなるってわけですね？　しかし奴らが運良く生き残ってたら？」

「この規約を見ると、市場に出した株に買い手がつかなかった場合は、売り手が全部引き取ることになってる。最悪、五〇万ビス分の株を自分で買うんだ」

「うわ。手持ちに余裕が無いと酷いことになりますね」

「だろ？　そこでもしその株全部を俺が買ってやるよって申し出たら？」

「ナナヨン・カンパニーは、アーギットあんたの物だ」

「そうだ。どっちに転んだとしても美味《おい》しくて最高の結果だろ？」

アーギットはそう言って笑ったのだった。

12

『リトマン市で、新しい魅力的な商品が売り出されるらしい』

そんな噂《うわさ》がリトマン市から少し離れたアンテラのベガス商会に伝わってきたのはそれからひと月ほど後のことだった。

その名は『株』。

「株って——野菜のことか?」

ベガス商会会頭のベガスは、店の小僧がどこからともなく手に入れてきた二部の目論見書《もくろみしょ》を捲《めく》りながら首を傾《かし》げた。

「違うっす。事業に出資して、配当を受ける権利のことを称して『株』だそうっす」

「ほほう?」

単価は少額。しかも責任は限定的。

失う可能性があるのは出したお金の分だけなのだ。

しかも保有していれば利益の中から配当を得られる。

経営者の人事は株主の総会で決定される。

カンパニーを解散する際は、持ち分に合わせて資産が分配される。

しかも『株』は売り買いできる。

もし大勢が欲しいと思えば『株』の価値が、値段が上がる。カンパニーへの期待が高まれば五〇ビスで買った株が、一〇〇ビスの値段になるかも知れないのだ。

もちろん下がる可能性とてある。

しかしそれはどんな商売でも同じ事だ。

商人とは商品の値が上がれば利益を得るし、下がれば損をするという世界にいるギャンブラーなのだ。

問題はどんな商品か、つまり株を発効するのがどんなカンパニーかだ。

「二つとも、戦車傭兵《ようへい》らしいっすよ」

「それってどこよ?」

「ナナヨン・カンパニーと、アーギット・カンパニーだそうっす」

「ん?　ナナヨンの方は聞いたことのある名前だな——どこだったか?」

ガリ版で刷られた『目論見書』を読むとそちらはメスばかりからなる戦車傭兵の集団だった。

ベガスは首を傾げた。

「若いメスばっかりの傭兵?」

そんな戦車傭兵が過酷な戦で生き残っていけるのだろうかと。全滅したら投資したお金はたちまちゼロになってしまう。そう考えるとこの投資はリスクが高い
「もう一つの方は馬借連合傘下か。しっかりしたバックがあるなら信用できるな」

「こっちは典型的な中堅戦車傭兵って感じで面白みがないっすね」

「だが、戦車が二個中隊もある。こっちの方が強いだろうし生き残っていけるだろう。どっちに金

を出すか選べと言われたら俺はこっちの方を選ぶぞ」

「でもナナヨンのメンバーを見ました？　このミニマムドワーフ。可愛《かわい》いっすよ」

しかし目論見書の末尾に添付された資料を見てべガスは瞠目《どうもく》した。

「あ、あいつら――」

そこには戦車一両のみを駆って過酷な戦場を生き残ってきた彼女たちのプロフィールと似顔絵リトグラフ、そして戦歴がズラズラと列記さていたのだ。

しかも直近の戦いの成功例は、大盗賊シルバー・ウィックの捕縛とその残党狩り。

リトマン市にいる者ならば誰もが知っていて、誰もが憎んでいたあの大盗賊だ。それを捕らえたならば戦いの手腕や生き残る力に間違いはない。

そんな粒ぞろいな戦車傭兵のカンパニーが、新たに戦車三両とメンバーを増強して新しい作戦に挑もうとしている。

その資金を募るために株を売るというのだ。

「そうか。シルバーをやっつけたのはあいつらだったのか。よし、再来月、リトマン市にいくぞ！」

「何しにいくんです？」

「もちろん、新しい商売の種を仕入れに行くんだ」

期待感は俄然《がぜん》高まっていった。

§　　§

二ヶ月後《かげつ》――。

株が商品取引所に上場される日が近づいた。

今日はその前日である。リトマン市の商品取引所では株式の上場を祝した前夜祭が行われようとしていた。

取引所の平常業務も既に終わり、日没間際である。

老いも若きもオスもメスも、市内の有力者、豪商達《たち》が続々集まろうとしていた。

明日《あした》、取引所の立ち会い開始と同時に『株』の取引が開始される。そのため既に株を買おうと態度を決めている者、値動きを見てから決めると決心を保留している者、さらには評判の株なるものが、いったいどんな具合なのか自分の目で確かめたいと思う者達が各地からやってきてこの前夜祭に参加したのである。

「まるでレミングスの大群みたいだねえ」

そしてそんな光景を取引所の窓から見下ろす者がいた。

フォクシーだ。

「当然です。そうなるように仕掛けたのですから。集まってきてもらわないと困りますわ」

取引所の控え室にはレオナの姿もあった。

「なんか、面白うない。面白くないでホンマ！」

さらにはパダジャンの姿もあった。

祝いの席だというのにパダジャンは機嫌はかなり斜めになっていた。

この催しは本来ならば自分が取り仕切ってるはずだと言う思いがあるからだ。

パダジャンは景気の良い祝い事や、革新的な新しいことが大好物だ。その立ち上げに関われず単なるゲストになっていることが悔しくてしょうがないのだ。

「しかたないじゃないですか」

フォクシーはそういってパダジャンを宥《なだ》めた。

アーギットを目論見通りに泳がせるためには、パダジャンを関わらせるわけにはいかなかったのだ。

しかしそんなことはパダジャンとて重々承知している。

それでも彼が不機嫌になるには、それなりの理由があるのだ。

「そう拗《す》ねるな。パダジャン」

「そうですぞ。そもそもこれは貴殿の馬借業とは関係がありません。儂《わし》の取引所が取り仕切るのが一番です」

それはパダジャンに成り代わってフォクシー達の企画を後援することになったのが、リシャスとホブロイだったからだ。

リトマン市の土倉協同会を仕切るリシャス、取引所をとりまとめるホブロイは、馬借連合を主宰するパダジャンにとってライバルであり潜在的な敵でもある。

なのに自分の傘下に収めたいフォクシー達がそのライバルと親しくなっている。それを見せつけられては面白くなりようがないのだ。

さらにだ——。

「せやで。フォクシーはんらは、わざわざおいちゃんから高い戦車を購《あがな》っとる。拗ねなあかん要素がないと思うんやけど？」

「なんでこいつがここにおるねん？」

パダジャンはリトマン市の各有力者達と並んで座っている自分の姪《めい》を指さした。

「ジャックリィがおる理由はまだわかるんやで。この野良猫はリシャスに仕える会計士やから付き添いとしてこの場におったとておかしくあらへん。けどな、エレクトラはいったい誰の関係者枠でここにおるんや？」

「失礼やなあ。うちは株を上場するカンパニーの価値を監査する会計士様なんどすえ」

「監査会計士？　なんやそれ」

するとリシャスの斜め後ろに座っているジャックリィが口を開いた。

「株を売るということはカンパニーを売るということです。そしてカンパニーの価値は保有している資産と、それを使ってどれだけお金を稼げるかで決まります。たとえばの話ですが合計一〇〇ビスの資本を使って年一万ビス稼いだならば、そのカンパニーはとてつもない価値を有すると評価されるでしょう」

「せやな。種銭の百倍も稼いだら相当なもんやで」

「当然、そのカンパニーの株を欲しいと思う者も多くなります。けれどそうした評価をできるのはお金がしっかり監理されているからです。もし、帳簿の中身が粉飾されていたら？　一万ビス稼いでいたと言いながら実際は一万ビス損をしていたらどうなるでしょうか？　株を買う者は負債の塊で破綻すること間違いなしの無価値なカンパニーに高いお金を出すことになってしまいます。これでは取引所での値に信用がなくなってしまいます」

エレクトラがその後に続いた。

「そこをしっかりと監視して詳《つまび》らかにするのがうちの役目なんどす」

「それが監査会計役っちゅうわけか？」

するとレオナが続けた。

「そういうことですわ。そしてそういう重要な役どころをパダジャンさんのお身内にしていただかなくてはならないとわたくしどもは考えたのです」

「けどなあ、その話、儂は全然聞いとらへんかったんやで」

「そりゃそうや。だっておいちゃんにこの話したら、絶対に自分もこの話に嚙《か》ませろとか言い出すに決まっとったし」

「うぐ……まあ、せやな」

帳簿の中身を全部見られるなんて役職は、ナナヨンの表に出ない活動や実態を知る最高のポジションだ。ナナヨンを馬借連合の傘下に収めたいパダジャンにとっては垂涎《すいぜん》の役職なのである。

いろいろな都合で自分がその役職に就けなかったとしても、ごねてごねてごねまくって腹心の誰かを送り込んでいただろう。

「そのおかげで、奴《やつ》がこっちの舞台に上がってきたと思ってくださいよお……」

フォクシーは、パダジャンを宥めるように言うとアーギットが市中にばら撒《ま》いた目論見書を手に取った。

それは表紙を変えて名簿に並ぶ人名と固有名詞を変更しただけで、それ以外の全てはレオナが作った目論見書の内容をそっくりそのまま写したものであった。

もしここが著作権の概念のある世界であったなら、剽窃《ひょうせつ》で処罰を受けるかも知れないほどこの二つはそっくりだった。

そのため今日は、戦車傭兵ナナヨン・カンパニーの株だけでなく、アーギット・カンパニーの株も同時に上場されることとなっていたのだ。

アーギットが、意図的に日にちを合わせてきたのは明白だった。

レオナが仕掛けたこのお祭り気分に便乗しようとしているのだ。この活気溢《あふ》れた雰囲気の中ならばアーギットが上場する株もある程度は売れるに違いない。

「パクリにしてもコバンザメにしても、みっともないやりかたどすなあ」

エレクトラは憤懣《ふんまん》やるかたないといった感じにぷっくりと頬《ほお》を膨らませていた。

「大丈夫ですよお嬢さん。オリジナルがパクリ野郎なんかに負けるはずがありません」

「いや、そうとも言えないよジャックリィ君」

しかしホブロイはジャックリィの楽観視を窘《たしな》めた。

「今、ここに集まりつつある者にとって、どちらがパクリでパクられかなど関係がないのだから。

彼らは先々高騰しそうだと思う方を買う。騰《あ》がっていくと思った方に飛びついて未来がないと思ったら投げ捨てるのですよ」

両方が仲良く売れるなんてことはない。

上場初日の今日はフォクシーとアーギットは、どちらの株が上がっていくかを競うことになるとホブロイは告げた。

そして歴史には勝った方がオリジナルだと記されることになるのだ。

「そこのところは大丈夫なんやろな？」

パダジャンはフォクシー、そしてレオナを振り返った。

「もちろんです」

「細工は流々、仕上げは準備万端ご覧《ろう》じろですわ。お金しか見えてない輩《やから》に、他人様《ひとさま》からお金を出して貰《もら》うということの意味を徹底的に教えてやります！」

フォクシーとレオナは満面の笑みで心配の必要はないと返したのだった。

§　§

さて、アーギットである。

「ああ、今日は良い気分だ。見ろよ、こいつらは今日は俺のためにわざわざ金を運んできてくれたんだぜ」

取引所の控え室――フォクシー達の部屋とは違う、別の窓から見えるその光景を見渡しながらアーギットは言った。

「こいつらに盛大に投資してもらうためにも、今日は二人に頑張ってもらわなきゃならんのだ。バスケス、モーリッツ、頼んだぜ」

「任せておいてください」

戦車傭兵アーギット・カンパニーの実働部隊を指揮することになるバスケスとモーリッツの二人が自分の胸を叩《たた》いた。

ナナヨンが発表する最初の作戦とやらに介入し、その成果を横取りするのが彼らの使命なのである。

「そろそろです」

係員が控え室へとやってくる。

「おっ、そうか。んじゃ、行こうか」

アーギットはバスケス、モーリッツ、そしてガージルを率いて控え室を出た。

「おい、ガージル。御大はきてるか？」

「はい。どこにいるかまでは――ですが来ておいでなことは間違いありません」

「ならいい。御大には俺の雄姿を是非とも見届けて欲しいからな」

あの件以来、アーギットはパダジャンへの忠誠心が増したかのように振る舞っていた。

ガージルはその姿を見ると、浮気をしている夫が妻にプレゼントを贈ったり殊更愛想良く振る舞ったりするのにどこか似ているなと感じていた。

心に疚《やま》しさや負い目がある分、そうせざるを得ないのだ。

立会場に入ると、広大な敷地の一角に布を被《かぶ》せたボードが二枚掲げられていた。

そのうちの一枚がナナヨン・カンパニー。もう一つがアーギット・カンパニーだ。

赤や黄色のリボンで飾られているから、式典でこの布を取り去って皆にお披露目《ひろめ》するという段取りが予想できた。

「アーギットさん。壇上へどうぞ」

アーギットは立会場に特別に設けられた段の上へとあがる。

そこには木製の椅子がずらっと並べられていた。

このひな壇に主催者や関係者が並んで座るのだ。

「なるほどね。ここからお集まりの紳士淑女の皆さんにご挨拶ってわけだな」

アーギットが案内されたのは、その中でも株を上場するカンパニーの代表席だった。

アーギットはどっかりと腰を下ろした。

彼の後ろにはガージルやバスケス、モーリッツの分の席も用意されていた。

少し遅れて白狐《びゃっこ》がやってきた。

後ろにはメスライオンが続いてる。

オスだかメスだかわからんようなフォクシーには興味はないが、美しいメスライオンの登場にはアーギットの目も奪われた。

「よお、フォクシー」

「久しぶり。そっちの景気はどう？」

「おかげさまでこっちは忙しい毎日を送ってるぜ」

「こっちも、まさかこんなことしてくる奴がいるとは思わなかったよお」

フォクシーはアーギットが各所に配った目論見書の束を手で振った。

「それもこれも『株』って奴が良いアイデアだからさ。こういうのはみんなで盛り立てていかないといけないだろ？　ご一緒させてもらおうと思って大慌てで支度したんだ」

「ただの真似《まね》っこじゃん。上場を今日にしたのだってコバンザメ」

「そう言うなって。空気が悪くなるだろ？　前のことは一〇万ビスで手打ちが済んでるはずだ。んなことより、そちらの美しいライオンのお嬢さんを紹介してくれよ」

フォクシーは肩をすくめるとレオナに手のひらを向けた。

「こちらはレオナ。うちの企画・営業担当にして金戦面での参謀だよ」

レオナが握手のために手を差し伸べる。

「初めまして」

するとアーギットは手を握るだけでなくその甲に口づけた。

「あら……」

アーギットの行いに驚いて目を丸くするレオナ。

瞬間的に胸中に膨れ上がった不快感を相手に気取らせないところはさすがだ。

そしてアーギットはその怒りの紅潮を羞恥の薄紅と誤解したらしく、ニンマリとほくそ笑んだのである。


式典は予定通り日没に始まった。

取引所の代表であるホブロイが壇上中央に立って、挨拶をする。

今回市場に送り出される株というものが商業の発展にどれほど意義深く、価値のあるものであるかを熱く語っていた。

今回の上場が成功すれば資金源を市場に求めた商人、キャラバンの主催者、開拓者達が続々と後追いしてくるに違いない。滅びの危機に瀕《ひん》しているこの世界が、再び立ち直っていく機会を得るなどと富裕層に訴えた。

「そういえば、戦車泥棒を傭兵として使ってるんだって？」

ホブロイの演説に関心を持てないアーギットはフォクシーに囁《ささや》く。以前から懸案となっているアマゾネス達の消息について尋ねたのだ。

彼女達がアーギットの誘拐ビジネスのことを誰かに話せば不味《まず》いことになる彼の現状は、今も何一つ改善していない。

「うん、まあ」

フォクシーの返事は上の空だった。あまり重要な話だと思わないからだろう。

式次第は来賓が紹介されて祝辞の披露にまで進んでいる。

「泥棒すら、まともにこなせない奴なんて何の役にも立たないだろう？　放り出しちまったらどうだ？」

「奴らのことは、パダジャンさんから五年はこき使ってくれって頼まれているから」

「そういうことなら、その役目、俺が代わってやってもいいぜ」

万雷の拍手の中で取引用のボードに被せられた布がはずされた。

ホブロイとリシャスが得意満面の笑みで披露したのは真新しい黒板だ。

右側にはナナヨン・カンパニー、左がアーギット・カンパニーのもの。それを見て人々はどよめいた。

まだ上場前だ。

なのに双方のボードにはすでに買い注文が表示されていたのだ。

こんなことになっているのは一ヶ月前から事前注文を受け付けていたからだ。

「え、今なんて言ったの？」

立会場に広がったどよめきにアーギットの声が聞こえなかったようだ。

「だから、役に立たないアマゾネスの奴らを俺が引き受けても良いって言ってるんだ」

「気を遣ってくれなくてもいいよ。訓練も進んで奴らもやっと使えそうなところまで来たんだから」

「ほんとに？　それに費用がかかってるなら多少は俺が負担してもいいぞ。株が売れれば一〇万ビスを返済しても余裕ができるから」

ボードの買い玉の全てが五〇ビスの値段である。

五〇ビスで発売されるのだから五〇ビスなのは当たり前と言える。

しかし売り出される株の数には上限がある。株を手に入れたいと思う者の人数がその上限を超えていたらいくら注文しても手に入れることはできない。

取引所において買い注文の処理は一ワッシャでも金額が高い方が優先される。もし同じ額ならば先に注文を出した者が優先される仕組みだ。

買い注文は続々と集まり、こうしている今この瞬間にも増えている。つまりまだ注文を出してない者は既に出遅れているのだ。

それでも株を確実に手に入れたいと思ったら、買い注文を出す際に他よりも高い値段をつけるしかない。

「ありがとう。でも大丈夫。気になるならこの後を楽しみにしてて。奴らのことも今日お披露目するから」

「お披露目⁉」

「うん。メスばっかりの戦車傭兵って頼りないって思われるかも知れないけどさ、視点を変えるとこれって大きな売りなんだよ」

フォクシーの悪戯《いたずら》そうな笑みを見て、アーギットは舌打ちした。

この様子ではアマゾネスの連中を手放すとはとても思えないのだ。

その時である。会場内にどよめきが走った。

まだ立ち会いは始まっていないというのにどちらのボードにも五一ビスの注文が入ったのだ。

「随分と、射幸心を煽《あお》るじゃないか」

アーギットがそれを見てつぶやいた。

このお祭り騒ぎに当てられて、他人が手にしたことがないものを所有したいと思う者が出てきたのだ。そのためなら五一ビス程度は大したことがないと思う者ばかりがここにいるのである。

「この催しを考えた奴は天才だ。他人に金を使わせる天才だぞ！」

そう褒めたら返事は思わぬ方角からきた。

「お褒めいただきありがとうございます」

振り返ってみると司会にレオナの名が呼ばれていた。レオナは立ち上がりざまアーギットに頭を下げた。

「あんたが？」

「ええ」

「もしかしてあの分厚い目論見書を用意したのも？」

「ええ」

するとフォクシーが割り込んで言った。

「レオナの仕掛けは、まだまだこんなもんじゃないよ！」

「それは何だ？」

「まあ、見ててよ。あんたが気になって気になってしょうがないアマゾネス達の勇姿が見れるからさあ」

13

レオナは壇上の中央に立つとこれから新しい商品である『株』を上場するカンパニーの重役としての挨拶を始めた。

ナナヨン・カンパニーの未来がどれほど明るいかを語り、今日は是非我がカンパニーの株を購《あがな》って応援して欲しいと喧伝《けんでん》したのである。

「株を所有した時、このカンパニーは――まあ、一万分のいくつかではありますが――あなた方が所有しているということになります」

そしてこれから貴方《あなた》が所有することになるカンパニーのメンバーと、そして戦車を紹介すると告げた。

レオナが合図する。

すると会場の片隅に控えていた楽士達《たち》が演奏を開始する。

突然流れ出した音楽に、聴衆はこれから何が始まるのかと周囲を見渡す。

そうしている間にも、エンジン音が鳴り響いて立会場の中に整然と戦車の列が入ってきた。

普段は立会場で場立ちする取引人が身振り手振りで売り買いの金額や数を示している会場内に、巨大な戦車が入ってきたのだ。

床が抜けないか心配になるが、石造りの床は直接地面に敷石を並べて作ったものだけに問題はない。

先頭はもちろんピカピカに磨き上げられたナナヨン式戦車だ。

砲塔にはカンパニーのシンボルマーク白地に赤色の狐《きつね》が鮮やかに描かれていた。

「まずは、我がナナヨン・カンパニーの主力戦車である【ナナヨン】です」

装填《そうてん》手用ハッチからはミミが、操縦席ハッチからはカッフェが頭を出していた。

ミミは手を振って笑顔を振りまいていた。

「な、なんだこれ？」

壇上のアーギットはただただ唖然《あぜん》とするばかりだ。

「だから言ったでしょ？　レオナの仕掛けはこんなもんじゃないって」

フォクシーは得意満面の笑みで囁《ささや》く。

「そしてこれが新規に購入した新たなる戦力です。【チャーフィー】をご覧下さい」

ナナヨンに続いて会場内に入ってきた軽戦車Ｍ２４を、レオナは【チャーフィー】と紹介した。

白地に赤の狐のマーキングを施した三両の【チャーフィー】にアマゾネス達が乗って立会場内に入ってきたのだ。

「【チャーフィー】だと？　【オルクス】じゃないのか？」

ガージルは首を傾《かし》げた。

どれだけ車体や砲がオリジナルのままであったとしても、エンジンが別の戦車のものだったら【チャーフィー】とは呼ばれない。

【チャーフィー】と呼称されるためにはキャデラック社44T24・四ストロークV型八気筒水冷エンジンをどこかから探してこなければならないのだ。

しかも一両に二台のエンジンを搭載しているから都合六台のエンジンが必要となる。

フォクシーは自慢げに言った。

「ほんと、探すのにすごい手間と費用がかかっちゃったよ」

それを聞いたガージルは小さく舌打ちした。

異種ニコイチ、サンコイチでレストアした戦車の宿命は、性能がオリジナルの物と比較して著しく低いことだ。

大口径の砲を乗せれば重量が大きくなり、加速力や最高速が低下するからだ。

積むことのできる砲弾の数だって減る。バランスが崩れて悪路の走破性が低下し、航続距離が短くなってしまう。

エンジンだってそうだ。小さなエンジンでは重い戦車を動かせないし、大型で馬力のあるエンジンを持ってくるとエンジンルームに収まりきらない。無理矢理《むりやり》乗せるにはエンジンルーム拡張の処理が必要になる。

すると砲塔の可動域が狭くなるとか、弱点が大きくなってしまう。

結局、その戦車が最も高い性能を発揮するのは車体と砲塔、砲とエンジンの組み合わせがオリジナルのまま揃《そろ》うことなのである。

「オリジナルのエンジン、結構高かったろ？　どこから手に入れた？」

ガージルはフォクシーに囁きかけた。

「内緒」

ガージルは焦りを覚えていた。

リトマン市でオリジナルのエンジンの入手にパダジャンが関わっていないはずがない。

単なる商取引としてエンジンを売っただけなら良いのである。

しかしナナヨンの株上場に関わっていたら、これからアーギットがしようとしていることはパダジャンの機嫌を損ねる可能性が高い。

「不味《まず》くありませんか？　御大の機嫌を損ねるとか――」

アーギットに警告する。

「大丈夫だ。もし、御大がかかわってるなら、目論見《もくろみ》をパクった段階でオレに手を出すなとか言ってきたはずだからな。大丈夫。御大はオレのやることを認めている」

「だと良いんですけどね」

【チャーフィー】は【ナナヨン】と共に観客達を取り囲むような形で停止した。

すると音楽のリズムが明らかに変わった。

それと同時にカッフェが操縦席から降り立って観衆の前で踊り出す。

カッフェの鮮やかな踊りは瞬く間に観衆達の視線を引き寄せた。

しばらくの間、彼女の独演が続く。しかし、その後【チャーフィー】から降りてきたアマゾネス達がバックダンサーとして加わった。

ボーアがシルベストリが、エークス達がカッフェの後ろで並んで揃って踊った。十二人がカッフェの後ろで踊っていた。

「な、なんだこれ？」

ガージルは唖然としていた。

「戦車傭兵《ようへい》が踊り子も兼ねるのか？」

「なかなかに上手じゃないか」

会場に集まった人々は戸惑いを口にしながらも、全員が息を揃えて踊る躍動感溢《あふ》れる姿に魅入られていった。

カッフェが一人で踊るよりもさらなる興奮が会場に渦巻いていった。

ひとしきり踊り終えるとレオナが再び壇上に立つ。そしてアマゾネス小隊のメンバーを一人ずつ紹介していった。

「あなた方の四号車の砲手。シェルヴィデ・ユク・ランジファーはメスシカ種十八歳」

紹介を受けると、一人ずつが得意とするパフォーマンスを披露する。すると都度都度会場内から拍手が送られた。

「四号車を操縦するあなた方のレポルネ・ラビ・ホーランドロップは、メスウサギ種十六歳です」

「メカニックを兼ねて新四号車の装填手となるあなた方のオービス・シープ・アーリエスはメス羊

で十四歳」

レオナは彼女たちを紹介する際、必ずこの一言をつけた。

「あなた方の――」

それにどれほどの効果があったのかわからない。

しかし会場にいた人々の中にはその名前を呼びかけて声援を送る者までいた。

買い注文を出した者にとっては彼女達はもう自分の物という気分なのだろう。自分のものだと思って見れば感じ方が違う。愛着だって沸く。本当に短時間であったが彼女達はそれぞれにファンを獲得していったのである。

「ここで踊る戦車傭兵は、皆様の応援で戦います。彼女たちがこれから挑む作戦は『魔薬製造工場』の奪取作戦ですわ」

『魔薬工場の奪取作戦』

会場の壁面に地図が大きく投影された。

これには会場の人々がどよめいた。

もしこれに成功すればナナヨン・カンパニーは恒久的かつ大きな収入源を手にすることになるからだ。

当然、株主もそのおこぼれに与《あずか》る。下手をすると戦車傭兵としての稼ぎなんかよりも大きくなるかも知れない。

これがどれほどの効果があったのかナナヨンの株の注文数は瞬く間に増えていった。

ボード上に記されている最高額も五五ビスまで上がった。

いや、五六、五七と見ている内にどんどん騰《あ》がっていく。

五〇ビスで注文を出していた人々が自分に株が回ってこないと思ったのか慌てて値段を上げるため注文受け付けに群がったからだ。

それに対してアーギット・カンパニーの株価は上がっていない。

それどころか注文を取り下げてその分の資金をナナヨンに振り替える者が現れた。

そのため注文数がかなりの勢いで減ってきていた。

当初は、ナナヨン株を買う者がいなくなるようにしてやるつもりだったのに、逆に自分の側がそうなろうとしているのだ。

「やってくれたな」

ここまでくればアーギットも気づいた。

これこそがフォクシー達からの攻撃。コピーキャットに対する意趣返しなのだと。

もう戦いは、金を使った戦いは始まっているのだ。

もし、この戦いに負けたらアーギットは買い手のつかなかった分の株を自分で引き取らなくてはならない。

一〇万ビスの約束手形を精算するどころか、新たなる負債を背負うことになってしまう。

「おい？　魔薬の製造工場の場所、わからなくなっちまったんじゃなかったのかよ？」

「たまたま偶然にちょっとねえ」

「偶然って。おまえ、都合良く偶然って言葉を使いすぎてるぞ」

「だって、ほんとに偶然なんだからしょうがないじゃん」

「はっ――やってくれるねえ」

アーギットの言葉にフォクシーは得意げに答えた。

「こんなやり方って言うけどさあ、みんなにお金を出して貰《もら》うにはただ儲《もう》けがあるだけじゃダメなんだってさ。自分の推しが自分の応援で活躍する。推しの活躍と成功は自分の応援があったから。パトロンとなった人たちはそういう気分に浸れるからお金を出してくれるんだよ」

「つまりこの馬鹿騒ぎこそが金持ちを騙《だま》すための演出ってことか？」

「騙すなんて言い方が酷《ひど》過ぎる。このためにみんな二ヶ月《かげつ》もの間、踊りの練習してたんだから。酷いこと言ってないでさ、成果を見てあげてよ」

「そうはいかねえな」

アーギットは立ち上がった。

「お前達のやり方はたっぷり堪能《たんのう》させて貰った。次は俺様が、攻撃させて貰う」

レオナにかわって、アーギットが壇上の中央に立った。

アーギットが舞台にあがる。

レオナがお手並み拝見とばかりに素直に場所を譲ると、今日この場に集まった人々に対して挨拶と自己紹介からはじめた。

アーギットは、レオナが仕掛けたような派手なパフォーマンスは用意してなかったから自分の喋《しゃべ》りだけで対抗しなければならないのだ。

「さて、お集まりのみなさんにお礼を言いたい。今日は俺のためにわざわざお金を持ってきてくれてありがとう。俺はアーギット・カンパニーの代表だ。俺はこの場ではっきりと約束するぜ。我がアーギット・カンパニーは大きな配当をする。もちろん、それを受け取れるのは明日《あした》公開となる株を買ってくれた奴《やつ》だけだから、今すぐにでも申し込んでくれ」

すると会場内から小さな笑いが湧いた。

アーギットはいささか乱暴な物言いをしているが、その率直な言葉はこの場にいる人々に好感をもって迎えられたようだ。

「でも、俺はみんなに満足していただけるだけの利益をきっと上げてみせるぜ」

「どうやって？」

その時、聴衆の中から声が上がった。アンテラのベガスだ。

「確かにナナヨン・カンパニーは最初にどうやって利益を得るかを具体的に語ったよな。それに対抗するには俺も何か言わないと公平とは言えない。だからこの後俺たちが何をするかを詳しく説明しよう――それは、魔薬工場の奪取作戦だ！」

アーギットのこの言葉に会場の皆が一斉にどよめいた。それはナナヨン・カンパニーが最初に手がけると宣言した目標だったからだ。

「驚いたか？　魔薬工場がこの近くに二つもあるのかって思った奴、残念だが人が良すぎるぜ。こんないい物がこの近くに二つもあるはずが無いだろ？」

「っていうことは？」

「そうだ、同じ物を狙うってことだ。既に我がアーギット・カンパニーの精鋭二個戦車中隊は準備を万端整え終えて、今頃はそこに映された地図の場所へと向かっている」

アーギットはそういってレオナが投影させた魔薬工場の地図を指さした。

「それってわたくし達の獲物を横取りするってことかしら？」

レオナが落ち着いた態度で問いかける。

「はっきり言おう。その通りだ」

「こっちだって黙って見てないよ！　とらたぬして大丈夫？」

フォクシーは席から腰を上げるとひな壇席を駆け下り【ナナヨン】戦車へと向かった。

舞台の下で見ていたカッフェも、ボーア達アマゾネスのメンバーも自分の戦車へと走る。

振り返ってみれば、アーギットが目標横取り宣言をしてからひな壇席にガージルやバスケス達の姿が無くなっていた。

ヨーイ・ドンの競争はもう始まっているのだ。

しかもそれはただの競争ではない。目標に先にたどり着いた方が勝ちなんてルールはないからだ。真の競争はその後に行われる。どちらが総取りするかを決める熾烈《しれつ》な戦いが始まるのだ。

「お前らの戦車四両に対して、こちらは二十両。勝ったも同然だろ？」

「随分と強引だね!?」

フォクシーはナナヨンに乗り込むとヘッドフォンをつけて令した。

「各車準備でき次第、運転はじめ！」

皆の前で【ナナヨン】と【チャーフィー】のエンジンが始動された。

「そういうのを頼もしいと思う奴が大勢いるってことだ」

会場の人々はアーギットの言葉に呻《うな》った。

一部は、その通りだという頷《うなず》き含みの呻りである。そして一部は、そうかあという否定含みの懐疑の呻りだった。

「そもそも、先に手を出した奴に優先権があるなんてきいたことがねえ。他所《よそ》様が手をつけようとしているからって俺が手控える理由にはなんねえんだよ！」

「でも仁義にもとるんじゃないか？」

アンテラのベガスが問いかける。

「仁義とか道理とかどうだっていいんだよ！　俺のアーギット・カンパニーは狡《ずる》く阿漕《あこぎ》に立ち回って断固として利益を追求する。この俺の、このやり方が気にくわねえって奴は株なんて買うな。俺のこのやり方が気に入ったって思う奴だけが買ってくれ！」

会場内は騒然となっていた。

弱肉強食のこの世界、アーギットの言っていることは正しい。いや間違っているという議論が飛び交っていた。

「さあ、お集まりの皆さん。どっちに投資する？　この戦いに負けたらナナヨン・カンパニーはい

きなり破産だ。株もただの紙切れ。そんなカンパニーの株を買うかい？」

アーギットの問いかけに対する反応はボード上に数値となって現れた。

アーギット・カンパニーの買い注文が増え始めたのだ。そしてナナヨン・カンパニーの株の買い注文数は減り始めた。

それを見たフォクシーは告げた。

「アーギット。あんたに吠《ほ》え面《づら》かかせてやるから、首洗って待ってな！」

「おう、やれるもんならやってみろ！」

「ナナヨン・カンパニー！　前進用意！　前！」

四両の戦車が一斉に前進を開始。

轟音《ごうおん》と排気煙を周囲にまき散らしながら立会場から出ていったのである。


ナナヨン・カンパニーが出撃してしまうと、会場内に満ち溢れていた盛り上がりはたちまち冷えていった。

アーギットのとんでもない発表に水を差された感じである。

しかし元々がフォクシー達が戦車に乗って出撃してフィナーレという予定だったから、式次第通りに事は進んだとも言えるのだ。

そのため集まった人々はその場から立ち去ろうとしなかった。

この宴《うたげ》は夜通し行われることが告知されていたし、会場内各所に設置されたテーブルに並べられた料理や飲み物はどんどん補充されていたため、参列者は顔見知りとの談笑にふけっていた。

また、顔見知りがいなかったとしても周囲を見渡して話し易《やす》そうな相手を探して催しの感想から両者の戦いの行方について話し合っていた。

「夜も更けたというのに、なんとも物見高い連中じゃねえか。ここに残ったたって戦いがどうなるかなんてわからねえのに」

そんな光景をアーギットは見渡した。

するとレオナがそれを受けた。

「投じられた賽《さい》の目がなんと出るか、それを見届けないではいられない心境なんだと思いますわ」

ボードに記されている買い注文数の上下動は既に止まっている。

アーギット・カンパニーの注文の最高値は五五ビス。対するナナヨン・カンパニーの価格は五〇ビスまで下がっていた。

ここにいる大方の人間が、戦車の数が多いアーギット・カンパニーが勝つと見越しているのだ。

それでもナナヨン株に買い手が残っているのは、アーギットの傲慢な言動が気に入らないとか、アマゾネスのメンバーを推すことに決めた者がいるからだろう。あるいは小が大を制する一発逆転の可能性に賭ける気持ちがあるからかも知れない。

その時、エレクトラがジャックリィを伴ってやってきた。

「いずれにせよ、結果が出るまでもう少し時間がかかりはると思いますえ。天井桟敷に食事の用意がしてあるさかいそちらに参りましょう」

エレクトラは立会場の上を見上げる。そこには立会場を一望できる観覧席がある。

「おお、飯か。ありがたいねえ」

「あんさんのことなんて、呼んどらへんよ」

「冷たいこと言うなよエレクトラ」

「お知り合いなの？」

「この与太者《よたもの》は、おいちゃんの部下どすさかい、以前から見知っておりました」

「お嬢。いくらなんでも与太者は呼ばわりは酷くねえか？」

「だってほんに与太者やん。しょうないと思いません？」

「なるほど。そういうことでしたか」

四人はそんなことを言い合いながら式典会場を後にしたのである。

§　§

ナナヨン・カンパニーは、リトマン市を出るとナナヨン式を先頭に縦列を組んで進んだ。

「驚いたね。奴らどうやってこんな夜の道を進んでるんだろ」

車長用キューポラからシルベストリは二十メートルほど前方を進む一号車の後部を見据えながら呟《つぶや》いた。

今は見通しの利かない夜間だ。

そんな中、路上とは言えこれほどの速度で驀進《ばくしん》できる戦車はなかなかにない。

それができているのは【ナナヨン】が先頭に立っているからであった。

「【ナナヨン】の操縦手。ちゃんと前見てるんだろうねえ？　折角《せっかく》の新車なのに、事故なんて起こされたらたまらないよ」

すると操縦士のストリクスの声がヘッドホンのコーン紙を震わせた。

『大丈夫。こいつのエンジンはご機嫌だから』

おんぼろのゴランドに乗っていた時は、そのポンコツ具合に泣かされた。

エンジンに力が無いから、ちょっとクラッチ操作を誤るとたちまちエンストしてしまうのである。

戦場でのエンストは命にかかわる。

そのためアクセルを踏み込んでエンジンを吹かし気味にしなければならなかった。それがエンジン周りの部品に負荷をかけるとわかっていてもそうせざるを得なかったのだ。

しかし【チャーフィー】のハイドラマチック自動変速機は違った。

そもそもクラッチ操作を必要としない。しかもサスペンションの効きも良くて悪路の走破性も高い。

「ああ。なかなかに快調さ。だから、あーしらの未来もこいつらみたく快調であることを願うよ」

シルベストリは前方を走る一号車の尾灯を睨《にら》み、車間距離を測りながら誰にいうでもなく独りごちたのである。

『アマゾネス小隊各位へ、こちらボーアだ』

小隊長ボーアの声が雑音に混じって聞こえる。

『いま、ナナヨンから連絡が入った。敵がこの先で待ち構えているってさ』

「マジかよ」

四号車車長のケーヌス・ループス・ファミリアス（犬科）はどうしてボーアがそこまで奴らを信用できるのかと心配になって問いかけた。

「この暗い中どうして敵の姿が見えるんだ？」

『そういう装置が奴らの戦車にはついてるんだってさ』

ボーアは答えてくれた。

「噂《うわさ》に聞く夜間暗視装置ってやつ？」

『そういうことだ。作戦はわかってるな？　奴らの合図であたいらは横隊に展開して敵と正面からぶん殴り合う。その間にナナヨンがチクチクやっつけていくって寸法さ』

「そんな戦い方、わっちらにできるのか心配でありんす」

砲手のマイオモルファが不安そうに言う。

「ただ、横に並んで敵と撃ち合えばいいんだろ？　できるに決まってるさ！」

「照明弾？」

装填手のシェルヴィデがそう言った直後、真っ暗な夜の空にオレンジ色に輝く閃光《せんこう》が三つ浮かぶ。

敵がこちらを見つけたのだ。

しかし照明弾は諸刃《もろは》の剣だ。照明弾が上がったということは、敵がそこにいるという証左だからだ。

それに夜空に浮かんだアルミニウム粉末が燃焼時に放つ輝きは、敵味方を問わずその姿を顕《あら》わにする。

『予定通りだ。作戦通りにいくよ！』

ボーアは慌てない。照明弾が上がることすら計画通りだと言わんばかりに、アマゾネス小隊の陣形を縦一列から横一列に変えさせた。

具体的には速度を落としたナナヨンを追い抜いてボーアの一号車を中心に、右にシルベストリの二号車、左にケーヌスの四号車が並んだ。

ちなみに三号は欠番だ。このアマゾネス小隊では三号の車番は戦死したバッチとヒフリアの棺桶《かんおけ》のことだからである。

「ちっ、正面から敵にぶつかるって、要するに囮《おとり》をやらされるってことだろ？」

いよいよ戦いに突入するという段になってアマゾネス達が愚痴をこぼし合った。

「なんだ。これまでと同じじゃん」

「合わせて五〇万ビスもする戦車を貰っておいてこれまでと同じなわけないだろ？」

「棺桶を高級品にしてもらったから感謝しろってか？」

「こいつを棺桶にするのもカボチャの馬車にするのも、全部あーしら次第ってことだよ。わかれよ新人！　装填手、安い弾を装填！」

やがて敵の姿が前方に見えてきた。

「て————し、撃ってー！」

ボーアの号令で急減速。停止したところで各車が一斉に発砲。

【チャーフィー】から放たれた七十五ミリ砲弾は地形地物に隠れた敵めがけて飛翔《ひしよう》する。

砲弾は敵に命中せずも、至近弾となって土砂と爆煙を敵戦車の横っ面にぶつけた。

「惜しい。外した！」

応射の砲弾がたちまち飛んできた。

「あとへ————！」

ボーアの号令が少しでも遅れたら、あるい彼女たちの乗っていた戦車が【ゴランド】、いや【オルクス】であっても二個中隊二十両もの戦車から放たれる二十発の砲弾をモロに浴びて爆煙に包まれていたに違いない。

「こいつは【チャーフィー】だ。【オルクス】なんかとは違うんだよ！」

14

敵がこの先で待ち構えていることを察知したフォクシーは、敵が照明弾を上げると後の指揮をボーアに託して【ナナヨン】の指揮に集中した。

既に作戦は決まっていたからだ。

それは敵の注意をボーア達《たち》に引き寄せて貰《もら》って、フォクシー達は安全な位置からFCSの性能を生かしたロングレンジ射撃で敵を撃破するというものだ。

そしてそれはフォクシー達が、雇い入れた戦車傭兵《ようへい》達と共に何度も繰り返してきた黄金の勝ちパターンでもあった。

「ボーア。無理に当てに行かなくてもいいんだからね。敵の注意を引き付けてくれるだけでいいんだからね！」

フォクシーがその戦術を選んだのは、危険をボーア達に押し付けて自分達だけが安全な場所にいるためではない。

他に戦いようがなかったからだ。まだ新しい戦車に慣れてないボーア達に細かな戦術がこなせるはずがないのだ。

『わーってるって！』

今のアマゾネス達にできることは敵との交戦距離のギリギリで、進んだり下がったりを繰り返しながら主砲で適当に撃つくらいだ。

アマゾネス小隊三両は、ボーアの指揮でバラバラに進んだり下がったりを繰り返して、敵の狙いを絞らせない。

それだけで敵の注意を引き寄せる役目を果たしてくれるのだ。

その間にフォクシー達は【ナナヨン】を駆って戦場を一望できる位置へと移動する。

そして敵を狙うのだ。

ナナヨン式I型の暗視装置には闇に紛《まぎ》れた敵の姿もよく見える。

目標までの距離はレーザーレンジファインダで数値表記される。

「距離一八二五……弾種粘着」

風向きも、気温も、砲身の温度すらもセンサーが読み取り、自動的に砲身の向きが微調整される。

「弾種粘着。装填《そうてん》よし！」

ミミの復命を聞くと同時に、フォクシーはトリガーを引き絞った。

「て――――――――！」

一〇五ミリ砲弾が飛翔《ひしょう》し敵戦車の斜め前方からウィークポイントに直撃。

炸裂《さくれつ》の衝撃がリベットと装甲内面を破壊剥離《はくり》させ、敵戦車戦闘室内で激しく飛び散り乗員と積載されていた弾薬、そして燃料タンクを破壊する。

「よしゃ！　まずは一両撃破！」

爆発炎上した敵戦車は、破片を周囲に四散させながら周囲にいる敵方の戦車の姿を闇夜の中で、照明弾以上に煌々《こうこう》と映し出していたのだった。


――戦場より約一〇キロ後方の地点――

戦場では夜空を照明弾が照らし、砲弾が飛び交い、爆煙とエンジン音の入り交じった音が雷鳴がごとく響き渡っている。

しかしそれらの音も十キロほど離れた位置になると出来の悪い太鼓を叩《たた》くような音になってしまう。

ランド・シップのハンドルを握っていたザキはそこでエンジンを停止させた。

周囲を見渡して周囲に脅威を感じさせるものが無いことを確認した彼女は、コクピット後部にある無線機のスイッチを入れた。

ランド・シップは同時に四両の戦車と別個の周波数で交信できるように無線機を四セット装備している。

スイッチを入れたが当初は雑音しか聞こえない。

しかしバリコンをゆっくりと回していくと、スピーカーから意味のある音声が聞こえ始めた。

『さがれさがれ!』

『今度は前だ、前に出ろ!』

それはボーア達の声。戦場で戦う彼女たちの声だった。

『敵が見えた。今度は粘着! 装填手、急げ。今度は当ててみせる!』

『砲弾を湯水のように使えて良い気分だね!』

『出たり入ったり、また出たり入ったり。せわしなーい!』

『なんかアレみたい!』

『アレってなーにー!?』

『んなこと、口にできるかばーか！　あたいは乙女なんだゾ！』

『何が乙女だい。もっと深いところぉ、奥の方を突いてぇ、突いてぇなんて叫んでた癖によお！』

『あ、あああ、あんた、聞き耳立ててたのか!?』

『聞いて無くたって聞こえるわい！　安宿の壁は薄いんだゾ！』

ザキは深々と嘆息した。

汚いだけでなく、下品、卑猥《ひわい》極まりない発言を戦闘中にするんじゃない。電波に乗せるんじゃないと叱りつけたくなったのだ。

それだけではない。折角《せっかく》、ザキが浮浪児生活から抜け出して上品なレオナの薫陶を受けながら生まれ変わろうとしてると言うのに、アマゾネス達のおかげで元の粗野で下品な存在に戻ってしまいそうに感じる。それが嫌で嫌でたまらないのだ。

できることならレオナにはこんな奴《やつ》らは近づけたくない。視界に入れて欲しくない。もしレオナが彼女達に不快感や不満を感じたら、自分までも同じように思われてしまうかも知れない。それを恐れるのだ。

ザキはもう一台の無線機のスイッチをいれた。

『くそ、また一両やられちまった』

「まだ一両もやっつけてないのに被害は五両もだと!?　たった四両の敵相手にいったいどうなってんだ！』

『モーリッツ！　奴らを何とかできるか!?』

『んなこと言ったって無理だ！』

バリコンを回して音を探すと別の周波数ではオス達の怒号や声が聞こえてきた。おそらくはアーギット・カンパニーの傭兵達の声だ。

ザキはシールドケーブルを取り出すと、双方の無線機にプラグを差し、三号の無線機に繋《つな》いだ。こうすれば二つの無線機で傍受した敵味方双方の音声を一つにまとめて送信することができる。

ザキは少し躊躇《ためら》ったものの——ほんとにこれ、流すのか？　みんなに聞かせていいのか？　——スイッチを入れて電波の発信出力を最大に調整したのだった。


リトマン市の取引所。

立会場の天井桟敷が貴賓用の会食席にあてられていた。

立会場に集まった人々の様子を高見から見下ろしつつ食事を楽しもうというのが、この席を用意したエレクトラの趣向のようであった。

そこでアーギットは今、無言で脂汗を流していた。

まさかこの場にパダジャンが来ているとは思わなかったからだ。パダジャンだけではない。リシャスやホブロイも同じテーブルを囲んでいたのだ。

「お、御大——どうしてここに？」

「儂《わし》がおったらおかしいか？」

「いえ、別に」

「前にパーティに呼んで貰ったのでそのお返しですわ」

レオナはにっこりと微笑《ほほえ》んだ。

「でも、御大。今回のことでご不快になったりしてませんか？」

「なしてや？」

「ナナヨンの事です。以前からご執心だったでしょ？」

「せやな。けど現時点ではナナヨンは儂の寄子《よりこ》とちゃうからな。独立した勢力や。なら現場で利益がぶつかることがあってもしゃあないやろ？　貴様が気兼ねする必要はない。なんや、アーギット。貴様そないなことを気にしとったんか？」

「あ、いえ――以前は配慮しろとおっしゃっていたでしょ？」

「共同で仕事はせえへん。誰にも従わず独立独歩や言うならそのように扱うだけや」

「なら良いんですけれど」

天井桟敷席にはテーブルが二つ用意されていた。

その一つにレオナやエレクトラ、ジャックリィ達の席がある。アーギットは自分も、そちらのテーブルに席をあてがわれるのだろうと思ったのだ。

しかし彼のために用意されたのはもう一つのテーブル、パダジャンや、リシャス、ホブロイといった、リトマン市の重鎮達と一緒の席であった。

「ど、どうしてオレがこの席に？」

本来ならば、この厚遇は喜ぶべきことだ。

リトマン市を牛耳る総寄親《よりおや》達と肩を並べられるのだから。

しかしアーギットはそうは思えなかった。たちの悪い何かの冗談か、罠《わな》にかけられているような気分にしかなれなかったのだ。

「なんや、儂らと同じテーブルを囲むのは嫌なんか？」

「いえ、ただ恐れ多いというかなんというか」

アーギットには心当たりが多すぎるのである。

例えば、アーギットが誘拐ビジネスのターゲットにしてきたのはもっぱらリシャスやホブロイの寄子達。

直近だと令嬢の拉致を試みたノレイド家。あの家はホブロイの寄子だ。

もし、自分が下手人だとバレていたとしたら――。

いや、バレていない。もしバレていたらアマゾネスの連中が生かされているはずが無い。しかし、もしかしたら――。

そう考えると胃がキリキリと痛むのである。

「かまへんかまへん、気にするな。今宵《こよい》は貴様とたっぷり話さなあかんこともあるしな」

「は、ははは、話ですか？」

「せや。貴様とはせなあかん話がいーぱいあるんや」

パダジャンはアーギットを逃がさないとばかりに、彼の両肩をがっしりと捕まえると席に座るよう促したのである。

「アーギット。君には感謝しているよ」

口火を切ったのはホブロイだ。アーギットは思わず悲鳴をあげそうになった。

「え！　いったい何についてでしょうか？」

「君がカンパニーを立ち上げて、株の上場をしてくれなかったら、上場前夜祭もここまでは盛り上がらなかったろうからね。その礼を言いたかったのさ」

アーギットがナナヨンと競い合う形になったからこそ大勢の客が集まったし投資も競うような形で集まりつつあるのだ。

しかしアーギットは、ホブロイが言っているのはそういうことなのだと理解するのに少しばかり時間がかかってしまった。この発言に含みは無いか、別のことを意味していないかと余計なことを考えてしまうからだ。

「あ、いえ、俺としては自分にできることを精一杯しただけです。みんなで盛り上げていかなけりゃって思ったんで」

「しかしそれにしては随分と阿漕《あこぎ》なやり方だね」

これはリシャスだ。

「作戦目標をナナヨンに被《かぶ》せたことですか？　すみません。俺にはああいうやり方以外に盛り上げ方がわからなかったので」

「いや、違う。そんなことはどうだっていいんだ。この世は弱肉強食、適者生存だ。同じ獲物を巡って戦車傭兵が争うなんてのは当たり前のことだ。私が言いたいのは君が株式という仕組みをあたかも自分のアイデアであるかのように吹聴《ふいちょう》していることだ、どうしてそんなことを言うのか問いただしてみたかったのだ」

「あ、いや、それは……」

「株式というアイデアは、クルージ・ドロンが以前からやっていたことを、隣のテーブルにいるレオナ君が整理してまとめたものだ。儂らはそう考えているんだが、君はどう思うかね？」

「俺がそれを自分のアイデアだと吹聴したなんて話は誤解だと思いますよ」

「誤解かね？」

「もちろん俺だって以前から似たようなことは考えていました。投資のリスクを減らし、投資を活発化させる方法はないだろうかって考えてはいたんです」

「つまり、君は君で似たようなことを考えていたと主張するのかね？」

「だって簡単じゃないですか。責任の有限化と、リスクの分散なんてことは。ただ具体的な形にするのに時間がかかってしまって。そうしたら御大から目論見書《もくろみ》を見せられて驚いたんです。ああ、これは俺と同じ考えだって。その驚きを誰かに話したのが、まるでコレは俺のアイデアだって主張したみたいに伝わってしまったんだと思いますよ」

「なるほどそういうことか」

「んなことより戦況ですよ。今、どんな状況なんでしょう？」

アーギットはこの話題を続けたくなくて別のことを口にした。

「さあな、これればかりは終わってみなきゃわからんな」

パダジャンは肩をすくめた。

戦場は二十キロほど先。そんなところまで電波の届く無線機はそこいらにはない。戦況がわかるのは総《すべ》てが終わって勝者が帰ってきてからになると彼は語った。

「御大は気になりませんか？」

「部下を使うようになれば嫌でも身につけなきゃならん素養の一つや。遠い場所で起きていることにいちいち気を揉《も》んでいてもしゃあないからなあ」

すると隣のテーブルにいたレオナが立ち上がった。

「ならば今の戦況を知る方法があると申し上げても、興味はありませんか？」

「なんやて？」

そして天井桟敷席の隅へと向かう。

壁に面したところに小さなテーブルが置かれていてそこに無線機が設置されていたのだ。

すでに周波数は合わされている。

無線機の設置作業中にうっかりダイヤルを回されてしまわないよう、上から布テープが貼っつけられていた。しかもフォクシーの字でいじるなと書いてあるのだ。

レオナはメインスイッチのレバーを軽く指先で弾《はじ》く。

すると立会場のスピーカーから戦場で飛び交う無線の音声が流れ出した。

それは本来、別の周波数帯で交わされている敵味方の通信音声を一つに統合したものだった。

『くそっ、どっから撃ってきてるんだ！』

『また、一両撃破されちまった』

『ほらほら、よそ見してるとこっちの撃った弾があたっちゃうよ』

『やばっ、かすった。敵の弾がかすったよ！』

『でも効いてない！』

『照明弾を上げるのをやめろ。こっちが丸見えになるだけだ！』

突然の音声に立会場に集まった人々は騒然となった。

そこから聞き取れるのは戦場を包み混む混乱と混迷だったからだ。

しかしそんな混沌《こんとん》の渦巻きの中でも戦車の数が少ないはずのナナヨン・カンパニーが、意外にも健闘している様子が感じられた。

夜の闇と、軽戦車の俊敏さを利用した単純な戦術を前にアーギット・カンパニーの戦車隊が翻弄されているのだ。

「これは……」

アーギットの背筋にじわりと汗が浮かぶ。

彼の計画は総て正面からぶつかってナナヨン・カンパニーを叩き潰すことを前提に成立している。

それがもし上手《うま》くいかなかったとしたら。

「見たまえ。数字が動き出したぞ」

ホブロイがボードを指さす。

するとナナヨン株の購入申込数が再び増加し始めたのだ。

もしここで敗北するようなことがあれば、たった四両の戦車を相手に二個中隊二十両の戦車で挑んで負けたとしたら、アーギット・カンパニーの株を買う者なんていなくなる。

アーギットの方こそ、総てが終わってしまうのである。

§　§

「おかしいな」

敵を発見し、狙いを定め、これを撃つ。

敵を見つけて、これを狙うのに適切な場所へと移動し、照準を定めてトリガーを絞る。

そんなことを繰り返して撃破した敵戦車は全部で五両。

このままアマゾネス小隊が上手く粘ってくれればこの戦いは勝てる。フォクシーはそう考えていた。

しかし同時にこの状況に違和感も得ていた。

敵の手応えがなさ過ぎる。味方に、アマゾネス小隊に被弾した車両が一両も出ていないのである。

これはさすがにあり得ないのだ。

まず、正面の敵は本当に二個中隊なのかという疑念が沸いた。

フォクシーはキューポラから上半身を出すと耳を立てた。

「戦場に流れる空気を感じろ」

それは師匠が口を酸っぱくして言っていたことだ。

装甲で覆われた戦闘室内にいれば、確かに安全——剥《む》き身《み》で外にいるよりは——だ。しかし外で何が起きているかを感じることができなくなってしまう。

どれだけ技術が発達しようともそれは変わることが無い。師匠はそう語っていた。

だから砲弾が飛び交い、カミソリに似た破片が無数に飛び散る爆煙の中にあってもフォクシーは身体を戦車の外に出す。

すると肌にピリピリと感じるものがある。

やはり敵の様子はおかしかった。

今、確認できている敵は五両。二個中隊いるならば五両を撃破したとしても他にまだ十五両残っていなければおかしい。なのに見えているのは五両だけなのである。

最初は夜の帳《とばり》の向こう側に隠れている。そう思っていた。

照明弾の明かりは彼我平等にその姿を暴く。しかし同時に闇を深くして、光の当たらないところにいる者の姿を隠す力もある。

さらに言うと開戦劈頭《へきとう》は二十発の砲弾がアマゾネス小隊を襲った。だからの敵が二十両いたのは間違いない。

だが今は？

敵はこの暗い戦場の中で異様に動き回って主砲を無闇やたらとぶっ放している。

まるで当てるつもりなんて最初からないかのようだ。しかしだからこそ数の少ないアマゾネスは未《いま》だ無傷でいられる。

背筋にぞくっとする冷たさを感じてフォクシーは振り返った。

後方だ。風に乗って履帯の音が近づいてきている。注意を正面に引き寄せようとしているのは自分達ばかりではなかったのだ。

「ボーア！　作戦を変更するよ！」

フォクシーの指示に素早く反応が返ってきた。

『どういうことだい？』

「夜の闇を利用していたのは自分たちだけではなかった。敵もまた暗闇を利用して迂回《うかい》挟撃を仕掛けてくると思う」

『思う？　何それ？　思うってだけで上手く行ってる作戦の変更するっていうのかよ？』

「確認できた時にはもう遅いんだからね！」

『ちっ、わかった。指示を待つ』

うだうだとどーでも良いことを質問してこないボーアのあっさりとした性格がこういう場面では好ましく思えた。

「どうスル？」

カッフェの問いかけで心が定まった。

「全車へ、合図したら全力で前進！　ミミ、弾種徹甲！」

こんな陣地もなければ遮蔽物も無い場所で、前と後ろに同時に対応しようとするのは悪手だ。どちらに対しても弱くなる。

それならば全力を一方の敵にぶつけるのが良い。もちろん狙うは数の少ない正面の敵だ。こちらの敵ならば射撃は牽制《けんせい》目的で狙いも適当だからだ。

即断即決がモットーなカッフェは、フォクシーの指示にウィと軽快に返事。そしてその勝ち気な性格を示すようにアクセルを踏み込んでナナヨンを一気に加速させた。

「お高い弾、装填よし！　後ろの敵はどうするのです!?」

ミミは砲弾を装填しながら悲鳴を上げた。

「当面は無視だよ、無視！　ちびんないでよミミ！」

「フォクシーこそ、思いっきりが良過ぎるのです！」

申し訳ないが、同じ戦車に乗っている以上は道連れなのである。

§　§

『――敵もまた暗闇を利用して迂回挟撃を仕掛けてくると思う』

『思う？　何それ？　思うってだけで上手く行ってる作戦の変更するっていうのかよ？』

『確認できた時にはもう遅いんだからね！』

『撃て撃て、奴らの目をこっちに引き寄せるんだ！』

『迂回挟撃が成功するまで耐えろ！　バスケス、早くこい！』

『もうちょっとだ、ガージル。もうちょっとだからそのまま待ってろ！』

『全車へ、合図したら全力で前進！　ミミ、弾種徹甲！』

そんな戦場でなされるやり取りも電波に乗れば立会場に中継されてしまう。

立会場の聴衆達は、スピーカーから聞こえる双方の通信を聞いて傭兵達の悲鳴やら怒号や罵声が聞こえるごとに一喜一憂していた。

現地の様子は見えずとも――いや、見えないからこそ想像力が刺激されるのだ。

「ベガスさん。これってどういうことなんすか？」

だが立会場で供された料理をモサモサと食べていたベガス商会の小僧には理解できないようで雇い主に解説を求めた。

「つまりだ。前と後ろから挟み撃ちされようとしているナナヨンの奴らが、アーギット隊の最も弱いところに突っ込んで挟み撃ちから抜けだそうとしているんだ」

ベガスは喋《しゃべ》りたいという思いが強かったのか、小僧の問いに喜んで教えてやった。

「それって強いんすか？」

「最も不利な状態は、裏返せば最も有利な状態とも言う。だからこの先、どうなるかは俺にも分からん」

「儂は、アーギット・カンパニーがこのまま勝つと思うぞ」

するど聞き耳を立てていたた別の客が突然割り込んできた。

「いや、ナナヨンの逆転勝ちもあるかもしれん」

ベガスと小僧の会話をきっかけにみんな好き勝手なことを言い始めた。

「勝て、アーギット・カンパニー」

アーギット・カンパニーの株を注文した者はガージル達を応援する声を上げた。

「負けるな、ナナヨン！」

その一方で、ナナヨンの株を注文した者は当然フォクシー達を応援している。

まるで拳闘競技を応援するファンのような熱狂ぶりであった。

「ベガスさん。なんだってアーギット・カンパニーは、わざわざ戦力を半減させてまで挟み撃ちなんてことをしようとしたんすか？　数だけは圧倒的に多かったんすから、正面から一方的に殴り続けてればそのまんま勝てたでしょうに」

「まあ、完勝を狙ったんだろ？　あるいは、ナナヨンの奴らを降伏させたい理由でもあったのかもしれん」

「つまり欲を掻《か》きすぎたってことっすか？」

「そうだな」

「ちなみにベガスさんはどっちの株の購入を申し込んだんすか？」

「俺か？　俺はもちろんナナヨンだ」

そんな感じで沸き立つ観衆を、天井桟敷の高見から見下ろしていたパダジャンがつぶやいた。

「これはすごいこっちゃな」

エレクトラも感嘆の声を上げた。

「みんな、戦場の興奮を感じ取り、戦場で起きていることを脳裏で想像して熱狂しとるんどす」

「戦場の実況中継。コレって仕事のネタになりそうな感じですね」

ジャックリィが呟《つぶや》くとエレクトラが肯《うなず》く。

「ちょっと検討してみよか？」

「レオナ君、これもまた君の狙い通りなのかね？」

リシャスの問いにレオナはホッとした表情で頷《うなず》いたのだった。

「いいえ、ここまでは考えてませんでした。しかし期待していたことは達成されて満足はしております」

「不安げに見せているが、自信はあったのだろう？」

「何事も結果が出るまではわかりませんから」

アーギットはそんなやり取りを聞きながらボードを見上げて舌打ちしていた。

「くそ。やってくれる」

ナナヨンとアーギット双方の株の価格はせり上がって今では六〇ビスに達しているのだ。そしてまだまだ上がっていく気配があった。

このままならばアーギットの懐には六〇万ビスもの大金が入ってくる。

ついこの間まで一〇万ビスの手形をどう処理しようかと汲々《きゅうきゅう》としていたのが馬鹿らしくなってく

るほどだ。

当然、嬉《うれ》しい。しかし同時に悔しくもあるのだ。

彼にもレオナが何をしたのか、リトマン市に、いやこの世界に何を齎《もたら》したのかが理解できてしまうからだ。

ホブロイとリシャスの二人は感心することしきりだ。

「この方法の話を聞いた時、儂は目からうろこが落ちたかと思ったぞ」

「同感だ。だがね、さすがだという思いもあった。何しろ、空売りという方法を編み出したレオナ嬢だからね。今後が大いに楽しみだ」

「おい、パダジャン。レオナ君の扱いには十分に気をつけてくれよ。貴重な人材だ。我らを敵に回したくなければくれぐれも粗雑に扱ってはダメだ」

「んなのわかっとるわい。わかっとるから無理に傘下に引き入れようとするのは諦め、ナナヨンとは対等の協力関係で妥協することにしたんや！」

そんなことをリトマンの有力者達が言い合っているのである。

アーギットは腹の底から湧き上がる嫉妬と憤懣《ふんまん》で歯がみしてしまった。

「どや、アーギット？　創造っていうのはこういうことなんやで。裏でこそこそと阿漕な真似《まね》で稼いだり、パクリや乗っ取りしかでけへん貴様には真似でけへんやろ？」

この一言を浴びてアーギットの全身がカアッと痺《しび》れた。

苛立《いらだ》ち、腹立ち、憎しみ、ありとあらゆる負の感情が身体の中で渦巻いて不快な感触が全身の中で溢《あふ》れたのである。

15

「撃て撃て！　とにかく撃って奴《やつ》らの目をこっちに引き寄せるんだ」

ガージルはひたすら無線にわめき続けていた。

敵の背後への迂回《うかい》をバスケスの中隊が達成するまでモーリッツ隊が敵の注意を引き付けておく。そして挟み撃ちの態勢が整ったら攻撃に転じて一気に殲滅《せんめつ》する。それがガージルの作戦だ。

そしてそれは上手《うま》く行っていたのである。

「迂回挟撃が成功するまで耐えろ！　バスケス、早くこい！」

敵がでたらめに放ってくる砲弾の中に時折混じる精妙な一撃を受け、味方戦車が一両また一両と撃破されていくことに耐え忍ばねばならなかったが、それができたのも勝利への道がこの先にあると思えばこそなのだ。

『もうちょっとだ、ガージル。もうちょっとだからそのまま待ってろ！』

そして敵の後背部に回り込んだバスケスの中隊がいよいよ攻撃を開始しようとする。そのタイミングで事は起きた。

夜の中空に信号弾があがった。

「いや、違う。照明弾だ！」

拳銃型の信号弾発射機は照明弾を上げることもできる。ガージル達《たち》だって同じタイプの物を使用している。夜間での戦闘では必需品なのだ。

『ガージル。ヤバイ、敵が突っ込んで来……ガッ』

その時、モーリッツ中隊の戦車がまた一両撃破された。

「モーリッツ、おい、どうなってる？　返事しろ！」

『無駄だよ、ガージル！　モーリッツの奴はやられちまった！』

直後、【ナナヨン戦車】を先頭に一群となって突撃を始めた。

これによって状況は膠着《こうちゃく》状態から激動へと急展開したのである。


信号弾発射器から照明弾を打ち上げたフォクシーが叫ぶ。

「全車、あたしに続け！　撃って撃って撃ってうちまくれ！」

「ヤ――――！」

カッフェは喊声《かんせい》を返事に代えて叫びながらアクセルを踏みこんだ。

「カッフェー、細かい進路の選択、任せるからよろっ！」

夜の戦場だ。

照明弾の明かりだけを頼りに戦車を走らせると細かい指示なんて受けていられない。カッフェは自分の目と感覚だけを頼りに【ナナヨン】を走らせた。

『あたしに続け！　撃って撃ってうちまくれ！』

照明弾があがってヘッドホンのコーン紙がフォクシーの命令を伝えてくる。

「んなこと――この状態で撃てとか言われても――」

ボーアは、チャーフィー一号車をナナヨンの斜め左後ろにつけさせた。二号車はナナヨンの斜め右側後方に、後ろには四号車という配置だ。

突進する【ナナヨン】の脇腹とお尻を守る形の崩れた菱形《ひしがた》陣だ。

不整地を突っ走ると戦車は上下、左右、前後に大きく揺れる。

ボーアは頭や身体を戦闘室のあちこちに打《ぶ》つけないようにするだけで精一杯となっていた。ヘルメットがなかったら今頃彼女の頭は瘤《こぶ》だらけだ。

ボーアだけでない。

他の乗員達もみな似たような状況だった。

『こんな高速で走ったら狙いなんてつけられないし、弾なんか撃ったってあたら、あた……ちぃ、舌噛《か》んだあ』

『こんなん装填《そうてん》むりぃ』

砲手が悲鳴を上げ、装填手は泣き言を叫ぶ。

そんな中では砲撃なんてできようはずがない。できることは突進する【ナナヨン】から遅れないようについて行くだけ。

それだけをみんな必死でこなしたのである。

そんな中でもナナヨン戦車は行進間射撃をきめていった。

「お高い弾、装填よし」

ミミが砲弾を放り込む。

すると照準装置を覗《のぞ》くフォクシーがトリガーを引き絞るのだ。

「てっ！」

轟音《ごうおん》と共に砲身が後退。

ミミの面前で赤く塗装された砲の尾部が前後する。

そして熱された薬莢《やっきょう》が排出されて戦闘室の床へと転がる。ミミはそれを軽く蹴飛ばすと次の砲弾を装填した。

ナナヨン式戦車Ⅰ型。

それは退役する九〇式戦車の射撃管制装置を移植して戦闘力を高めた試作車だ。

当初は九〇式の百二十ミリ砲を移植してＨ型とする予定であった。

しかしナナヨンの車体では発射の衝撃を受け止めきれず、かえって命中精度が低下したことから砲は百五ミリへと戻され、九〇式の特徴ともいえる精密な行進間射撃の能力だけを引き継いだのだ。

一度照準を合わせるとⅠ型のＦＣＳは車体が動揺しても砲の筒先だけは敵をしっかりと狙って動かない。

走りながら放たれる装弾筒付翼安定徹甲弾は的確に戦車の急所を捕らえ、これを撃破していったのである。

既に戦力の半数を撃破されていたアーギット・カンパニー・モーリッツ中隊は、この火の玉にも似た突撃を浴びると壊乱状態に陥った。

中隊長のモーリッツが搭乗していた戦車は撃破され、ガージルは叫ぶだけだ。

「撃て！　撃て！　バスケス達が奴らの後ろに回り込んでる。奴らがやってくるまでなんとか耐えるんだ！」

『無理だよ。いくら撃ってもあたんねえよ！』

「だったらどうして奴らの弾はこっちにあたんだよ！」

こちらの砲弾はあたらないのに敵の砲弾だけはあたるという状況では、士気なんて維持できない。誰もが次に犠牲になるのは自分だと思って、恐れて、逃げ腰になった。

「くそっ、戦況がわからねえ！」

敵はどこまで迫っているのか狭い覘視孔《てんしこう》からでは全くわからない。状況を把握すべくガージルがキューポラから顔を出す。

するとすぐ目の前で照明弾があがった。

空には都合三つの照明弾が輝いている。その輝きに照らされて浮かび上がったのは、こちらに驀《ばく》進《しん》してくる四両の敵戦車。

戦車がひとかたまりになって、総《すべ》てを蹂躙《じゅうりん》する勢いで真っ向から突っ込んでくるのである。

「て、敵だ!」

この光景を目の当たりにしたガージルの背筋は寒くなった。

すれ違いざまに放たれた砲弾は味方戦車の横っ腹を次々と貫いていく。

そして勢いをそのままにガージルの戦車を通り過ぎていったのである。

「何でこうなる! なんで止められない!」

暴風に似た何かが過ぎ去った後には、生き残っていた戦車はガージルのものだけであった。モーリッツ隊の戦車は悉《ことごと》く撃破されて炎上していた。

§　§

立会場のスピーカーからは無線の音声が流れ続けている。

『何でこうなる! なんで止められない!』

観衆はスピーカーから流れる音声に息を呑《の》んで耳を傾けていた。現場で何が起きているのか知ろうとしているのだ。

『ガージル! いったいどうなってんだ? モーリッツはどうなった?』

その声から推測できることは、戦場に到着したバスケス隊が見た物は全滅したモーリッツ隊だということだ。

『モーリッツはどうした？』
『奴らにやられちまった』
『ナナヨンの奴らはどこにいった？』
『奴らは？　いっちまった。いっちまったんだ』
『しっかりしろガージル！　まだ俺の隊が残ってる。四両の戦車なんて一個中隊あれば十分だろうが!?』

これで立会場にいた皆が理解した。

アーギット・カンパニーは、僅か四両の戦車に手を焼いて戦力の半数を失ったのだ。

その事実はアーギット・カンパニーに資金を投じると決めていた人々の心境に、大きな暗い影を落とした。

保有する戦力の五分の一でしかない敵と真っ向からぶつかって負けるとなると、指揮官の能力に大いなる疑問を抱かざるを得ないからだ。

それともカンパニーが保有する戦車が、傭兵達《ようへい》が弱いということか。

いずれにせよそんなカンパニーに投資できるはずがないのだ。

みんな静かに、黙って、決意を秘めた表情で会場の一角に設けられた株購入申し込みの窓口へと向かう。

そして淡々とアーギット・カンパニーの株購入の予約を取り消していったのである。

「ま、待ってくれ」

アーギットは呟《つぶや》く。

ボードに記されたアーギット・カンパニー株の購入申込数が刻一刻と激減していく。

気がついた時には、本日上場される一万株のほとんどに引き取り手が無いという状態になってい
た。

対するナナヨン株には購入申し込みが殺到していた。

既に六〇〜七〇ビスの値をつけて申し込む者も多くなっている。しかもその値段すらも刻一刻と
上がっているのだ。

「ま、待ってくれ。まだ勝負はついていない」

天井桟敷席からこの光景を見ていたアーギットは呟く。そして天井桟敷から叫んだ。

「俺は、まだ負けてない！　まだ戦いは終わってないんだ！」

その叫び声に立会場の時が止まる。

みんな天井桟敷にいるアーギットの姿に気づいたのだ。

みんな気の毒そうな視線を向けていた。

それは弱者を哀れむ目であった。

「ど、どうしてだ。何故《なぜ》なんだ!?」

アーギットは力なく席に腰を落とした。いや、席に座っていることもできず床にずり落ちてしま
った。

そこにパダジャンが告げた。

「アーギット。この場でこういうことを言うのも酷やと思うが、一〇万ビスの約束手形。精算の用意はできとるんか？」

「えっ、はい？」

「期日は明日《あした》――いや、もう今日やな。期日は今日までなんやで？」

「あ……あああ」

「もし、用意できないようやったら、わかっとるな？　貴様の資産を何もかんも全部差し押さえさせて貰《もら》う」

アーギットの資産とは、事務所だけでなく自分の家、愛人に営業させている酒の店、夜の店等々を意味する。

それらを失ったらアーギットはスッカンピンとなって路頭に迷うことになってしまう。収入源の一切を失うのだ。

「ま、待って下さい。御大、待ってください！」

「いや、こればかりは待たれへん。約束手形の期日は絶対。それができない時はシャツのボタンすら差し出すっちゅうのがこのリトマンの商売人の鉄則や。そうやろ？」

パダジャンがリシャスとホブロイの方を見る。

二人はパダジャンが取り出した約束手形を確認する。そして気の毒そうな視線をアーギットに向けた。

「コレを見ると一度、期限を延ばしているじゃないか。だとしたら気の毒だがパダジャンの言葉は正当なものだ」

「株が売れればその資金で手形を精算できると考えたのだろうが――残念だったね」

「そ、そんな……」

「せめて、自分のために戦ってるガージルやバスケスが無事に帰ってくることを祈ってやるんやな。まだ戦車が十両あるやろ？　それを全部売っぱらえば、この手形の半分くらいにはなる。五万ビスくらいなら貴様かて、どこぞに隠しとるんやろ？　うまくやりくりすれば事務所も店もいくらかは手元に残るかもしれへんで」

「えっと、まあ、それなら……」

「ただし、それができるのはその十両の戦車が無事だったらの話やけどな」

アーギットは今更気がついたかのように立ち上がった。

「ガージル、バスケス！　戻ってこい！」

しかし戦場ははるか二十キロ先だ。アーギットの声など届くはずがなかったのである。

§　§

フォクシー達は脇目も振らずにひた走る。それを追跡するアーギット・カンパニーのバスケス中隊＋ガージルの戦車。

未《いま》だ無傷のバスケス中隊は、仲間の復讐《ふくしゅう》を果たそうとナナヨン・カンパニーの後ろを追い続けていた。

とは言えである。優秀なFCSのない戦車が全力で疾走しながら砲撃したところであたるはずがない。

そのためアーギット・カンパニーの戦車が放った砲弾はやたらと派手に爆発し粉塵《ふんじん》をあげたが、結局は地面にクレーターを穿《うが》つだけで終わっていた。

ナナヨンとアマゾネス達の戦車に傷ひとつつけることはなかったのだ。

そうこうしているうちに東の空が紅色に染まりはじめる。

朝日が昇りはじめたのだ。そろそろ太陽が地平線から顔を出す頃合いだ。

『もう朝になっちまった。どうするんだい？』

ボーアが尋ねた。

『まさかと思うけどこのままずうっと追いかけっこするつもりじゃないだろうね？』

「任せておいて。あたしに考えがあるから」

フォクシーはただ目的地も無く闇雲に逃げ惑っていたわけではない。とある所へと向かって走っていたのである。

それは――。

この作戦の目的地、魔薬の製造工場だった。

大盗賊シルバー・ウィックの残党がこの地に魔薬の工場を構えていたのである。

もちろん守備戦力も戦車が十五両程度いた。

以前、アーギットが抜け駆けして襲った時は二十両を超える数がいた。しかしその際の戦いで損耗した盗賊残党は戦力をその程度までに減らしていたのである。

「ボーア、足を止めるんじゃないよ！」

『ど、どうするんだ？』

「いっきに駆け抜ける！」

フォクシーはナナヨンの発煙筒発射機を作動させる。そして一気に煙幕を展張した。

「ひゃほ――――――――、駆け抜けろ！」

そして減速することなく盗賊軍の中央を駆け抜けたのである。

盗賊達は明け方に前触れも無く突然やってきて、自陣を駆け抜けていったフォクシー達の姿に慌てた。

「敵襲！」

見張りは慌てて寝ぼけ眼《まなこ》の搭乗員達を叩《たた》き起こし戦いの準備を始めた。

そして彼らが戦いの支度を終えて、駆け抜けていったフォクシー達を追おうとしたその時、煙幕を突き破るようにして彼らの面前に現れたのが、アーギット・カンパニーのバスケス中隊だったのである。

§　§

立会場に中継されたのは、阿鼻叫喚《あびきょうかん》の遭遇戦だった。

気がついたら指呼の距離で彼我の戦車が向かい合っていたため問答無用で戦闘状態に入ってしまったのである。

『くっそー、どうしてシルバー・ウィックの残党が奴らに味方するんだ！』

『奴ら、別に敵に味方してるわけじゃないんだよ！』

『だったらなんで俺たちに撃ってくる』

『やられた！　また一両、やられちまった！』

『俺たちが奴らの守ってる魔薬工場の敷地に踏み込んだからだよ！　ガージル、わかってるのか？

仕掛けたのは俺たちの側なんだ！』

『俺たちはナナヨンの奴らを追いかけてきただけなのに！』

『んなこと盗賊の奴らにわかりっこねえ！　いきなりやってきたら誰だろうと敵だ！』

『しょうがねえ。もとよりこいつらとは戦う予定だった。手順が変わっただけだ。バスケス。撃てっ、撃ちまくれ！』

その一方で、同じスピーカーから流れるフォクシー達の会話はのどかであった。

『みんなついてきてる？　生きてる？』

『なんとか、生きてるよー』

『アマゾネス小隊は損害なしか。よかった』

『損害なしじゃねえよ。頭打ちつける身体ぶつける。全身痣《あざ》だらけだった。何回死んだと思ったことか』

『生きてんだからいいじゃん！　そんなことより後ろ見てみ！』

『うわあ大混乱』

そこでフォクシーは通信の内容が立会場に中継されていることを思い出した。

『みなさーん聞こえてますか？　状況を説明しますねえ。アーギット・カンパニーの戦車隊一個中隊と、盗賊の一個中隊半が盛大に戦ってます。敵味方入り乱れての大混乱、大乱戦状態で～す。それをあたしらは少し離れたところから見物しているところで～す』

『フォクシー。もしかして最初からこれをもくろんでいたのか？』

『もちろん。最初からだよ』

『あ、阿漕《あこぎ》な奴』

『知謀に優れてるって言ってよね』

『アーギットの部下達が苦戦してる』

『十五両対十両だもん。そりゃ消耗戦になるよ――そうだ！　ちょっとバランスを取るために、盗賊の側を少し削ろうか』

フォクシーはそう言うとボーアに射撃を命じた。

『ボーア達も今度は足を止めて撃てるんだから、ちゃんと撃破して見せてよね』

『わーてるよ』

ボーア達は射撃を開始した。

『て――』

【チャーフィー】が七十五ミリ砲弾を次々と放った。

『やった。命中！』

『ちょっと、ちょっと今の見た？　今の見た？　何気に初撃破だよ』

『何、喜んでるのさ？』

『これまで、あーしら非力な戦車しかなかったから、逃げ回るとか履帯切りしかできなかったんだもん。敵の撃破なんて初めて！』

『そういえばそうだったねえ』

三両のチャーフィーが次々と発砲。盗賊の戦車を撃破していった。

『あ、盗賊を減らし過ぎちゃったよー。どうするフォクシー？』

『んじゃ、ターゲットを変更。次はアーギットの戦車隊を削りまーす！』

こうして次々と部下の乗った戦車が撃破されていく様子が伝えられてくるのである。

その放送を聞いてアーギットは叫んだ。

「やめろ、俺の戦車を壊すな！　頼むから壊さないでくれ！　それがないと俺は、俺は破滅するしかなくなる。破滅してしまうんだ！」

醜態をさらすアーギットの様子をパダジャンも、エレクトラも、ジャックリィも、そしてレオナも冷たい眼差《まなざ》しで見ているだけだった。

この場でいくら喚《わめ》いても意味がないと気づいたのかアーギットは周囲を見渡す。そしてレオナを見つけると取りすがった。

「あんた、向こうと連絡をつけられる方法をもってんだろ？　頼む、これ以上俺の戦車を壊させないよう言ってくれ。頼む、後生だから。もちろんあんたらの勝ちは認める。魔薬の工場もあんたらのもんだ。だからこれ以上の戦いはやめさせてくれ！」

「どうしてですか？」

「だって酷《ひど》いだろう！　こんなの仁義や道義にもとる！」

アーギットの言いようが理解できないとレオナは首を傾《かし》げた。

「仁義とか道義とかどうだって良かったのではないのですか？　狡《ずる》く阿漕に立ち回って断固として利益を追求するのではなかったのですか？」

「………………あ、う……」

「アーギット、自分が優位な時は弱肉強食やら適者生存を言い立てておいて立場が逆転したら仁義だの道義だの言い出すのはみっともないで」

パダジャンの言葉がこの場の皆の心境を表していた。

「頼む、頼む、頼むから――やめてくれ。頼むから」

うわごとにも似たアーギットの言葉は、ガージルの乗った最後の一両が撃破されるまで続いたのだった。

16

――コンボリエ・ゴム農園組合――


組合の建物の前で組合長のカーデンとボーアが向かい合っている。

カーデンと助役達《たち》の顔色は悪い。脂汗と冷や汗を同時に流し恐怖で硬直していた。

「未払いになってる半金、精算してくれるよな?」

理由はボーアの後ろにはフォクシーがいたからだ。

いや、彼女だけではない。アマゾネス小隊の【チャーフィー】三両が砲口を組合長達へと向けていたからである。

七十五ミリ砲には榴弾《りゅうだん》が装填《そうてん》され、銃には弾丸が込められ回答の内容によってはそれが火を放つという構えをこれでもかと見せつけられていたのだ。

「支払いが遅れたんだからさあ、その分の利息もつくよね?」

重ねて追い込むようなフォクシーの言葉には、組合長カーデンもただ肯《うなず》く以外の道は無かったのである。


――リトマン市――

パダジャンはジャックリィから、報告と説明を受けていた。

「つまりや、発行されている株式の五割を買い占めれば、そのカンパニーを好き放題にでけるっちゅうことでええんやな?」

「理屈で言えば、自分の意に沿わない代表を、別人にすげ替えることもできます。カンパニーを解散させることすら意のままです」

「なら、ナナヨンの株は儂《わし》が買い取ろうやないか。いくら出せばええ?」

「問題は、株主が売ってくれるかですよ。何しろ彼女たちは四両の戦車で、五倍の敵を撃破できる凄腕《すごうで》であることを証明しました。魔薬製造工場も傘下に収めて安定した収入も確保しています。こんな美味《おい》しいカンパニーの株を、七〇や八〇ビスで手放したら馬鹿です。もちろん二〇〇も出せば別なんでしょうけど」

「二〇〇ビスなんて値をつけたら、五〇パーセント確保するのに一〇〇〇万ビスもの大金が必要になってまうやないか。さすがに儂かて、そんな額を右から左っちゅうわけにはいかへんで」

大規模な商会が一年で動かす金はそんな額ではない。パダジャンのムフーメカ家ももっと巨大な額の金を動かしている。

しかし入ってくる金の行き場所は大抵が決まっている。咄嗟《とっさ》に、自由に動かせるような金はそれほど大きくないのが現実なのだ。

「では諦めるのですか?」

「いいや。株を後生大事に抱えてる奴《やつ》に早く手放したいって思わせることから始める」

「どうやってです？　まさかアーギットの奴をまた使うんですか？」

「はあ、アーギットなんて輩《やから》はもうこの世におらへんで？」

「い、いない？」

「奴の資産は手形の形代に接収した。身柄もホブロイに引き渡した」

「な、何故《なぜ》ですか？」

「手打ちのためや。アーギットの奴が、ノレイド家の令嬢に酷《ひど》いやり方でちょっかいを出したらしゅうてなあ。その始末をつけるのに、奴の身柄で済んだんやから儲《もう》けもんや。今頃きっとこれや」

パダジャンはそう言って自分の首に手刀を当てた。頭と胴体が、切り離されているという意味である。

取引所の代表であるホブロイは、インテリ的な雰囲気の柔和なオスだと思われている。しかしリトマンの大勢力の総寄親《よりおや》である以上、必要な時と場所では冷酷な決断することもある。

「なるほど。しかしそれだと誰をフォクシーさん達に嗾《けしか》けるんです？」

「相応に力のある傭兵《ようへい》に決まっとるやんか？　紹介しよか？」

パダジャンは早速話題の傭兵を呼んだ。

「ブ・ラックだ」

現れた狼《おおかみ》系獣人は自らをブ・ラックと名乗った。

「超大手の傭兵カンパニーじゃないですか？」

「よろしく頼むで」

「どこの誰が相手でも勝ってみせよう。金を払ってくれるならな」

ブ・ラックはそう言うとニンマリと笑ったのだった。

狐と戦車と黄金と

あとがき

『狐《きつね》と戦車と黄金と』の第二巻、いかがでしたでしょうか？

私はお給料を貰《もら》って仕事をしていた時は、様々なことでウンザリする毎日でした。

国や公の機関で働いていた時は組織の価値観が明確だったのでまだ良かったのです。

しかし経営者の思いつきやら価値観に支配される民間事業体では、全く違いました。

そこで貰う給料とはすなわち我慢料。サラリーを貰う生活とは意に沿わぬことを強いられる。口八丁手八丁。損は他人に押し付け、自分の利益は確保しようとする魂の切り売り生活のことであるという先達《せんだつ》の言葉がほとほと身に染みたのです。

そんな毎日に飽き飽きとしたある時、突然ぷっつりと切れるように、独立開業した自営業者への道を歩むことにしました。

誰の命令にも従わず、自分の好き嫌いにのみに従って生きていく。

良い結果が出ようと悪い結果が出ようとも、自分のことは自分が決める。

その結果ももちろん自分が背負います。この責任と権利だけは決して他人に委ねたりはしない。

そう決意したのです。

しかし自主独立の野心もそう簡単にかなうほど甘い道ではありません。自営業の道は、抜け目なさを必要とするからです。

世の中には、他人の上前を撥《は》ねて生活しているような連中が跋扈《ばっこ》しています。

彼らのやり方は実にわかりやすい。

生きるか死ぬかの大ばくちは他人に押し付け、自分だけは安全に手数料だの情報料だの指導料を頂戴しようとします。結果の責任は負わない。曰《いわ》く「成功も失敗も、結局は自分で選んだこと、自分の問題でしょう?」苦労は他人、利益は自分。

分かりやすいのはコンビニ商法、お金ばかりかかって集客効果が全く無い広告業。見渡せば猿蟹《さるかに》合戦《がっせん》の猿ばかり。

昨今耳目にする極端な例は闇バイトでしょうか。

捕まるのは下っ端ばっかり。元締めは自分だけは安全なところに身を置いて悠々自適な生活をしています。

フォクシー達《たち》は海千山千の化け物達の群れに飛び込みました。

そんな中で彼女たちは自主独立を貫き通すことはできるのか。向後の活躍を見守り続けていただけると幸いです。

柳内《やない》たくみ

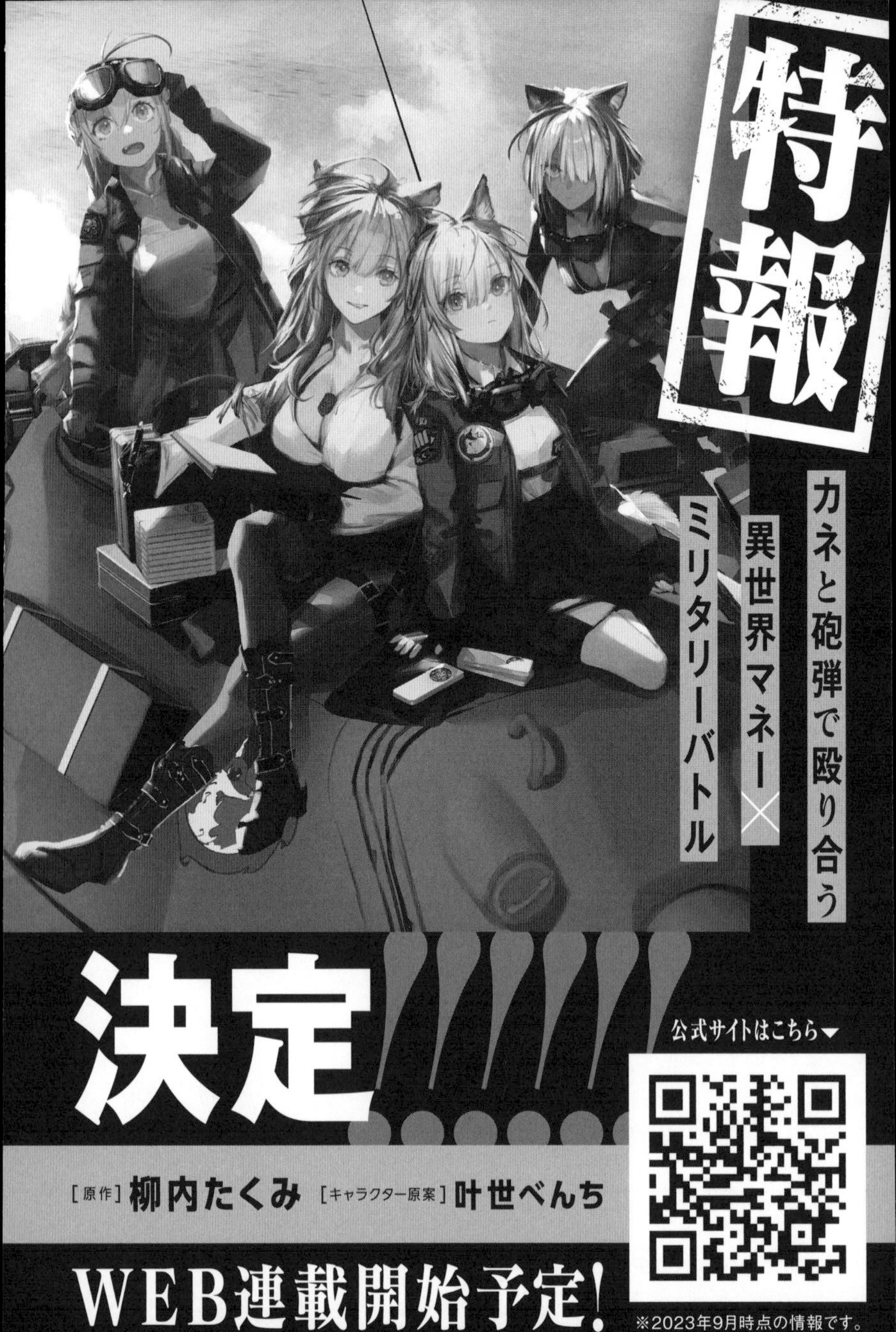
特報
カネと砲弾で殴り合う
異世界マネー
×
ミリタリーバトル
決定!!!!!!
公式サイトはこちら▼
［原作］柳内たくみ　［キャラクター原案］叶世べんち
WEB連載開始予定！
※2023年9月時点の情報です。

狐と戦車と黄金と 2

『傭兵少女は社畜から抜け出したい!』

2023年9月25日　初版発行

著者　柳内たくみ

イラスト　叶世べんち

発行者　山下直久

発行　株式会社 KADOKAWA
〒102-8177 東京都千代田区富士見2-13-3
0570-002-301(ナビダイヤル)

印刷・製本　株式会社広済堂ネクスト

デザイン　アオキテツヤ(ムシカゴグラフィクス)

連載:Web小説サイト「カクヨム」

Printed in Japan
ISBN 978-4-04-682772-2　C0093

定価はカバーに表示してあります。